魅丽文化 花火工作室

当风再起时

Dang Feng Zai Qi Shi

砚喜 / 著

百花洲文艺出版社
BAIHUAZHOU LITERATURE AND ART PUBLISHING HOUSE

图书在版编目（CIP）数据

当风再起时 / 砚喜著 . -- 南昌 : 百花洲文艺出
版社，2019.7
ISBN 978-7-5500-3292-7

Ⅰ . ①当… Ⅱ . ①砚… Ⅲ . ①长篇小说－中国－当代
Ⅳ . ① I247.5

中国版本图书馆 CIP 数据核字 (2019) 第 139564 号

当风再起时
砚喜 著

责任编辑	蔡央扬
选题策划	丐小亥
特约编辑	余　杭
装帧设计	@ 殷舍 InChia
出版发行	百花洲文艺出版社
社　　址	南昌市红谷滩新区世贸路 898 号博能中心 A 座 20 楼
邮　　编	330038
经　　销	全国新华书店
印　　刷	湖南新华精品印务有限公司
开　　本	880mm×1230mm　1/32　　印张 9
版　　次	2019 年 7 月第 1 版第 1 次印刷
字　　数	258 千字
书　　号	ISBN 978-7-5500-3292-7
定　　价	38.00 元

赣版权登字　05-2019-165

网址 http：//www.bhzwy.com
图书若有印装错误，影响阅读，可向承印厂联系调换。

目录

CONTENTS

目录

CONTENTS

楔子 • 永不遗忘

卫筝又梦到了那一天。

她站在证人席上，四周是压抑沉重的气氛，对方律师的眼神咄咄逼人，所有人的目光聚集在她的身上，她全身在冒冷汗，不知道是因为害怕还是紧张。在被问到最后一个问题时，她下意识地看向旁听席。

明明只是几步的距离，却让她第一次觉得，他们之间的距离原来是永恒的遥远，这辈子她都没有信心再去跨过这段距离。

——阿筝……

——你会为了我再次撒谎吗？

“小姑娘，小姑娘你醒醒！”

卫筝迷迷糊糊地被摇醒，摇她的人是同车的一位大嫂，看见她醒来才松了口气：“你看看你弟弟，好像有点不舒服。”

卫筝猛地坐起来，才发现靠在她身上睡的图尔整个人缩在毛毯里发抖，她用手一摸图尔的额头，确实有点发烫。大概是见她不安，大嫂好心地递上自己身上盖着的大衣：“你也别急，先拿这个给孩子盖盖，这车还要一个多小时才到市里，先让他暖和下，到了避难点应该是有医生的。”

卫筝十分感激地说了声谢谢，用毯子把图尔裹严实了。她透过偶尔被疾风掀开的军绿色帆布往外看，遥远的海边，滚滚的黑云层层压过来，海水也变成了墨黑色，翻滚着前仆后继地扑过来，看得她一阵心惊肉跳。

“小姑娘，你家人呢？”大嫂关切地问。

“……他们在另一辆车上。”

“这什么大人，把两个孩子扔下……”大嫂连连叹息。

人们从昨天开始收到红色警报，必须在今天下午五点前完成人员和财产物资的撤离，居民分别撤至海临市三个避难点避难。那时只有她和图尔在家，撤退得很匆忙，甚至来不及打电话通知陈美芝。

车子又开了差不多一个半小时才缓缓停下来，卫筝牵着图尔下了车。

这是海临市最大的音乐厅，此次的避难点之一。

图尔一只手抱着小高达机器人，一只手拉着她的手，四处张望。卫筝牵着图尔跟着人流走进音乐厅，偌大的演奏厅如今挤满了人，又吵又挤。卫筝呆呆地看着闹哄哄的大厅，被后面的人推了一下，她才知道挡了别人的路，忙带着图尔让到一边。

她根本不知道现在应该做什么，正一筹莫展的时候，听到熟悉的声音不停地喊“小姑娘”。她回头一看，见身后不远处的角落里，刚才在车上找她搭话的大嫂正向她挥手，让他们过去。

热心大嫂不仅帮他们占好了位置，之后又热心地去找志愿者给卫筝领了两套被子，还拿到了小儿退烧药和一些吃的。卫筝感激得不行，只能不停地说谢谢。

好在图尔吃了药，喝了点开水，气色就好了很多，棉被也干燥保暖，等他乖乖地睡着了，卫筝就想去找找有没有公共电话，试着联系一下陈美芝也好。音乐厅里面电话自然是没有的，她试图找别人借手机，意料之中地碰了钉子。她想过去外面找找，可是每个出入口基本上都有军警站岗，根本不可能溜出去。最后卫筝只好放弃，准备转回大厅去找图尔，却一眼看见走在前面穿着黑色连帽衫的少年正帮忙扶起被别人撞倒的老人。她几乎是毫不犹豫地跑过去，一把拉住准备离开的人：“简……”

待那人转过脸来，后面两个字被她生生咽了回去，这是一张陌生且诧异的脸，原本惊喜的情绪，陡然消失。

她讪讪地松开手，不好意思地道歉："对不起，我认错人了。"

对方一愣，随即摆摆手，表示没关系，还笑眯眯地问："你在找人吗？"

卫筝忙摆摆手，转身跑了。

海临有三个避难点，他应该是在别的避难点吧。

台风"风筝"在第二天正式登陆，外面狂风呼啸，大雨滂沱。大厅设置有临时电视播放灾情，方便大家了解，虽然基本上已经不可能正常地拍摄这场天灾。其间有志愿者推着餐车过来发放面包和水，卫筝见大家忙不过来，便主动去帮忙，让大嫂帮忙照顾图尔。

其实也并不是单纯地去帮忙，在帮忙发放食物的时候她总是格外关注十七八岁的男生，可是看着一张张陌生的脸孔，内心无比失落。

偌大的音乐厅，连休息室也转了一圈，她还是没找到想找的人。

她没想到帮忙把空餐车推到临时厨房后，准备去领晚餐时，肩头被人拍了一下："好巧。"

她转过头，面前是一张放大的笑脸。

"你也在帮忙呀。"少年笑眯眯地看着她。

卫筝端着汤和饭闷头就走，没想到这人也跟过来："你昨天是不是在找人？你找着了吗？海临一共有三个避难点，你要找的人不一定在这里……"

卫筝压根没听他说话，她看见图尔休息的角落里聚了一小圈人，顿时心里一沉，把手里的餐盘往身边正啰唆的人手里一放。

她拨开人群挤进去，看见有个男人举着话筒对着图尔，还有人扛着摄像机，镜头对着图尔，图尔被吓坏了，四处躲藏，全身发抖。周围都是看热闹的，没有人出声喝止这个记者。大嫂也不在。

卫筝想也不想，用力推开那两个男人，把图尔护在身后，怒视着面前的男人。

“喂！”那人看到卫筝反倒笑了，“你就是卫筝吧。”边说边示意身边扛着摄像机的人拍卫筝，话筒也递到卫筝面前。

卫筝一愣，却不搭理，东西也不收拾了，牵着图尔就要离开人群。

“一个月前星星之家纵火杀人案，站出来指证凶手的是你吧？小姑娘，你和凶手的儿子是好朋友，而你和凶手的感情也非常好，为什么会选择站出来指证呢？你对自己被授予英雄称号，有什么想法吗？”

一连串的问题噼里啪啦地扔过来，这一个月来，比这些更尖锐刻薄的问题都有，然而此时的卫筝猛地收住脚步，握着图尔的手微微发抖，心脏像忽然被手捏住，喘不过气来。

那个记者转到卫筝面前，对着镜头说道：“我们目前在音乐厅采访正在避难的卫筝和图尔。一个月前，星星之家福利院纵火伤人案开庭审理，出庭指证凶手简舟山的，正是这个小姑娘卫筝，站在她身边的是此次案件的死者图加的弟弟图尔……”

图尔忽然挣脱卫筝的手，冲上去就去砸那个记者，他发出“啊啊”的声音，却没办法吐出一个字，眼泪顺着脸颊流下来，原本清澈的眼里充满了仇恨。

“喂，臭小孩，你松手。”

图尔哪里听得进去，转身就去推摄像的人，那人慌张地用手一挡，就把他推了出去，图尔一屁股跌坐在地，机器人也脱了手。图尔刚要去捡，却有人一脚踩上来，“咔嚓”一声，机器人断成了两截。

图尔呆住了，突然愤怒地冲上去，对着那群人挥动着拳头，狂暴得像一头小狮子。卫筝扑过去死死抱住他，不停地安慰：“小尔没事的，没事的，没事的！小尔，不要这样子！”

图尔渐渐冷静下来，却愤恨地看着他们，那不是一个孩子该有的眼神。

卫筝抱住图尔，愤怒地看着周围的人，女生的目光过于冰冷，无情地刺向周围的人，却咬着牙一个字也没说。这一个月来，不论是媒体还是周围人的目光都教会她此时应该闭嘴。

最后，她默默地把机器人捡起来，心想应该还能粘起来。

“你是记者吧？不去报道灾情，跑来为难一个小姑娘，你好意思啊！”

卫筝抬头，发现是刚才在食堂跟她搭话的男生，他正叉着腰怒视着那两个男人。

周围终于开始有人抱不平。

“就是啊！只是个孩子，不用这么为难吧！”

“怎么能对孩子动手呢！”

那两个男人被众人数落得灰头土脸，匆匆就想离开，却被男生一把拦住：“等等，把刚才拍的给我删掉。”

人群渐渐散了，卫筝勉强地对图尔挤出一丝笑容：“小尔，我保证给你粘好。”

卫筝知道这个机器人对图尔来说有多重要，图尔脸上还有眼泪，闷在她的怀里，不点头，却把她抱得紧紧的。

之后，卫筝找志愿者借来了胶水，花了三个小时，总算把机器人粘好了，虽然丑丑的，可图尔还是像珍宝一样抱在怀里。

“挺心灵手巧的嘛。”有人伸手递过一瓶水和一盒椰子蛋糕，是下午替她解围的男生，依然笑眯眯的。卫筝本来想拒绝，可是看到图尔眼馋的目光，还是伸手接过来，低声说了句谢谢。

“不谢。”男生大方地笑笑，又问，“你有你朋友的消息了吗？”

卫筝一愣，下意识地看了身边的图尔一眼，摇摇头。

“你不用担心，海临有三个避难点，说不定你朋友在另外两个地方。对啦，我叫卫天阳。”这时，他又转向正在吃蛋糕的图尔，“你叫图尔是吗？”说着便伸手过来，想揉揉图尔的头发。

但是图尔在那一刻避开了，躲到了卫筝身后。

卫天阳的手尴尬地停在半空，卫筝抱歉地笑笑：“不好意思，小尔有点认生。”

“没事没事。”他笑着抓了抓乱糟糟的头发。

遇难名单是在台风过境后第六天看到的。

人们从报道里看到海临及周边小镇一片惨淡，而自己从小生活的春风镇更是惨不忍睹，镜头所到之处，一片残骸，毫无生机可言。大厅里一片寂静，大家都明白，这场台风夺走的并不只是小镇，还有所有的回忆与往日岁月。今后要重新开始，明明不用特意舍弃的过去也要舍弃了。

卫筝放下手里的馒头，没有再看电视，只低头喝汤。卫天阳咬着半个馒头看她一眼，想说什么，又知道这时候说什么都不适合，便从口袋里掏出一把糖果给图尔。几天下来，图尔已经不像最初那么抗拒他了。

周围人的谈论声渐起。

“以后的日子可怎么过啊，什么都没有了。”

“明明那么及时地撤离了，遇难人数却一直在增加……”

“失踪的话，发现尸体也是迟早的事情吧。”

“别乱说！好歹还有一份希望……”

卫筝端着汤碗的手一顿，她抬头看向电视机，主持人正面色沉痛地说遇难人数依然在增加，下方滚动着遇难及失踪人员名单，一个个陌生的名字掠过去，每掠过一个，卫筝的心脏跳动就平缓一分。然而在看到排在第十位的名字时，卫筝的手一松，碗落在脚边摔了个粉碎。

滚烫的汤水溅上她的脚腕，她也没有察觉。

“你没事吧……”卫天阳的声音也越发模糊。

最后，她猛地站起来，不顾图尔，也不顾卫天阳，转身朝门口跑去，一路撞翻了好几个人。正在门口值班的军警在卫天阳追来前一把拦住她，卫筝像发了疯一样想往外冲，却没能成功。

——无论如何也要到他身边去。

她脑子里像是拉响警报一样，盘旋着那个尖锐的声音，然而她也无比清楚自己无能为力。

卫天阳赶来的时候，看到的是瘦弱的女生无助地捂着脸，整个人跪伏在地上，然而哭泣的声音慢慢被淹灭在台风过境的风声里。

——怎么办啊。

——无论如何，也想到你身边去……

那一天，台风“风筝”洗去了岁月的痕迹，赋予了它新的伤痕与未来，还有掩埋在风声里的秘密。

那一天，十八岁的少年简桐彦，失踪了。

Chapter 01

星星已经远航，风筝失去了风声。

一

1

能够在这里出生，实在是太好了。卫筝从小就这么认为。

她喜欢这里波澜壮阔望不到尽头的碧海，喜欢掠过海面与船桅的海鸥，喜欢骑着自行车沿着海岸线一路骑到夕阳垂落的尽头，风景不断，连蝉声也是温柔的。

更重要的是，如果她没有出生在这里，便遇不到对她而言比生命还重要的人。

那一年，春风镇的夏天格外漫长，明明已快八月底，却似七月盛夏般，纵是海边小镇的春风镇，送来的海风也是股股热浪。

彼时的卫筝坐在镇上唯一的派出所里，披头散发地哭成了大花脸，而让她变成这副鬼样子的罪魁祸首——一个瘦高的男人，正在小玻璃房里被两个警察叔叔教育，朦胧的视线里只看到那个男人的腰弯得像只大虾。

也许是在道歉吧。活该！

那天是她的十二岁生日。往年过生日，福利院都会给买生日蛋糕，但是十二岁生日的意义不一样，按照福利院的惯例，除了生日蛋糕，老院长爷爷还会有额外的奖励。在奖励方面，她放弃了漂亮的洋娃娃，选择了装着一百元钱的红包，然后捏着薄薄的一百元钱一路奔去镇上新开的模型店，那家店专卖各种各样的制作精美的模型。

那里有她上上周就看上了的摩托艇模型，她喜欢它，喜欢到了每天都要绕个弯站在橱窗前看上很久，确定没人买走才放心地回家。虽然她已经拜托老板不要卖给别人，但是，谁会把一个小孩子的请求放在心上呢？

她捏着钱一路小跑到店里，中途还撞到了人。结果刚跑进店里，她就傻眼了，橱窗里的模型不见了，她问老板，才知道刚被人买走了。

“啊哟，你刚才应该还碰到那位客人啦，刚走没多久呢。”店老板把刚收的五十元钱扔到抽屉里。

她一下想起刚才在门口撞到的人，转身又冲出店，一路狂奔，终于在第三个路口见到了那道微微有点驼背的瘦削背影。她跑上去一下拦在他面前，气喘吁吁地说：“叔叔……叔叔，你能把它……让给我吗？”

面前的男人大概四十出头的模样，是个容颜清俊的男人，脸色有些病态的苍白，眼神却十分防备地看着她，听她说明来意，竟然转身就想跑，却被她一把拦住：“叔叔……”

男人皱皱眉，抱紧了手中的盒子，用力地摇摇头：“这是我的！”

卫筝急了，掏出皱巴巴的一百元钱说：“我跟你买好不好？你买这个模型才五十元钱对不对，我给你一百元，你把它卖给我好不好？”

“你好讨厌啊！我要去告诉桐彦，你抢我东西。”男人皱着眉头，掉头要走。

卫筝一愣，她年纪虽小，却也意识到这个男人的举止神态、说话语气与常人不一样，可是看到他要走时，她心里一急，顾不上那么多，伸手一拉：“叔叔……”

“你放开我啦！”男人手一甩。

两人都傻眼了，呆呆地看着摔在地上四分五裂的模型，紧接着她就听到那个人“哇”地大叫一声，然后感到自己的头皮一阵疼痛。

嗯，对，这个看起来有一米九的高个大人竟然揪着她的小辫子不松手，无论她怎么哭闹，他就是不松手，一直大声嚷着让她赔模型，不赔就不放手。

还是路过的大人发现，把她抱过去，哭得迷迷糊糊的她听到别人说：“你这傻子怎么欺负小孩子！”

陈美芝赶来时，卫筝正踮着脚趴在差不多跟她一样高的玻璃窗子上往里面看。

那个男人缩着肩膀坐在房间里，怀里抱着碎掉的模型，嘴里碎碎念：“赔我模型……赔我模型……”那样子就像要哭了。之前两个民警无论问什么他都不回答，不过他们并没有勉强他，索性把他关在玻璃房里。他们出来时，卫筝听到他们说“这是个傻子也没办法啊，先打他口袋卡片上的电话通知一下他的家人吧”。

她忽然有点可怜他了，虽然头皮还有点痛。

脑袋突然挨了一下，卫筝吃痛地抬起头，就看到黑着脸的陈美芝。

卫筝心里委屈，嘴一撇，指着玻璃房里面说：“陈美芝，是里面那个傻子叔叔扯我头发……”

话还没说完，卫筝冷不防被推了一下。

“你说谁傻子？！”

推她的人是比她要高一个头的小少年，明明是炎热的天气，他却穿着黑色的长衣长裤，连戴在头上的帽子也是黑色的，一双黑白分明的眼睛像是藏着千年寒冰，双手握拳，直直地盯着卫筝，又问了一遍：“你说谁傻子？”看那架势，她要是再说一次，他就会揍她。

卫筝愣愣地看着面前的人，一下说不出话来。

是的，他大概是卫筝在岛上见到过的长得最好看的小孩了，唇红齿白，一双眼睛里虽然没有笑意，却如同她在夏夜看过的海之星，明亮又清冷。

专业护短的陈美芝哪怕是面对小孩也毫不客气：“哎哟，我说你这个熊孩子，我可是好心给你带路，你怎么一来就欺负我家小筝啊！”

黑衣少年冷冷地道：“我不叫熊孩子，我有名字。”说完又盯了一眼卫筝，警告意味十足，但什么也没有说。

他转身去找在办公的民警，指指小房间：“叔叔，我来接我爸爸。”

民警有些吃惊："小朋友，你妈妈呢？"

他站得笔直，回答得也很认真："我没有妈妈。我来接我爸爸回家。"

民警一愣，转瞬就明白了，指指他身后不远处的卫筝："你爸爸啊，欺负了那个小姑娘，这样可不行啊……爸爸生病了的话，就应该好好待在家里……"

瘦瘦的孩子站得笔直："叔叔，我爸爸不会无缘无故欺负别人的，肯定是别人先做了不好的事。"

民警："……"

卫筝气得头上冒烟，握着拳头就要冲上去，却被陈美芝扯着衣领拎出了派出所："卫小筝，你这个闯祸精，能别一天到晚给我惹麻烦吗？不是去学校就是来派出所，能干点别的事吗……"

"陈美芝，我要被你勒死啦！"

到了派出所门外，陈美芝放开她，一撩大波浪长发说："还有，都说了多少次了，在外面请叫我陈院长！"

陈美芝是院长爷爷的孙女，在别人眼里，她是院长爷爷退休后要接手福利院的人。然而大家说起她来都是不住摇头：这种野性子，在岛上是待不住的。

而卫筝看着前面那个踩着十厘米高跟鞋，屁股扭得特别欢的年轻女人，"院长"两个字在喉咙里转了两转还是没转出来，她无语地翻翻白眼，问："那个叔叔，不会被关很久吧？"

"关多久都跟你没关系啦！"陈美芝撑着碎花小阳伞，朝卫筝伸出手，"给我。"

卫筝一愣，过了一会儿才意识到陈美芝说的是什么，呢喃道："可这是我的生日礼物……"还是老院长爷爷给的。

"哎呀，都说了你这个钱放在我这里是投资！将来你要是读初中、高中，还有大学，都不要钱的哦！"陈美芝瞪着漂亮的大眼睛，"还有，你要是早把钱给我了，就不会惹麻烦啦，我也不用顶着大太阳跑来替你解决麻烦……"

“要不是院长爷爷去外省了，我根本不会让他们打电话给你……你拿钱也只是去打麻将吧，你每次都这样，爷爷知道会生气的……”卫筝据理力争，她瞅着陈美芝背的新包问，“你哪儿来的钱买新包啊？你是不是又……”

陈美芝“啧”了一声：“卫筝，你才十二岁哎，就跟两百岁的大妈那样爱唠叨，长大后会找不到男朋友，嫁不出去的哟。”

“……”你倒是找一个两百岁的大妈出来让我看看啊。

卫筝最后还是不争气地把钱交给了陈美芝，眼睁睁看着她一扭一扭地走了，还被再三交代：“对啦，给你做的生日蛋糕放在你房间里了，记得吃，不用谢。”

卫筝叹了口气，算了，反正自己和钱特别没有缘分！

她转身怏怏地准备回福利院时，却看见那黑衣少年和他父亲一起出来了。他牵着男人的手，慢吞吞地走着，下台阶时，他从男人手里把模型抢了过来，毫不犹豫地扔进了旁边的垃圾桶。男人大吃一惊，想去捡，却被他拦住了。

也不知道他说了什么，男人才心不甘情不愿地点头，一步三回头地走远了，看起来很是不舍。

等他们走远了，卫筝才“嗒嗒”地跑到垃圾桶旁，捏着鼻子往里面一看，模型被扔在里面，还沾上了别人扔下的棒冰纸。

——什么呀，又不是修不好，就这样扔了！

已是傍晚，热浪似乎退却了些，卫筝抱着从垃圾箱里捡回来的模型回福利院。大概因为同路，她一直跟在那对父子后面。他们走得特别慢，因为那个爸爸总是走走停停，不是停下来逗弄路边的小猫，就是吵着要去遥遥望见的灯塔那里玩，要不就是走累了不想走。

夕阳西下，余晖把父子俩的身影拉得老长。那个小男孩小大人似的牵着自己父亲的手，超级有耐心地哄着，还变戏法似的从兜里掏出了一把糖果。那态度，跟刚才真是天壤之别。

哦，图加说了，这种差别对待叫什么来着？性格分裂！对！啧啧，小小年纪就性格分裂！

“桐彦！桐彦！你看，那个蛋黄好大！”男人指着垂落在遥远海岸线的落日，很是欢喜地叫道。

“爸，那不是蛋黄，那是落日。”男孩掏出钥匙打开了面前的铁门，笑着伸手去拉父亲，却看到了站在不远处的卫筝，那比夕阳还温暖的笑容，几乎是一瞬间就消散了。

卫筝也愣住了，下意识地看向他们的“家”。

如果这也能够称之为家的话，未免也太独特了一点，这种房子居然还能住人？

“砰”的一声，生了锈的铁门被重重地关上，发出刺耳的声音，吓了卫筝一大跳。

“桐彦，晚上我们吃什么呀？”

“我给你做你最爱吃的麻婆豆腐好不好？”

“好呀好呀。”

卫筝站在门外，半晌才撒腿跑掉。

——妈呀！绿屋竟然住人了！

星星之家坐落在春风镇的东头，是镇上唯一的儿童福利院，已有二十年的历史。住在里面的大多是无家可归或者被父母抛弃的孩子，而这里，也是卫筝从小一直生活的大家庭。

卫筝一路狂奔回院里，本来想找图加分享一下这个鬼屋大八卦，结果刚跑进去就听见院长爷爷在发脾气，龙头拐杖敲得地板啪啪响，接着就听到了图尔的哭声，还有图加哄图尔的声音。

周阿姨劝道：“你看你把小尔都吓哭了，美芝做的是不对，等她回来好好教训她就是，现在发脾气又有什么用呢！小加，你先带图尔回楼上吧。”

图加牵着图尔走出大厅，看到站在走廊上的卫筝，图加便低声说：“陈美芝偷了爷爷这个月的退休金，爷爷正在发脾气。小筝，你今天见过她吗？”

卫筝一愣，下意识地摇摇头：“没有……”

图加点点头，虽然没有再说什么，却意味深长地看了她一眼。像是怕被图加看穿似的，卫筝下意识地避开图加的目光，摸了摸哭得眼睛发红的图尔："小耳朵乖，姐姐有很好吃的蛋糕哦，要不要吃？"

三岁的图尔红着眼睛说："我不叫小耳朵啦，我叫图尔！小耳朵是女孩子的名字！"

"好嘛好嘛，不叫就是。"卫筝满口答应，心虚得不敢看图加的眼睛，好在图加没有再追问，牵着图尔上楼了。

客厅里，院长爷爷依然难掩怒气与失望，不停地叹气，气上心头，心疼的老毛病又犯了，捂着胸口叹气："我陈舒望这辈子……到底做了什么坏事情才养了这么个家贼！"

卫筝赶紧跑过去，拿出柜子里的药丸送过去："爷爷，你不要生气了。"

院长爷爷疼爱地摸摸她的头，说："小筝，你可千万不要学你美芝姐啊……"

大家晚饭也吃得很没有气氛，陈美芝没有回来，手机也打不通，卫筝心虚，帮着周姨准备了晚饭。

晚上睡前，她给图尔讲完了故事，等图尔睡着了，她才蹑手蹑脚地下楼去洗漱。结果一下楼她就看到陈美芝正偷偷摸摸地弯着腰，手里提着自己的高跟鞋，企图悄无声息地回自己房间。卫筝可不这么想，她平时犯的小错可以原谅，但是这次真的太过分了！

所以，她对着陈美芝的屁股就是一脚，不轻不重，陈美芝却差点被活活吓死，回头看到是卫筝才松了一口气，忙"嘘"了一声，把卫筝拉到自己房间里，关上门。

"陈美芝，你怎么能偷爷爷的退休金呢！"卫筝顿时拔高声音，"你知不知道你这次做得太过分了啊！"

陈美芝一屁股坐下来，非常不耐烦，也非常不在乎："你行了啊卫筝，你以为我是为了谁啊，还不是为了你。"

"少来！你就是拿钱去打麻将，别什么都赖我头上！"卫筝扑过去抢她的包，"把钱还给爷爷！把我的钱也还给我！"

陈美芝伸手夺包，结果包口大开，里面的东西呼啦啦全倒在地板上。

卫筝看到散落的文件便愣住了。

“看到啦？”陈美芝捡起那些文件在她面前晃晃，“今天我去见了儿童咨询所的工作人员，之前一直麻烦对方帮你们这群小家伙物色新家庭，难道不需要请人吃饭吗？何况你现在的情况很棘手好吧！十二岁了，还没有找到合适的家庭，知不知道爷爷多操心哦！”

陈美芝巧妙地转移了话题，反倒让卫筝一下说不出话来。

确实，她已经十二岁了，过了最佳的领养年纪。在整个院里，最难找到新家庭的，只有三个孩子，一个是她，还有便是图加和图尔。因为是姐弟，图尔是没办法和图加分开的，但鲜少有家庭会接收两个孩子，而且图加今年已经十五岁了。至于她自己，前几年还是有家境不错的夫妇见过她，但都没有下文。倒是院里其他孩子都陆续有了自己的家，现在院里的孩子只剩她、图加以及图尔。

为什么没有人愿意接收她呢？虽然她小，但也知道是因为什么。

因为她八岁的时候亲耳听到前来见面的夫妇中的妻子摇头叹息：“这个孩子的眼睛……”

她知道，她想说这孩子眼睛好奇怪。

——为什么两只眼睛的颜色不一样？

是啊，为什么她的眼睛和别的小孩不一样呢？左眼灰，右眼棕。小时候并不明显，然而随着年纪渐长，她两只眼睛的色差越发明显。也不是没有去看过医生，但是医生也无计可施，只说这种眼睛有一种很奇怪的名字，并不会影响正常生活。

所以，她就这样一直待在这里。

她从陈美芝房间回到小书房，图加还在写作业。看到卫筝的脸色，图加便问：“你怎么了啊？”

她摇摇头，看到床头那个摩托艇，便拿在手里把玩。

图加看到她小心翼翼地拿着，不解地说：“都坏成那样了你还收着干吗，你不是有一百元钱吗，拿去买个新的好了。”

卫筝没有吱声，默默地拿出胶水和工具，开始粘最后一道裂痕。

图加猛地明白过来，“啪”地放下笔，眉头皱起来：“卫筝，你是不是又把钱交给陈美芝了……”

卫筝立马赔上笑脸：“没事啦，不就是一百元嘛，我搞不好会弄丢，由她保管也好啊……”

可是图加显然没有这么想，她冷笑一声：“她只是拿去打麻将买衣服化妆品，今天她还偷了爷爷的退休金。卫筝，你知不知道，我们现在也要为自己考虑一下，毕竟，我们并不确定以后有没有家庭可以领养我们，星星之家也不可能一直待下去……”

啊啊，又来了。图加一不小心就开启了“唐僧模式”。

图加不喜欢陈美芝，这是大家都心知肚明的事情。这两个人见面就吵，从来没有和和气气的时候。其实陈美芝和院里其他小孩的关系都挺好的，虽然作为大人应该给孩子做好榜样，这点她做得不好，但是有了好东西她常常会分给他们，出门回来也总不忘带小礼物。若说偏心，陈美芝可能更偏心卫筝一点。然而图加常常说卫筝爱耍调皮的性子，就是被陈美芝带出来的。

卫筝索性转移话题，神秘兮兮地说：“对啦，图加，绿屋住人了哦！那么恐怖的房子竟然也住人了，不怕被鬼缠住呀。”

图加无可奈何地看着她说：“小筝，你别总是故意转移话题。还有，世上是没有鬼的。”

“不是有人听到过里面传来钢琴声吗！”

“那是那人的错觉吧？或者是单纯造谣。”图加合上作业本，伸手敲了敲她的头，“我刚才检查了你的暑假作业，两本练习册动都没动，一周后就要开学了！知不知道你明年就要读六年级了，这时候不把基础打牢，上了初中你想成为吊车尾吗？”

“知道啦，不是还有一个星期嘛。”卫筝头疼地抓抓头发，以后自己要是有机会成为老师，一定要废除假期作业这一项。不过她又有些庆幸，因为图加今年秋天就要升初中，而春风镇是没有中学的，需要去县城读寄宿中学，这意味着至少有一年不用听图加唠叨了。

图加像是看穿了她的心思："想什么呢？别想着我不在了，你就可以偷懒。还有，这几天你别出去玩了，乖乖待在家里把作业写完。"

卫筝看着图加出去，这才一屁股坐下来，翻开作业本，顿时头大了，看起来好难！

比她大两岁、今年以优秀的成绩升入初一的图加是人见人爱的孩子，成绩好，人也稳重，长得乖巧，所以大人们常常夸她，提起反面教材就是卫筝。

实在没办法，卫筝真的觉得学习是最没劲的事情了，不过……

卫筝端过旁边没吃完的蛋糕，咬了一口，甜得她眯起眼睛——吃蛋糕真是最幸福的事情啦。

之后的一周里，卫筝都被图加监督着做暑假作业。陈美芝因为偷退休金的事情被院长爷爷劈头盖脸教训了一顿，然后就托关系把她塞到了镇上一家蛋糕店去做店员。听说陈美芝在读大学时，就一度痴迷于做糕点，甚至当初还想在市里开一家自己的小店，然而最终还是搁下了，突然就回了小镇，并且没有再出去拼搏的打算。

周姨摇着头说，人不能懒，一懒就全完了。

陈美芝起初相当不乐意，但是迫于院长爷爷这次是真的生气了的压力，只好每天早上一早起床就满肚子怨气地去上班。

图加在洗漱间的窗口看着气咻咻出门的陈美芝，对正在刷牙的卫筝说："卫筝，想要不成为陈美芝那样的人，就只有好好读书这条出路了。"

卫筝含着满嘴的牙膏泡沫轻轻地点点头，心里却想，可以吃自己做的蛋糕也很幸福啊。

2

小镇上的绿屋里住了人的事情，这几天像长了翅膀，传遍了小小的春风镇。就连被关在家里写作业的卫筝也听到了周姨她们的八卦。

——当初舟山那孩子可是风风光光地离开镇上，没想到回来却变成了傻子，当初是多么聪明的一个人啊。

——听说是脑袋受伤了，哎哟，前些天还看见他在吃院子里的草呢。

——那个孩子是他儿子吧？

——可不是。苦了孩子，挺漂亮一孩子。

——我就觉得当初那个漂亮的女人是留不住的哟，看看这抛夫弃子的……

卫筝咬着笔头听着隔壁客厅传来的阿姨们的八卦，不住地摇头：“哎呀，为什么要住那种房子呢，那么破旧，还阴森森的！我暑假去玩的时候，还看到里面有老鼠，还有蛇呢。”

绿屋，几乎是让春风镇的孩子们都胆寒的废宅。

它孤独地伫立在镇上最东边，因长期空置，无人打理，院前院后都长满了荒草，墙上日渐爬上青藤，一到夏天便成了一栋绿幽幽的屋子。这几年镇上的人经济条件有所改善，新的房子一栋栋建起来，旧的一栋栋拆掉，唯独那栋绿屋始终突兀地立在春风镇，显得阴森森的。

而且半年前有人听到明明空无一人的废屋里竟然传出琴声，这似乎更坐实了这栋屋子有问题的说法，上学经过这里的学生们也会特地绕路。

图加耐着性子道：“那是他们的家，他们不住家里，难道要住到这里来吗？”

卫筝不解：“对我来说，这也是我们的家哦。”

图加叹了口气，“啪”地放下笔说道：“卫筝，你再这样开小差，我就不辅导你了，让你自生自灭好了，你好歹也向小尔学习一下吧。”

见图加真的生气了，卫筝朝乖乖坐在旁边写作业的图尔吐吐舌头。图尔机灵，圆圆的眼睛转转，拉着姐姐图加的手撒娇：“姐姐，我作业做完啦，我想吃果冻啦。”

图加刚才还严肃的脸，下一秒就变得柔和了，她摸摸图尔柔软的头发，轻声细语道：“姐姐这就去给你拿，拿小尔最喜欢的青提口味的，好不好？”

卫筝摇摇头，啊啊，又一个性格分裂。

一直到开学前一天，卫筝才算做完了所有的作业，她欢欢喜喜地拿着作业本去找图加，只要通过她的检查，她就可以尽情地疯一下午。她冒冒失失地闯进去，结果大厅里除了院长爷爷和图加外，还有其他人，她赶紧退回去，却听到院长爷爷问："孩子，你叫什么名字呀？几岁了？"

不一会儿，就响起了一道谈不上多么热情，却还算礼貌的声音。

"爷爷，我叫桐彦，今年十三岁。"

"不错不错，同我家小筝差不多年纪，却比我家那丫头懂事多了。"院长爷爷呵呵一笑，打量着端坐在沙发上的孩子，他眉清目秀，衣着干净，明明是来求人办事，却没有一点低眉敛目的样子，反倒透着一股子清冷。

"陈院长，这事真的要麻烦您老了。这孩子昨天跑来找我，恳求我，虽然我是他叔叔吧，但这事我是真帮不上忙……"坐在小孩旁边的中年男子又黑又瘦，态度很诚恳，面前的茶几上摆了一盒包装精美的蛋糕，他把那盒子往前推了推，"知道您喜欢吃聚欢坊的蛋糕，我就托朋友带了一盒来……"

院长爷爷的表情严肃起来："老简啊，这事我肯定会帮。蛋糕你拿回去，给孩子们吃。今天下午我就去找老张，虽然可能赶不上明天开学日，但最迟一周，孩子就可以进学校了。"说罢，他叹了口气，"舟山那孩子，也是可怜。都是一家人，能照料便照料一下吧。"

中年男人双眼含泪，站起来不停地鞠躬，还顺手拉起身边的桐彦。

之后中年男人说自己还要去镇上管小摊生意便先告辞，那盒蛋糕却是坚决不肯收回去了。偷听的卫筝赶紧开溜，却忘了手上还拿着作业本，一转身，作业本不小心掉了，等捡起作业本站起来的时候，刚好和跟在中年男人身后出来的人打了个照面。她不由得愣住了，脱口道："是你呀。"

是前几天有过一面之缘的那个小孩，看他一脸看陌生人的表情，卫筝露出个自来熟的大笑脸，提醒他："你不记得我啦？就前几天，在派出所……"

他还是没说话，偏过头去，不再看她。

中年男人颇有些尴尬："你就是小筝吧。我们家桐彦面对女孩子就是有点害羞，他刚来镇上，也没有什么朋友，你能不能……"

"叔叔，我要回去了。"简桐彦忍不住打断中年男人的话。

中年男人忙跟过去："桐彦啊，学费我会在今天晚上送去你家，你就别去我家了，知道吗？你也知道你婶婶她……"之后的话便听不到了。

卫筝撇撇嘴，拍拍作业本上的尘土，心想：要不要这么冷淡啊，好歹有过一面之缘呀。

当天下午，甚少出门的院长爷爷出了一趟门。院长爷爷在这个镇上声望很高，他退休前是春风小学的校长，退休后便一心一意地管着星星之家。春风小学的现任校长曾是院长爷爷的学生，所以院长爷爷出面，插班这种事情，当然是妥妥搞定。

直到吃晚饭的时候院长爷爷才回来，见他神情愉悦，周姨边摆着碗筷边说："看您这么高兴，简家那孩子的事情解决了吧？"

院长爷爷哈哈一笑，对饭桌上的卫筝道："小筝啊，桐彦那孩子与你同岁，你要好好同人家交朋友，知道吗？"

卫筝点点头，心想：说不定人家根本不想和我交朋友呢。

旁边的图尔倒是飞快举手："我也要和小哥哥交朋友。"

院长爷爷开怀大笑。

"哎，求人办事就送盒蛋糕，也是够'奇葩'的！"陈美芝挑着碗里的青菜，一副胃口很不好的样子。这段时间她每天都去蛋糕店上班，回来时总是嚷着站了一天不是腿疼就是腰疼，平日里要是陈美芝说哪里不舒服，院长爷爷就会很担心，总会顺着她，这次却是铁了心让她学着独立。所以这几天陈美芝的心情很不好。

听了陈美芝的话，院长爷爷严肃地道："都是一个镇上的人，能够无条件帮衬自然是要帮衬的。你这大学是白读了？"

陈美芝撇撇嘴，没说话。

院长爷爷看看周姨，周姨会意，从围裙口袋里掏出两百元钱，递给了他。院长爷爷摸摸身边图加的头："小加啊，明天你就升初一了，这两百元钱你拿去，用作下个月的生活费。你放月假回来，爷爷再给你准备，啊？"

图加愣住了："爷爷……"

陈美芝立马激动地道："爷爷你不是吧！我拿您几百元钱就跟要了您的命似的，还把我赶到那个破店每天站到腰酸背痛！您倒好，对孤儿比对亲孙女还好……"

图加接钱的动作僵了下，咬着嘴唇没有说话。

院长爷爷瞪圆眼："你还不闭嘴！"

卫筝在桌下踢了陈美芝一脚。

图加轻轻把钱放回桌上："爷爷，学校有吃有住，我不需要钱了啊。您还是留着给自己买点营养品吧。"说完，她便站起来，牵着图尔离开了饭桌。

"我又说错什么了……"陈美芝看到院长爷爷又要发怒的样子，忙举手投降，"知道啦，这件事我会负责的。"

院长爷爷抓起拐杖就打了过去："知道还乱说话！"

等图尔睡着了，图加才开始整理明天要带去学校的东西。她上的是锦礼镇的锦礼中学，从春风镇往返需要两个多小时，所以从初一到初三，对外地的学生实行的是寄宿制。明天图加需要把住宿用品一并带过去，卫筝也跑过去帮忙。

"你为什么不让周姨送你去学校呀？箱子这么重，你怎么提得动？学杂费放在身上也不安全吧。"卫筝担心地看着几乎到自己腰间的行李箱。

原本就路途遥远，一般都有家长送去学校报到，可图加固执地说要自己一个人去。院长爷爷虽也不放心，但是也知道图加是个很固执的孩子。

卫筝看着不吭声的图加，又说道："你不要理陈美芝啦，她说话就是那样啊，有句话叫什么来着……象嘴里吐不出狗牙？"

一直板着脸的图加绷不住了，忍不住"扑哧"一声笑了，伸手揪卫筝的耳朵："反了反了，是狗嘴里吐不出象牙。你看你，不好好学习，连说话也这么丢脸！"

卫筝见图加笑了，心才放下了，她摸摸耳朵，笑嘻嘻地说："骂人的话学不会也没关系呀。"

图加把要带的书放进箱子的底层，又把今天晚上院长爷爷给的学杂费夹在其中一本书里，才开始往上面铺衣服。孤儿院的条件有限，图加虽是女孩子，漂亮的裙子却没有几条，她还把其中一条嫩黄色的裙子挑出来递给卫筝："这裙子我穿不了了，你也长高了不少，穿着应该刚刚好。"

卫筝眼睛一亮，刚伸出手又马上缩回："可是你不是很喜欢吗？像宝贝一样。"

这件裙子是图加十二岁生日时收到的一份神秘礼物，从远方寄来的，图加十分宝贝，只在生日那天穿过一次，之后便一直收着，所以卫筝理所当然地认为她很宝贝它。

没想到图加把裙子往旁边的椅子上一扔，淡淡地说："你要是不要，就帮我扔了吧。"

卫筝立马抢过来抱在怀里："我要我要！这么好看的裙子怎么能扔呀！"说着就去旁边的全身镜前把裙子抖开，在身前比来比去，还一直傻笑。

图加看她这样，不由得笑了："小筝，等以后我工作赚钱了，给你买很多漂亮裙子，比这件还要漂亮得多的。嗯，也给我们家小尔买很多很多玩具，让他天天都开心！不过在那之前，你可以帮我好好照顾小尔吗？"

卫筝嘻嘻笑道："就算你不说，我也会照顾他的啦！"

陈美芝来时，图加的东西差不多已经收拾好了，正在帮卫筝检查作业，看见陈美芝，也没有打招呼。陈美芝自顾自走进来，把一样东西放到桌上："喏，给你的。"

是刚才的两百元钱。

图加看也没看，就道："我不要。"

陈美芝不耐烦地"啧"了一声："图加，不是我说你，性格阴郁也就算了，在那边生活总得要零花钱吧。我爷爷啊，一向把院里的孤儿看得跟自己亲孙女一样，我这个亲孙女反倒像是外人了。我都没生气，你生的哪门子气啊？”

图加猛地站起来，带翻了椅子，发出刺耳的声音，吓了卫筝一跳，她连忙去拉图加，却被图加甩开了。

图加瞪着陈美芝，一字一字地说道：“陈美芝，我们不是孤儿！”

陈美芝被她的反应吓了一跳，愣愣地看着她，忽地笑了，那笑看起来有点讽刺：“图加啊，你十五岁了吧，怎么还在说五岁的梦话呢？唉，读书读傻了吧。你们不是孤儿，会住在星星之家？”

图加的眼睛都红了，可是她倔强地没让眼泪掉下来。卫筝拦在她们两个中间，冲陈美芝喊道：“陈美芝，你够了没有！你别再说了！”

陈美芝也知道自己说话可能过分了，指指钱：“反正钱给你了，不要你自己给爷爷吧。啊啊，真是烦死了，一个个都这么麻烦。”说完，摔门走了。

卫筝回头看图加：“图加，你没事吧？”

图加眼睛红着，却挤出一丝笑容：“没事，我没事。”

怎么会没事呢，眼睛都还红着，笑容也是很勉强的。

Chapter 02

而我，却没有远方与梦想。

一

1

开学后的第五天，卫筝坐在教室最后一排，笑眯眯地托着下巴看着笔直地站在讲台上的少年。虽是初秋，气温却一直维持在二十七摄氏度，长袖根本没法穿，然而他依然是黑衣黑裤，依然戴着一顶黑色的帽子，头微微低着，看不清表情，不过卫筝知道，肯定不是笑脸。

在班主任周老师要他做自我介绍的时候，他才微微抬头，目光在碰上卫筝的眼睛时，卫筝立马露出个自来熟的大笑脸，可他的目光只是淡淡掠过，丝毫没有停留。

卫筝撇嘴，太小气了吧，还记着那天的仇呢，她都没生气。

班里的座位是按期末考试的综合成绩分配的，优差搭配，不仅有助于学习，还有助于互相督促。班里原来刚好三十二个学生，这意味着简桐彦只能一个人坐在最后，但是老师显然担心这种安排会有些不妥，便问哪位同学愿意一个人坐，可是没有人举手。

倒是简桐彦说："老师，我一个人坐没关系的。"说着就抱着书包走向最后一个靠窗的位置。那个位置靠近角落，角落里放了一堆扫帚之类的清洁工具，可是简桐彦面不改色地坐下来，把书包放进课桌里。

周老师见此，赞赏地点点头，然后便开始讲解昨天留的家庭作业。

春风镇很小，几乎不会有转学生，简桐彦的到来自然掀起了一股小小的风波。这个从大城市来的孩子多么奇特啊，明明是男孩子，眉眼却那样好看，皮肤那样白皙，题答得那么好，字写得那么漂亮，连普通话也讲得那么标准。虽然他的态度很冷淡，但是每到下课时间，总有同学主动和他搭话。上午最后一节是数学课，数学老师看到连学霸同学也解答不出附加题，正痛心疾首时，简桐彦面不改色地上去写出了完整的解题步骤。从此，他就被神化了。

卫筝几乎可以看见数学老师厚厚的眼镜片后面“嗖嗖”射出两道精光。

午饭时间一到，寂静的校园顿时热闹起来。男生们像饿疯了一样抱着饭盒冲向食堂。卫筝和两个要好的女生一起去食堂，刚走到食堂门口，就听到陆天奇特有的大嗓门喊道：“我跟你们说，暑假期间我那暴发户老爸非得带我去那什么海南看海，啧啧，潜水晓得不，背着那么重的玩意，可累死我了，但是海底是真漂亮！咱们这个小镇要是也有那玩意的话该多好啊……”

“哈哈哈，陆天奇，就你这体重，怎么没有沉下去啊？”

“我呸！我这体重怎么啦？我妈说啦，我这叫胖得可爱！”

周围的同学哄笑起来。

陆天奇一眼瞟到卫筝，立马从凳子上跳下来，分开人群，摇晃着肥胖的身体跑到她面前，虽是冲她说话，眼睛却盯着她的饭盒：“卫兄，这么看你的眼睛，更酷炫了啊！”

卫筝翻翻白眼，护住饭盒道：“想也别想！”

陆天奇比她高一个年级，“学渣”一名，同她关系很铁，上幼儿园时他们就认识了。陆天奇小时候是个鼻涕虫，大了变成个小胖子。这人审美还很奇怪，觉得她这双异色眼睛相当酷炫，而且总是和她以兄弟相称。拜托，她是个女生好不好！

陆天奇眼巴巴地跟过来：“不要这样嘛，我们不是兄弟吗，不就一块肉嘛，你要多少我都给你！”

卫筝找了空位坐下来，一脸嫌弃地道：“走开啦！谁要你的肉！陆天奇，你这样胖下去会胖死的！”

“错！我爸说了，这个世界迟早是胖子的！”陆天奇边说边看着卫筝打开饭盒，“周姨的肉比我妈的肉好吃多了！”

卫筝听了，一阵无语：“死胖子，你说话能说清楚吗，不要随便省字！”说着，她还是夹了一块肉放到他的饭盒里，“你是不是又在上午把中午的菜偷吃了？”

“我饿嘛。”陆天奇吃了一块肉觉得特满足，推了推卫筝，“哎，那个是你们班的天才转学生吧。啧啧，一来就惹麻烦，还惹上了那对脑残双胞胎。”

卫筝抬头看过去，只见洗碗的水池那边不知为何围了一些人，简桐彦就站在人群中间，与他面对面的是两个长得一模一样、态度很是嚣张的六年级学生，其中一个突然伸手推了一下简桐彦，推得简桐彦倒退几步，水池边本来就有积水，他脚底一滑，就一屁股坐在了积水里，饭盒也打翻在地。

“都跟你说了，不要再来我家了！我妈说了，你们更适合去星星之家，那里面都是没爹没娘的，以前还有像叔叔一样的智障！”

“就是！是我爸妈，又不是你爸妈，有本事你让你那个老爸去赚钱啊！就因为你来讨钱，我爸连零花钱也不给我们了！”

都是十二三岁的孩子，说起话来不知轻重，语气尖锐，字字带刺。周围看热闹的同学们听到这话，看向一直不出声的少年的目光便多了几分奇怪的意味，然而话题的中心人物坐在积水里，动也不动，从始至终都沉默着。

突然有人伸出手来扶他：“简桐彦，你没事吧？”

他抬起头，看到的是那张过于耀眼的笑脸。

又是她。

卫筝扶起简桐彦。她的肺都快气炸了，叉着腰正准备发火，就听见陆天奇那个大嗓门叫“老师来了”。同学们马上散了，那对双胞胎也赶紧溜了，走时还警告简桐彦，让他别再去他们家要钱。

卫筝气得眼里都快冒出火来：“这什么人呀！你太老实啦，这个时候就应该以牙还牙！”她说得咬牙切齿的，好像被欺负的人是她。

简桐彦凉凉地看她一眼，甩开她的手，与她保持着距离，皱着眉摇摇头，然后去捡地上的饭盒，饭全撒了，已经没法吃了。

“这饭已经不能吃了，我分你一半饭吧。”

“不……”“用”字还没说出口，他就被她硬拉着去她的座位。

“我今天带了红烧肉哦，周姨给我装了很多，我可以分你一半，我还没有开始吃呢，很干净……”

卫筝一看到自己的饭盒，脸上顿时红一阵白一阵，她抬头一看，正好看到陆天奇消失在食堂门口。

“不用了。”他看看她桌上只有米饭的饭盒，摇摇头，拿着饭盒转身走了。

卫筝气得跺脚，死胖子！你等着！

整个下午，卫筝都是饿着肚子的。到第二节课时，她已经饿得头昏眼花了。算陆天奇有良心，第二节课下课的时候，他乖乖地送来了一袋小熊饼干。她扯下一张空白的作业本纸，将小熊饼干倒了一半出来。陆天奇很受感动，伸手就来拿，却被她狠狠拍了一下：“谁给你吃啦！”

“那不然你给谁吃啊？”

陆天奇眼睁睁看着卫筝捧着饼干像献宝一样放到简桐彦的桌上。

简桐彦正在做题，看到一包饼干，愣住了。

“请你吃，你也没吃午饭，肯定很饿吧。”卫筝扯出一个大大的笑脸，不给他拒绝的机会，转身回到了自己的座位。

陆天奇啧啧道：“卫兄，你真是中国好同学！”

“你以为我是你啊！”卫筝坐下来，吃了一块饼干，继续说，“我告诉你啊，陆天奇，作为祖国的花朵，要保持善良、正直，富有同情心。像你这样偷吃朋友的菜，让朋友饿肚子，是不行的，你将来……”

“噢，搞了半天你是同情他是穷人。”陆天奇是个大嗓门，卫筝想捂住他的嘴已来不及了，她气得死劲掐他，“你想死啊，我哪有说我同情他了啊！”

“可人家明显不领你的情！”陆天奇指指简桐彦。

她回头一看，刚好看到简桐彦站起来，把那包饼干扔进了垃圾桶。

…………

之后几天，卫筝都没有再跟简桐彦搭话。卫筝的性格虽是大大咧咧，但是自己的好心被随意糟践，不管是心里还是面子上都有些接受不了，何况她的朋友本来就多，根本就不缺他一个。

渐渐地，简桐彦几乎与所有人划清了界限。比如在体育课上要两人一组短跑时，大家都各自找到了伙伴，只有简桐彦一个人孤零零地站在一边。老师说可以三人一组，问有谁愿意和他一组时，没有人举手，卫筝也没有，她甚至躲到了后面。

那对双胞胎几乎每天都找简桐彦的麻烦，卫筝真是想不明白，他们都快毕业了，却似乎永远都有着对付简桐彦的精力，不是故意撞翻他打好的汤，就是在洗碗的时候故意把水龙头的水开得很大，溅他一身的水。更过分的是，有一次两人竟然把喝不完的汤倒在简桐彦的碗里。

听别人说，简桐彦家里原本很有钱，但后来父亲生病，母亲抛夫弃子，父子俩无处可去，才回了老家。虽然镇上有他的亲叔叔——当初来福利院求院长爷爷替他打通学校关系的中年男人就是他的亲叔叔——可也仅仅是替他交了学杂费，之后便不再管了。

卫筝虽然生活在孤儿院，也没受过这样的轻视。

对于简桐彦的处境，没有人站出来替他说话，几乎所有人都采取一种态度——旁观。大家似乎都因为那对双胞胎说的话，而对这个漂亮的少年产生了疏离感——不想跟有个傻子父亲的人交朋友。

因为他成绩很好，老师根本没有注意到他的处境。一个月后的小考，简桐彦全科满分，老师都震惊了，最为得意的班主任在班会上把简桐彦表扬了一番，又说：“大家都要向简同学学习！你们明年就进毕业班了，小学时打下的基础可是很重要的，明白吗？”

下课后，几个同学围在一起改试卷。

“真是厉害啊，全科满分。”

“前两天我在集市上看见他在摆摊卖海鲜，蛏子啊什么的，应该是他自己在退潮的时候去捡的吧。”

“因为他家不是很穷嘛，学费都是他叔叔替他交的。”

“卫筝，你不是每天都和他同路回家吗，你见过他爸爸吧？真的是个傻子？”同桌推推正在写作业的卫筝。

卫筝“啊”了一声，下意识地看向角落里的少年。休息的时候，他都趴在桌上睡觉，好像永远睡不够似的。现在他也趴在那里，脸向着窗户。窗外是一棵百年大树，秋天已经到来，树叶开始泛黄。大家说话的声音并不小，可是他根本不在乎。

不知道为什么，卫筝觉得，那棵老树就跟简桐彦一样，有种说不出的感觉。她觉得心里有些难过：“你们真是太八卦了，感兴趣就自己去看嘛。”

“才不要，那个房子太可怕了！”

“他爸是真傻子哟，会吃地上的草，会捡地上的脏东西吃。”陆天奇冒了出来，说了句足以让人脑洞大开的话。

“你胡说什么！”卫筝怒瞪着陆天奇。

陆天奇很少看到卫筝生气，一下愣住了：“我也是听……”话没说完，整个人就被推了一把，一个没站稳，扑倒了旁边的桌子。

“你有种再说一次！”简桐彦的脸色很难看，但也很苍白，陆天奇看到他的眼神时，觉得一阵害怕，那是一种空洞的、足以让人惧怕的眼神。

卫筝连忙去拉简桐彦：“简桐彦，你……你不要怪他……他不是故意这么说的……陆天奇，你快道歉啊！”

“是那对双胞胎说的，他们一天到晚在班里说你的坏话！他们还说，昨天给你爸爸送吃的，故意送的坏掉的饭菜，你爸爸竟然没有发现，全部吃掉了……”

卫筝大吼：“陆天奇，你脑子进水啦！闭嘴！”

这时，上课铃声响了起来，简桐彦转身回了自己座位，看似平静，可是卫筝看到他握紧的拳头。

过了好一会儿，同学们才从这场小意外里反应过来，陆天奇则爬起来飞快地跑出了教室。

2

那天放学后，卫筝因为没有改完试卷题，所以在教室里多逗留了一会儿，等做完时，天色已经微暗了。她忙收拾了书包跑出教室，却发现下雨了。她刚想把书包顶在头顶跑出去，却听到隔壁教室传来“砰”的一声，吓了她一跳。

这个时候学校里很安静，因而那声音显得格外刺耳。她最终还是决定去看看。隔壁就是六年级，教室里没有开灯，照理应该不是学生留下来学习，当她透过虚掩的门看清里面的情形时，一下子就愣住了。

教室里没有开灯，但仍然可以看到有几张桌子被掀翻了，地上躺了两个人。其中一个人在哭，蜷缩着身体，一直在发抖。另一个人则指着站在黑暗里的那个人说：“简桐彦，你疯了吗！”

卫筝这才注意到教室阴影里还站着一个人，因为穿着黑衣黑裤，若不注意，根本看不见，似乎与黑暗融为了一体。

“不想再挨揍的话……”简桐彦走出阴影，面无表情地把手里的饭盒递过去，“就吃掉这个。”

“我才不要吃，谁要吃泔水啊。”双胞胎兄弟似乎终于意识到面前这个瘦弱的少年并不是在开玩笑。

简桐彦笑了下，那一笑，连站在门外的卫筝都感觉到了一丝寒意。

“你们不是把这个东西给我爸爸吃了吗？我爸爸能吃的东西，你们也应该能吃吧。”简桐彦蹲在双胞胎面前，把他下午去食堂打的泔水饭菜往前递了递，“吃啊，味道不是很不错吗？”

双胞胎中的哥哥终于也吓哭了，眼泪顿时流下来：“你……你神经病啊，这东西怎么能吃啊！你这个疯子！你爸爸吃的不是泔水，只是馊掉的饭菜而已……”

弟弟连忙捂住哥哥的嘴，可是来不及了，简桐彦的脸色更阴沉了几分，他捏住双胞胎哥哥的下巴，强迫他吃下去。

教室门被猛地推开，简桐彦回过头，看见站在门口的女生时，微微皱了皱眉。

“简桐彦！”卫筝跑过去，拉住他的手，“你不能这样做。他吃了会出事的，老师也会知道的啊！”

“那又怎样？”简桐彦推开她，看向双胞胎弟弟，“你会自己喝吧？”

双胞胎弟弟已经被吓得连哭都不会了，缩在一旁瑟瑟发抖。简桐彦看着他的样子，无趣地把饭盒往旁边一放：“无聊！多少也要反抗一下吧！”

简桐彦站起来，看着崩溃的双胞胎，脸上没有一丝报复后的惊喜。他捡起地上的书包，转身离开了教室。

等简桐彦一走，双胞胎顿时放声大哭。卫筝这才看清，他们脸上全是伤，可见被揍得有多惨。两个人明明比简桐彦高大，却被打成这样……

雨又下大了些，天色已暗下来，远处雾气朦胧，一切都看不真切。卫筝提着书包跟在简桐彦身后。少年一个人走在雨里，连伞也没打，他的背影是那么单薄与瘦小，似乎晚夏的风一吹，便会消逝。

走到绿屋时，简桐彦在推开铁门时站住了，他转过身，看着卫筝：“我很早就想说了。”

卫筝紧张地看着他。

“你能别跟我说话，也别管我的闲事吗？”

卫筝愣住了，呆呆地看着面前淡漠的少年，他的目光比这秋雨还要凉，让卫筝好不容易鼓起的勇气瞬间消散得无影无踪。

简桐彦推开铁门，听见响动的父亲高兴地跑出来：“桐彦你回来啦！你淋雨啦，会不会感冒？啊呀，你的脸怎么受伤了，谁打了你？”

“我没事，爸爸。你有乖乖吃药吗？”

“我等桐彦回来再吃嘛。”

“爸爸，不是说了要按时吃药吗？”

铁门在卫筝眼前慢慢关上，她第一次意识到，她，或者所有人，都与他处在两个不同的世界。

图加打来电话的时候，卫筝刚到家，周姨在厨房准备晚饭，图尔正在接电话。自从住校后，图加一周才会来一次电话，图尔还没法适应，所以这些日子都是卫筝带着图尔睡觉。图尔看到她，忙对电话里说："姐姐，卫筝姐姐回来啦，我让她接电话哦！"说完高兴地把电话递到卫筝面前，"是姐姐的电话！"

卫筝接过听筒问："图加，你没有拿生活费，你的钱够不够用啊？"

那两百元，图加最终也没有拿。不过她没有亲自还给爷爷，而是放在了书桌上。一大早，她便提着行李走了。

院长爷爷看到钱，不住叹气。

图加在电话那边笑了："当然够啊。你让爷爷别担心，我在这边挺好的，放月假我就回去。倒是你，听声音好像不高兴啊？"

卫筝手指绕着电话线玩，神情恹恹地说："我们班不是来了一个新生吗？"

"嗯，你上次说过，叫简桐彦是吧？你们成为朋友了吗？"

卫筝的手指僵住，眼前浮现出隔壁教室里那一幕。

说实话，她那时候有一瞬间的错觉，如果当时她没有出现，简桐彦真的会强迫他们喝那些东西。

"卫筝？"图加在电话那边叫道。

"他不是特别好相处，我也不知道应该怎么跟他交朋友。"卫筝轻声说，"他今天还警告我，让我别管他。我还看见他做了不好的事情。"

图加沉默了一会儿，才说道："我想，他可能是太孤单了吧。"

卫筝无法理解："啊？既然觉得孤单，就应该积极交朋友啊。他总是一副生人勿近的样子，吓跑了很多想和他交朋友的人。"

"你以为所有人都像你呀。你也别想这么多啦，反正你有那么多朋友，不一定要和他成为朋友啊。好啦，我不和你说了，电话卡里的钱不多了，先挂了。"

卫筝依依不舍地挂了电话，一时间有些怀念图加还在的时光。那时候她有什么心事都会和图加说，可是现在通过电话聊，好多话都只能搁在心里了。

3

第二天的早读课上，简桐彦被周老师叫走了，整个上午都没有回教室。同学们议论纷纷，说的当然是昨天放学后有两个同学被揍得很惨，其中一个的胳膊还脱臼了。那两个人就是常找简桐彦麻烦的双胞胎，今天一大早，双胞胎的母亲就跑来学校要个说法。

上午最后一节课下课后，卫筝去食堂吃饭，经过老师办公室时，听到一个女人尖锐的嗓音在老师办公室吵吵嚷嚷，还有几个学生在那儿探头探脑的。

“你忘了是谁出钱让你上得起学的？啊？你怎么这么心狠手辣呀！小小年纪下手就这么狠，长大了还不得去杀人啊……”

老师皱眉：“哎，这位家长，话可不能这么说，孩子们都还小，可以好好教育……”

“老师，你这就不对了吧？你看他把我家孩子打成什么样了！”女人指着坐在沙发上的两个儿子，抹了抹眼泪，“我就这两个心肝宝贝，他居然喂他们吃那什么泔水饭菜！这哪是一个孩子做得出来的事情，简直跟他那心狠手辣的妈没两样！”

双胞胎见状，张嘴就哭，但就是挤不出一滴眼泪。简桐彦微微抬头，看向双胞胎，那两人一接触到简桐彦的眼光，哭声立马止住了。

周老师无奈地说：“我知道了。我会把他的家长叫过来，双方家长商讨一下这件事怎么处理吧。”

一直保持沉默的简桐彦却忽然开口：“不要告诉我爸爸。”

“桐彦啊，这件事情还是你的不对，怎么能让他们吃那种东西呢？你看他胳膊都受伤了。”

卫筝推开门，老师皱着眉道：“卫筝，我们正在谈事情，你先出去。”

“老师，是他们两个先欺负简桐彦的。两个人打一个，简桐彦不得已才还手的！平时这两个人就老是欺负简桐彦，还散播他父母的谣言！很多同学都可以做证……”卫筝的心跳得特别厉害，她觉得全身都僵硬了。

周围安静了，不一会儿，双胞胎就蹦起来道：“你说谎！明明是他把我们关在教室里不让我们走的！”

“你们才说谎！”卫筝这时反而镇定了，看着老师说，“周老师，不信你可以问班上其他同学。”

之后周老师便让卫筝和简桐彦先回教室，留下大人在办公室商量处理办法。

快走到教室时，卫筝才转身，对简桐彦说：“我不是为了你才撒谎的，我只是觉得，他们做得太过分了，就算这次……你先动手……”

简桐彦看着她，似乎想说什么，可是卫筝飞快地摆手：“我以后不会再和你说话，再打扰你了，你放心。”说完，转头跑进教室。

简桐彦愣愣地站在教室门口，看着卫筝跑进教室，他慢慢垂下眼眸，伸出去的手也缓缓收了回来。

为了了解清楚简桐彦打人以及喂人喝泔水一事，周老师去了一次简桐彦家里做家访，之后又去了双胞胎家，据说是带着简桐彦和他父亲一道去的。事情就这样解决了，简桐彦被全校通报批评，还被罚打扫操场一个星期。

自那天后，简桐彦更沉默了。老师在段考后重新排了座位，有心把他排到前面来，简桐彦却主动提出希望还能坐在原来的位置，周老师便也没有勉强。而双胞胎再也没有欺负过简桐彦，几乎见了他就绕道走。

而卫筝与简桐彦也没有再说过话。

十二月下旬，春风镇下了一场大雪，一夜覆盖全镇。这个周末，卫筝照例带图尔去陈美芝上班的蛋糕店蹭空调，到蛋糕店时，陈美芝在玻璃门外贴圣诞老人的画报，看见他们，赶紧招呼一起帮忙。三个人张罗着把画报贴完，图尔不小心摔在雪里，靴子湿透了，陈美芝只好带他去里屋，开火炉把靴子烤干，留下卫筝看店。

卫筝趴在柜台上写作业，写着写着就开始在作业本上画画玩，连进来了人都不知道，一直到那个人趴在她面前夸：“你画得真好。”

卫筝吓了一跳，来人竟然是简桐彦的父亲，他正笑眯眯地看着她：“你好，我要买生日蛋糕。”

卫筝从椅子上下来，带他到放蛋糕的柜台，说：“叔叔，你先看看你要哪一款，我去叫老板。”

“嗯嗯。好呀。”

陈美芝出来时，正好看见简舟山竟然进了柜台，自己把一盘巧克力蛋糕拿出来，手指还放在嘴里，“嘿嘿”一笑：“这个好吃！”嘴角还沾着黑色的巧克力。

陈美芝脑袋“轰”的一下，好好的一盘蛋糕被无故挖了个口。她冲过去，从他手里抢过蛋糕：“好吃什么呀，这个可是最贵的蛋糕，你怎么能随便吃啊！你个大男人，怎么能做这种事啊？”

简舟山被吼得愣住了：“我……你……”

卫筝忙拉住陈美芝，凑到她耳边说了什么，陈美芝愣住了，怒气稍微消了那么一点：“什么啊，原来是那啥啊……那你买不买啊？看你是那啥，给你打个九点九折。”

简舟山高兴地点点头：“要写字！”

“麻烦！”陈美芝拿出裱花嘴，问道，“写什么啊？”

“祝桐彦生日快乐！爸爸永远爱你！”

陈美芝牙都要被酸掉了：“肉麻死了。”不过还是写上了。

她又问：“要多少根蜡烛？”

“十二根。我家桐彦十二岁啦。”简舟山一脸骄傲得意的样子。

卫筝问：“叔叔，今天是桐彦生日吗？”

简舟山点点头：“我悄悄出来买蛋糕，桐彦不知道，不要告诉他哦，我要给他惊喜。你认识我们家桐彦呀？”

“我们是同班同学。”

“那你要来我家替桐彦庆祝生日吗？”

卫筝愣住了，不知道该怎么拒绝，其实她都已经很久没有跟简桐彦说过话了。

“来嘛来嘛，都没有朋友给桐彦过生日。”简舟山竟拖着她的手央求她。

陈美芝把找零递给他，然后冲着卫筝挤眉弄眼：“哎哟，死丫头，你就去呗，不过你可要带上图尔啊，别把那小子扔给我照顾……”

“……”

简桐彦是晚上七点多才踩着积雪回家的，平常冷冷清清的绿屋，今天却灯火通明，从窗口还传来欢声笑话。他鞋都来不及换，一下冲进门，就看见一个女人举着一罐啤酒，醉眼迷蒙地看着他，“嘿嘿”一笑，冲过来就给了他一个熊抱：“哎呀，我们的寿星终于回来了！啊，果然是个好严肃的孩子啊，要笑笑嘛。今天不是你生日嘛，来，笑笑。”说着，她还扯扯他的脸，扯出一个勉强的笑容。

卫筝端着洗好的青菜出来时，刚好看见陈美芝对着简桐彦的脸又搓又捏的，吓得她差点连盆都丢了。她跑过去拉开陈美芝，不好意思地道歉：“对不起啊，呃，她有点喝醉了……”

简桐彦看看房间里的人。

桌子上放着一锅热气腾腾的火锅，旁边放了一堆等着下锅的菜，桌子边围坐着很多外人。

一个被父亲抱在怀里的小鬼，一个常常来找卫筝的六年级男生陆天奇，一个就是天天爱管他的闲事的卫筝，还有一个……不认识的醉鬼。

卫筝看着简桐彦难看至极的脸色，低声解释：“是你爸爸邀请我们来给你过生日的，不过陆天奇是自己非要跟着来的，我绝对没有喊他来！”

陆天奇大叫：“哎，卫兄，你怎么能把我出卖了呢！哎，同学，我可不是白吃的，我这不是拎着火锅来的嘛！”

简舟山把图尔放下来，跑到简桐彦面前，眼巴巴地求表扬：“桐彦，桐彦，我给你找了好多朋友来给你过生日哦。”

简桐彦没有接话，他放下手里的铁桶，陆天奇冲过来，看到铁桶里的东西，激动得哇哇大叫："我刚才还说如果有蛏子吃就好啦！简桐彦，你真是跟我心有灵犀啊！"

"都给我走。"

气氛一下子变得十分尴尬，卫筝有点难堪，伸手让图尔过来，给他穿鞋。陈美芝显然还没搞清楚发生了什么，瞪大了眼："啊？不是还没吃火锅，还没吃蛋糕吗？就这样走啦？"

陆天奇也讪讪地站起来去换鞋。

简舟山看着大家准备走，一下急了，拦在门口，焦急地冲儿子说："桐彦，不要赶他们走啦。他们是你的朋友呀，来为你过生日的……"

简桐彦头也不回地走进客厅："爸爸，他们不是我的朋友。"

简舟山说："可他们是爸爸的朋友呀，你要赶爸爸的朋友走吗？"

简桐彦一时竟无言以对，无奈地看着简舟山。陆天奇看看这两父子，又看看一桌的菜，最后一屁股坐回去，揭开火锅盖，边往里面扔肉边说："对，我们是叔叔的朋友，跟你没关系！"

陈美芝举着啤酒也坐下去："就是！来者是客，你这个小子懂不懂待客之道啊！"

图尔竟然也"噔噔噔"地跑过去坐下："美芝阿姨，我想吃鱼丸。"

简舟山一看大家都坐下来，便高兴了。卫筝站在门口，走也不是，留也不是，推开的门灌进冷风，吹得她一哆嗦。简桐彦回头看她一眼，才说道："把门关上，进来吧。"

卫筝一下子笑了起来，连忙换上拖鞋回了客厅。

那晚大家吃吃喝喝到很晚，陈美芝还下厨做了一盘清炒蛤蜊和蛏子。陈美芝喝多了，也不管简舟山是不是听得懂自己说的话，唠唠叨叨地搂着他说自己的恋爱史。图尔则跟陆天奇一起去参观这栋大得出奇的房子。

简桐彦吃了点东西便去了后院，卫筝坐了一会儿也待不住了，便跟去了后院，看见简桐彦蹲在后院的水龙头旁边，水大开着，他正在把铁桶里的一部分蛤蜊挑拣出来放到另一个铁桶里，听见有人走过来的声音也没有回头。

卫筝蹲下来，看着满桶的海鲜问道："这些都是你自己挖的吗？"

"嗯。"

"拿去集市卖钱？"

简桐彦的动作一顿，过了一会儿才点点头说："婶婶不肯给我们生活费了，爸爸吃药还要钱。"

卫筝看着他冻得通红的手，终于忍不住说："对不起啊，今天我们给你添了麻烦。"

"没什么。我爸好久没有这么开心了。"

卫筝悬着的心这才放下来："简桐彦，祝你生日快乐，希望你以后也开开心心的。"

夜色里，女生的笑容分外明亮，简桐彦阴郁的心里，似乎也照进了一点光。

"谢谢。"他轻声说。

"我帮你呀。"她伸手去帮他。

等忙完，卫筝才回客厅把陈美芝叫醒，陆天奇背着睡着的图尔，几人告辞离开。卫筝打着向简桐彦借的手电筒，积雪已经开始融化了，然而手电筒的光芒所到之处，有雪花飘了下来。

又下雪了。

陆天奇背着图尔走在前面，话就没有停过，说的都是绿屋多么漂亮："那房子真是大，里面真漂亮，像城堡一样……你猜我在楼上看到了什么？"

卫筝摇摇头。

"我看到一个房间里挂了很多同一个女人的照片和画像。哇，真好看！那应该是简桐彦的妈妈吧，超漂亮，不过桐彦应该更像叔叔吧，和他妈妈一点也不像。"

卫筝停下，认真地对陆天奇说："陆天奇，关于简桐彦的家事，你不要再跟别的同学说了，知道吗？"

"为什么呀？"

“你还想让简桐彦揍你一顿吗？”

陆天奇似乎也想起了那天简桐彦护他爸爸的样子，识趣地耸耸肩道：“知道啦，我不会乱说的。”

4

天气终于在元旦后放晴，期末考试开始进入倒计时。卫筝的起床困难症又加重了，可是学校规矩严，还安排了值日老师在校门口专门逮迟到的学生。卫筝被逮着好几次，都被罚在走廊上早读，别提有多痛苦了。

这天早上她又被逮到了，政务处老师瞪着比铜铃还圆的眼睛：“卫筝，又是你！你说你，每天都迟到，还想不想上学了啊？”说完，又看向她身后，“还有你！”

卫筝回头一看，竟然是简桐彦，他有点喘不过气来，显然是跑着来的，白净的脸也被冷风吹得泛红。

最后他们两个像被赶鸭子似的赶到操场去罚站，并且还要大声诵读早课。两个人翻出各自的课本，对着刚刚升起的朝阳开始念书。

简桐彦读的是新学的课文，而卫筝选的是诗歌，倒是简桐彦终于先忍不住了：“你别念了。”

“啊？”

“你都念错了。”

卫筝的脸“唰”地红了：“我……哪儿念错了啊？”

“黄河远上白云间，一片孤城万仞山。羌笛何须怨杨柳，春风不度玉门关。”

卫筝眼巴巴地看着他，脸还红着，眼里像盛满了光。

少年诵诗的声音在这朝阳升起的早晨里倒像是一曲乐调，悦耳动听。冬天的风，没有暖意。教室里的朗读声远远地传来，而清风送来海的味道，似乎沾满了他的发梢，暖黄色的晨光照在少年的脸庞上，轻柔的光芒照耀着，几乎令人连少年脸上的绒毛都看得清楚。

许多年后，卫筝总是会梦到这个场景。这一切在多年后的记忆里，却成为最盛大的青春悲歌。

简桐彦背完，总结道："是万仞山，不是万刀山；是羌笛，不是姜笛。这些生字老师课上明明都讲过。"

卫筝脸烫得厉害："我……我没睡醒嘛，不记得了。"

简桐彦看着她低下头，手忙脚乱地从书包里翻出笔在那两个字上标注了正确的读音，标好了又说："对啦，你什么时候再去海边挖蛏子呀，我可不可以和你一起去？"

简桐彦愣住，一时没说话。这时候恰好上课铃声响起，简桐彦捡起书包准备回教室，临走时才对卫筝说："这个周六下午三点左右，去北海那边。"

周六的时候，陆天奇跑来星星之家找卫筝玩，却看见她正坐在地上穿雨靴，身边还放着两个小铁桶和一把小铁铲。陆天奇惊奇地问她去哪里，卫筝提着铁桶瞥他一眼："你别跟过来啊，我要去赚钱！"

下午三点，大海刚刚退潮，在春风镇，像蛤蜊或者蛏子这些水产品在退潮后的海滩能够找到不少。海浪刚刚退去，卫筝远远看见海滩上那个小小的身影，她一路飞奔过去喊道："简桐彦！"

简桐彦闻声抬头，看着笑容灿烂的女生朝他跑过来，之后便看到她后面还跟了一条胖胖的尾巴，他没有回应卫筝，低头把刚刚铲出来的蛏子拣出来洗干净放到铁桶里。

卫筝跑到他面前，气喘吁吁地说："对不起啊，都是这个死胖子，一定要跟过来！"

"我没意见。"

卫筝看向他的铁桶，"哇"地叫出声："你怎么就捡了这么多呀，都好大个。你快教我呀。"

陆天奇气喘吁吁地跑过来，一看便大为失望："干什么呀，原来是挖这玩意啊。"

那天下午，简桐彦简单地教他们怎么找藏在细沙下的水产，虽然不是多复杂，但是要掌握技巧，还是有点难度。陆天奇玩了一会儿就觉得无聊，铲子一丢，跑到旁边去玩沙子了。卫筝倒觉得越来越有趣，很快就掌握了技巧。落日西沉的时候，她带来的两个小桶已经快装满了。

“我们是要拿去镇上卖吗？”

简桐彦摇头：“去海临。市里买的人多些，也会贵一点。”

“这倒是。”卫筝满意地看着自己的成果，“那我就可以攒够钱啦。”

“你缺钱？”

“嗯。”卫筝笑着说，“我想买份礼物送给别人。”

简桐彦点点头：“那明天我们就去海临。现在回家吧。”

卫筝高兴地点点头。她现在觉得，其实简桐彦也不是那么难相处，一开始他有点冷漠是理所当然的，毕竟是从大城市来的孩子，突然来到这个小地方，肯定会有排斥心理的。那现在他们算不算是成为朋友了呢？

她回过头，看见简桐彦正朝她走过来，夕阳余晖把瘦小的他拉得更纤弱，好似一道影子。

晚夏的风一吹，便消逝了。

——如果能够成为你的朋友，那该多好啊。

春风镇有直达海临的汽车，车程两个小时。第二天，卫筝按约定时间七点到了车站，远远看见简桐彦等在车子旁边。一直到快八点的时候，她才见陆天奇跑来，提着卫筝昨晚交给他的小铁桶。卫筝瞪他一眼：“你是不是又睡过头了？”

陆天奇“嘿嘿”一笑，连忙从口袋里掏出五十元钱：“我总要把我们三个人的车票搞到手是不是？”

简桐彦帮他们把东西放到汽车尾箱，淡淡地道：“我的票我自己买。”

“我们是朋友嘛，别见外。不就几元钱的车票嘛，别介意了，啊！”陆天奇大大咧咧地说完便上了车。简桐彦还想说什么，终究也没有说出口。

最终简桐彦还是自己出了车票钱，陆天奇看起来有点生气，一路都没有参与他们的谈话。不过等到车到了站，下车后看到热闹的海临市，陆天奇就忘了刚才的不快：“车站附近有个特别大的游戏厅，我带你们去玩吧。”

简桐彦皱皱眉：“我们是来卖东西的，不是来玩的。”

“好吧，那卖完再去玩。”

简桐彦没再搭理他，提着桶走在最前面。卫筝瞪了陆天奇一眼，赶紧跟过去。陆天奇一时有点摸不着头脑：“什么呀，我又说错什么了？”

简桐彦显然来过几次了，轻车熟路地找到了车站附近的菜市场，因为是早市，好的摊位早早就被占了。最后，他们占了一个一点也不显眼的位置。卫筝直怪陆天奇：“都怪你，要不是你起得太迟，我们就会占到好位置了！”

陆天奇被说得心里不是滋味，又见她这一路上都护着简桐彦，心里早就不爽快了，于是愤愤地说：“我又不缺钱，干吗要起这么早！”

“你！那你下次别来了！”卫筝气得不轻。

她刚在小板凳上坐下来，就有个阿姨来问价钱，她立马露出笑脸说：“阿姨，这个很新鲜的。你看看，多新鲜啊。我觉得阿姨特别亲切，要不这样，我给阿姨你便宜一点吧……”

阿姨被说得心花怒放，一口气买了两斤。

旁边的简桐彦顿时对她刮目相看，没想到她年纪小小，做起生意来倒是挺机灵。反倒是他的摊位，没有人过来问。

两个小时后，卫筝的一个小桶都见了底，简桐彦一桶还没卖完。卫筝咯咯地笑：“简桐彦，你太严肃啦！”

简桐彦僵住，别过脸说：“我才不笑。”何况她没来的时候，他的生意也是很好的。

上午十一点，三个小桶都见了底，早市上的人也渐渐少了起来。三个人收摊准备回家。没做啥事的陆天奇反而嚷着饿了，三个人便找了车站附近的一个小面馆。陆天奇和卫筝各点了一碗面，简桐彦没点。卫筝找老板要了一个干净的碗，把一半面倒出来，推到简桐彦面前：“你吃一点吧。”

简桐彦摇头，看着门外说：“我不饿。我先去买票，你们吃完了就去车站吧。”说完便站起来走了。

陆天奇看着简桐彦走出门后才百思不得其解地说：“他也不用省钱到这种地步吧。”

卫筝没说话，只是飞快地往嘴里塞面条，吃完了又找老板买了两个包子，也不管陆天奇，就跑出面馆去找简桐彦。她先去售票窗口，没看见简桐彦，又跑到车站里，也没有找到简桐彦。她刚想转身再去售票窗口看看，却一眼看到了站在进站口的简桐彦。

穿着黑衣黑裤、戴着黑帽子的少年尤其好认。

卫筝刚想开口叫他，却发现他面前站着一个女人。

那个女人戴着墨镜，很高挑，也很美，穿着很时尚。她站在简桐彦面前，像是女王，高抬着下巴，然后“啪”的一声，给了简桐彦一巴掌。

卫筝气血上涌，冲过去推了那个女人一把，然后把简桐彦挡在身后说：“你这个疯女人！凭什么打他！”

女人被推了个踉跄，墨镜也歪了，看到突然跑出来的丫头，愣了一下，下一秒却笑了：“我是他母亲，我怎么没有资格打他？”

卫筝一下愣在那里。

女人看向简桐彦，目光比之前又凉了几分：“我给你的时间不多，桐彦。你好好考虑清楚，我知道你最不想失去的是什么。”说完便转过身，上了路边一辆白色的车。

看着女人上了车，待车开走了，卫筝才放松下来。

瘦弱的少年坐在地上，脸色惨白，嘴唇颤抖。她认识他这么久，从来没有看到他这样受惊的样子，不，与其说是受惊，倒不如说是恐惧。

他怕他母亲？

她试着伸手去扶他，却被他挥手打开：“别碰我……”

卫筝僵在那里，不知道该怎么办，只能看着简桐彦摇摇晃晃地站起来。

赶过来的陆天奇看到这一幕，吃惊不已：“这是怎么了？”

卫筝摇摇头，红着眼睛说：“我不知道。我们先带他上车吧。”

一路上简桐彦没有说一句话，卫筝什么也没问。虽然她心里有很多疑问，比如为什么他妈妈不和他们一起生活，为什么他这么怕她，可是她什么也不能问。简桐彦的帽檐压得很低，头抵着车窗，似乎睡着了，可是双手依然紧握成拳头。

如果他不说，她一定不会问。因为她知道，有些事情是宁愿烂在心里，也不能说给别人听的，哪怕是最亲密的人。

从那以后，每到周末，卫筝便跟着简桐彦去海边捡蛏子。起先陆天奇还会跟着去，久了觉得无趣，还要早起，便不再去了，转而一心一意跟着他那帮兄弟玩警察抓贼的游戏。卫筝却每周都去，于是每个周末，都能看见两个孩子提着满满一桶海产品踩着朝阳去车站，在夕阳快落时归家。

男生不爱讲话，总是默默地走在前面。小女生却蹦蹦跳跳地一路说个不停，余晖落进她笑弯的眼睛里，格外动人。

关于他母亲的事，两人心照不宣地没有再提起。简桐彦也似乎没有当一回事，一如他脸上的猩红指印随着时间慢慢淡去。

当然不是每次生意都好，有时候没有卖完，两人舍不得扔掉，只好提回来当作晚餐。每到这时候简舟山就特别开心，因为这意味着他能够吃到好吃的，而且还有卫筝陪自己玩，那是最让他开心的事了。

简桐彦对她也不再像以前那般冷漠。有时候卫筝留下来做作业，他还会给她辅导功课。在班里，他仍然不太主动和同学打交道，也不会主动跟她说话。但他仍然是班里成绩最好的那个。

但是，卫筝已经很高兴了，最起码简桐彦会叫她的名字了啊。

他会轻轻地喊她："阿筝。"

她从不觉得自己的名字好听，可是简桐彦喊出来，字正腔圆，再好听不过。有时候为了让简桐彦多叫几声，她会假装没听到，然后回头眯着眼睛笑："简桐彦，你叫我呀？"

这让简桐彦多少有点无奈。

每天放学后，简桐彦会同她一起回家。有时候她做值日迟了，等到出校门，就看见学校门口大樟树下的小小人影，看到她出来了，才合起手里的漫画书，表情淡淡地说：“走吧。”好像他只是路过，而非特意等待。

她高兴地把这些小细节跟图加分享，图加在电话那边笑她：“以前你交一个新朋友也不见你这么开心，我倒真想见见你这位神奇的朋友。”

“你肯定也会喜欢他的。”

“那可不一定。”图加说，“我不喜欢性格奇怪的孩子。但他是你的朋友，我愿意去认识他。”

“他不奇怪啦，他只是……”

“好啦好啦，我要去上自习了。”图加不由分说地挂了电话。

期末考试结束后，期盼已久的寒假就到来了。

图加早就打电话回来，说她参加了学校的勤工俭学，为期十五天，临近年关才能回家。周姨带着图尔回自己老家度假，也得好一段时间才能回镇上。而陆天奇因为期末考试成绩太差，被关在家里学习。

卫筝现在唯一的伙伴，只有简桐彦。

这天一大早，卫筝就爬起来，从衣柜里拿出自己的饼干盒，里面都是她卖海产品赚的钱，已经是一个不小的数目。她把钱妥帖地放到口袋里，然后提着桶去海边找简桐彦。等到卖完东西要回去时，她才开口让简桐彦陪她去一个地方。坐公交车去车站时她便注意到了那个小店，就开在路边，小店橱窗里展示着很多漂亮的模型，其中就有之前她和简舟山同时看中的摩托艇模型。

一到站，她就拉着简桐彦下车，直奔小店，她二话不说便要了那个模型，正准备掏钱时，简桐彦已经掏出钱：“上次是我爸爸摔坏了你的模型，这次我买给你。”

“不。”卫筝坚决摇头，“这次我必须自己买。下次你可以给我买别的。”

简桐彦虽感到奇怪，但也没有坚持。

等出了店门，卫筝把盒子往简桐彦面前一送：“你替我交给叔叔吧。”

简桐彦不可置信地看着她。

“叔叔不是很喜欢吗？过两天就是他的生日对不对？我看到你们家的

日历上用红笔圈出来啦。这就当作我送给叔叔的生日礼物,他肯定很喜欢。”

“可是……”

“我明年夏天过生日时，我会找你要生日礼物的哦。而且这是我送给叔叔的，不是送给你的，你不能替他拒绝。”

简桐彦被她的伶牙俐齿逗笑了，他双手接过，郑重地说了一声谢谢。

因为买礼物耽误了不少时间，所以太阳快下山时，两人才回到春风镇。卫筝一路絮絮叨叨地说着寒假要怎么安排，首先是要赚更多的钱，然后可以给爷爷买一根龙头拐杖，可以给周姨买一副老花眼镜，还可以给图尔买玩具。还说将来她要赚很多很多的钱，让星星之家变得更好、更大！

简桐彦无奈地看她一眼：“你不打算做寒假作业了吗？”

卫筝扮了个鬼脸：“没有人监督我啊。图加在学校参加勤工俭学的活动，要到过年时才回来。我这个人呀，没人看着就不愿意学习。”

简桐彦刚想说什么，却猛地停下脚步。

卫筝抬头，看到绿屋外停了几辆车，车边站了几个陌生男人，其中两个人肩上扛着摄像机，另外有两个人在绿屋外面探头探脑的，有个人还在拍门。简桐彦脸色一变，拔腿便跑过去。卫筝也赶紧跟过去。陌生男人看见简桐彦，立马围过来。

“小朋友，你是简舟山的儿子吧？我们是海临电视台的……”

简桐彦挥开面前的话筒，推开了正在敲门的男人，小小的身体挡在铁门前，警惕地看着那些陌生人：“你们不准进去！”

“小朋友，我们是想采访你爸爸，我们没有恶意。”其中一个男人示意摄影师将摄像头对着简桐彦，“如果你爸爸不接受采访，你可以接受我们的采访吗？你只要回答问题就行了。”

简桐彦摇摇头，瞪着他们，一字一字地道：“我爸爸有权不接受你们的采访，请你们马上离开，不然我会报警的！”

男人“扑哧”一声笑了：“这孩子，还报警。我们可是有记者证的，光明正大地来采访。”说完就朝简桐彦伸出手，去抓他的肩膀，想使用蛮力拉开简桐彦。

简桐彦像只发怒的小狮子，张嘴就咬在了男人手背上。

其他人连忙上去拉扯，终于拉开了简桐彦。简桐彦一嘴的血，却仍然死死地堵在门口。

“真是个小疯子！”被咬伤的男人气急败坏地大骂。

卫筝终于意识到事情不太寻常，她跑到简桐彦身边，和他并肩站在一起，扬着下巴说：“你们这些坏人不许进去！”

众人一瞧又来了个小孩子，一时半会儿没辙。卫筝颇有义气地对简桐彦说：“你放心，我绝对不会让这些坏人进去的！我一定会帮你！”

简桐彦根本没空感动，一张小脸煞白，嘴角还残留着鲜血。

“小朋友，你们再不让开，就别怪我们不客气啦！”男人的耐心用完了，对旁边的人使使眼色，便有几个男人来拉他们。卫筝被其中一个男人拽到了一边，而简桐彦依然死死地抓着铁门，嘴唇都咬得发了白。

看着简桐彦的样子，她不知道哪儿来的勇气，再度冲过去，胡乱踢打那些人。可是她的力气终究太小，对那些人来说不疼不痒，然后不知道被谁一推，她一屁股坐在地上，手里的礼盒也滚了出去。她怕被别人踩到，连忙用手去捡，却被人踩了一脚，她疼得大叫一声，眼泪也掉了下来。

咬牙坚持的简桐彦听到卫筝的声音，回头一看，见卫筝坐在地上放声大哭，他下意识地手一松，那些人就冲开了铁门。

“桐彦，为什么这么吵啊……”刚刚睡醒的简舟山穿着睡衣揉着眼睛走出来，待看清眼前的情形时，他转身就要回屋，却被人拦住了。他下意识想用手挡住脸，也被人拦住了。

问题劈头盖脸地砸过来，让他措手不及。

“简舟山先生，我们得到报料，说您没有经过法律许可就带走了儿子，现在您的夫人夏西曼正准备起诉您，对此您有何看法？”

“简舟山先生，请问你的病现在怎么样了？”

“简舟山先生，你有没有想过重返画坛？”

简舟山终于崩溃了，大声地喊：“桐彦，桐彦在哪里？！我要找桐彦！”

“爸爸！”简桐彦挣脱开旁边的男人，想冲进人群，却被人拦下了。

“你们不要欺负桐彦！”刚才还怕得发抖的简舟山在看到简桐彦时，发了狂似的冲过来，把简桐彦拉进怀里，“你们不准欺负他！谁也不准欺负我儿子！是不是那个女人让你们来的！你们滚！”

那些记者一拥而上，不停地按快门，简桐彦声嘶力竭地大喊，让他们不要拍，可是没有用，他的声音很快便被淹没了。

现场一片混乱。

卫筝抱着摔坏的模型，呆呆地站在一旁。她看见简舟山把简桐彦护在身下，可是没有人去扶他们，没有人在意他们摔倒了会受伤，镜头和话筒都对着这对父子，他们只问他们关心的问题。

她眼睛一红，眼泪大滴大滴地掉落下来，张嘴大哭：“你们这些坏人！坏人！不要欺负他们！求求你们了……”

也不知道过了多久，终于有大人赶来了，那些记者才散开，不过他们已经拍到了很多他们想要的照片，所以心满意足地离开了。镇上的大人拦着他们，让他们对孩子们的伤负责时，其中一个男人掏出几百元钱扔到简桐彦的身边：“这些够了吧？多的给你当零花钱啊小朋友。”

简桐彦蜷缩着身体半天没动，镇上的大人担心地问：“孩子，你没事吧？”

这时，他才慢慢地爬起来，摇摇身边的简舟山，沙哑着声音道：“爸爸……”

可是简舟山已经昏过去了。

卫筝的手被踩伤了，被带到镇上诊所的急诊室包扎。她一直哭，护士以为她是因为手疼，便哄着她，还拿出了一把糖果。可她只是坐在椅子上，抱着被踩得残破不堪的模型，直掉眼泪。院长爷爷急匆匆地赶来，她一看见爷爷，眼泪噼里啪啦流得更凶，一把扑进爷爷怀里：“爷爷……”

“小筝乖，没事，有爷爷在。桐彦和你简叔叔呢？”

卫筝的眼泪不停地往下掉：“简叔叔昏过去了，在里面躺着。桐彦，他一直坐在那里……”

简桐彦坐在走廊的长椅上，一直低着头。卫筝原本想出声喊他，却忽地哑了声。走廊里只有微弱的灯光，瘦弱的简桐彦坐在阴影里一动不动，像雕塑一样。

“桐彦。”院长爷爷走过去叫了一声，他才微微抬起头，然后慢慢地站起来。他身上全是泥土，脸上也有一点擦伤，黑白分明的眼睛无神，显得十分空洞。

院长爷爷牵起他的手：“孩子，走，先回家洗个澡，换身衣服。”

简桐彦摇头，眼睛红了：“爷爷，我爸爸他……”

“你爸爸没事。你听爷爷的话，先去把衣服换了，把脸洗洗。爷爷在这里替你守着你爸爸。”院长爷爷对卫筝招招手，“丫头，过来，带他回家。”

卫筝点点头，伸手牵住简桐彦，这才发现他的手很冰凉，甚至在微微发抖。

天已经黑了，这个小镇的大多路段都没有路灯。卫筝牵着简桐彦冰凉的手走在夜色里，一路沉默无言。在经过离海最近的那条路，听到远处传来海浪拍打岩石的声音以及船鸣时，简桐彦突然站住了，望着声音传来的方向。

“怎么了？”

“看不到。”他说。

“现在海上这么黑，当然什么也看不到，等天亮了就好了。”

“我看不到光。”

远处的海浪扑过来，扑上不远处的岩石，声音听起来有些令人心惊。

简桐彦单薄的身体几乎要隐入黑暗。

沉默了一会儿，卫筝说：“有光。”她指着远处闪烁的灯塔，“院长爷爷说，那座灯塔的光永远不会熄灭，它会给迷航的人指路。”

简桐彦愣住了，朝她指的方向看过去，很久都没有说话。遥远的一个光点，像是被迷雾遮住的星辰。

“喂，桐彦。”卫筝忽然扬声喊。

简桐彦回过头。

明明自己眼睛还是红肿的，声音还带着浓浓的鼻音，右手的伤口还包着厚厚的纱布，她却对着他露出了灿若艳阳的笑容。

她红着眼睛，轻声说："我们回家吧，桐彦。"

5

卫筝带着简桐彦回了星星之家，陈美芝见状也没有多问，转身去衣柜里找了之前院里的男孩子留下的衣服，然后又找来药箱，叮嘱他别让水碰到脸上的伤口，洗完澡出来再清洗。

简桐彦点点头，声音干涩地说："谢谢。"

"行了，别说谢谢了。那群浑蛋，这真不是人做的事！"陈美芝咬牙切齿，晃晃手机，说道，"你放心，我已经在网上爆料了！那群王八记者！"见简桐彦神色黯然，她便讪讪地收了话头。

卫筝把简桐彦送到浴室，替他放了热水，才转身出来。

她回到客厅时，电视里正在播放娱乐新闻。

年轻漂亮的主持人笑容满面地介绍着简舟山曾经的遭遇。卫筝这才知道，原来简桐彦的家庭并不简单。

简舟山曾是画坛神话，年纪轻轻便获得无数殊荣，却勇敢地选择在最好的年纪与当时刚崭露头角的女钢琴家夏西曼喜结连理，两人育有一子。接下来应该是王子与公主过上了幸福的生活，然而，一切美好生活因为一场车祸而破灭，简舟山头部受伤，智力退回到五六岁孩童状态，失去了作为父亲，甚至是丈夫的资格。

美满的家庭在一夕之间变得满目疮痍，简舟山就此隐退，而他妻子的事业却如日中天，最终两人的婚姻走到尽头，两人达成离婚协议，却因为唯一的儿子的抚养权争至现在。

明明是很让人遗憾和难过的事情，从他们嘴里说出来，却不过是一件无关痛痒的事情，甚至还嫌不够吸引眼球地播放着当初简舟山与前妻在海边的婚礼视频，还有对简舟山前妻的采访。电视里，那个与卫筝在车站有过一面之缘的漂亮女人端庄而优雅，她面对着镜头，适当地流露出遗憾的表情，表示她一直在寻找自己的儿子，丈夫一声不吭就带着儿子离开了，她会保留追究的权利。

这哪像是夫妻，简直像是宿敌。

之后镜头便跳到了记者拍绿屋的场景，镜头里很混乱，却精准地拍到了简舟山和简桐彦的脸。

陈美芝“啪”地换了台，说：“无聊！”

卫筝心里堵得难受，她没有说话，转身去浴室看简桐彦洗好没，刚走到门口，便听到里面传来“哗哗”的水声。

她靠着门坐在地上，沉默了很久，才故作轻松地说：“刚才陆天奇打电话来，问我们明天去不去捡蛏子……他说玩警察游戏太幼稚了，还是跟着你赚钱好……小小年纪就说这样的话，很不可思议吧……他已经把你当作朋友了……我也是。你是我们……很好很好的朋友。”

“对啦，你知道我为什么会和陆天奇成为朋友吗？那个家伙其实还蛮有趣的。我的眼睛和别人的不一样，刚上幼儿园的时候，大家都不和我玩，觉得我的眼睛很可怕。那时候只要有人欺负我，我都会欺负回去，所以每次都会受伤……那时候经常找我麻烦的人，就是陆天奇。后来我才知道，他那时候其实不是要找我麻烦，而是想和我做朋友，很搞笑吧？别人都讨厌我，只有那个家伙竟然说想和我成为朋友。我当然不会想和他交朋友啦，他那么胖。可是忽然有一天到学校的时候，我被吓了一跳，你知道他变成什么样了吗？”卫筝哈哈大笑，“他竟然戴了美瞳，一个黄色，一个红色。那时候我想，朋友不多也不要紧，就算一辈子只有他一个朋友，我也不后悔……现在我才稍微了解到了他当初想和我做朋友的心情，不是可怜，也不是同情……只是想成为朋友而已……”

隔着门，浴室里许久都没有传出声音。卫筝也沉默下来，她不知道还能说什么，她担心自己再说下去会不小心哭出来。纵使她年纪小，也知道眼泪太廉价。

哭解决不了任何问题。从小陈美芝就这么教她。

渐渐地，卫筝心里有些不安，她伸手敲门："简桐彦，你有没有听到我说话？"

"我进来了哦！"她伸手推开门，"你没事……"声音戛然而止。她站在门口，目瞪口呆地看着浴室里的简桐彦。

瘦弱的少年褪去了上衣，背对着门口而坐，浴室里的白色热气一点点地散去。

很多年后，卫筝还会梦到这个场景，哭醒无数回。

她年纪太小，不知道什么是痛苦，然而当看到浴室里的简桐彦时，心脏的某处像被猛地刺入了尖针。

痛到几乎麻木，麻木之后便是对这种痛苦的恐惧。

——不仅仅是因为没有母亲。

——也不仅仅是因为没有保护好父亲。

——而是身体承载了比这更为深切的痛苦。

卫筝终于没有忍住，她靠着门缓缓坐下来，捂着脸，身体发抖，眼泪直流，无声地哭泣。

Chapter 03

我把自己埋进时光里，以为永远不会醒。

一

1

梦境十分混乱，很多陌生人围着她，个个表情狰狞，不让她离开。她很着急，也很害怕，四处寻找她想找的人，那个名字在她喉咙里转了千百回，可就是喊不出来。等她终于拼尽力气大喊一声时，才猛地惊醒。

窗外早已天光大亮，她瞪着眼睛看着天花板半晌，突然反应过来，一下跳起来，鞋子也没穿就“噔噔噔”地跑下楼，冲到隔壁的房间一看，哪还有人。她又掉头冲出来跑下楼，厕所啊大厅啊，甚至连桌子底下都找过了，都没有。

最后，她沮丧地站在客厅，看着沙发上叠得整整齐齐的那套男生衣服。

“天没亮他就走了。”陈美芝端着面条从厨房出来，看见她打着赤脚，皱眉道，“现在马上滚过去穿鞋换衣服！”

卫筝慢吞吞地转身上楼，又慢吞吞地穿好衣服，然后慢吞吞地下楼，坐到饭桌前开始吃早餐。

陈美芝看她游魂似的咬了一口她最不爱吃的玉米馒头，装作漫不经心地问：“昨天晚上怎么了？”

“嗯？”

“昨天晚上啊，就算是担心朋友也不用哭成那样吧。”陈美芝用探究的眼神看着她。昨天晚上她在客厅便听到了卫筝的哭声，等她赶过去的时候，看见的是卫筝坐在地上，用手捂着脸，哭得很伤心，而简桐彦则只穿着单薄的衬衣，站在门口，静静地看着卫筝，他甚至没有要安慰的意思。

她是第一次看到卫筝哭成那样，好像很无助，很伤心。她也是第一次觉得，自己无能为力。

最后她还是走过去，把卫筝抱回了房间，又安排简桐彦的住处。她什么也没问，而卫筝哭累了，便睡着了。

此时卫筝低着头，没有看陈美芝，支支吾吾地说：“没……事啊……只是……想起……昨天可怕的……事了……”说完，不等陈美芝再问，她便放下筷子站起来，“我和陆天奇约好了今天一起写作业的，我先走了！”然后便如一阵旋风似的出了门。

“死丫头，你穿上棉袄再出门啊！”陈美芝在她身后吼。

卫筝跑出门才记起自己没有拿课本，不过她一开始根本就没有打算去找陆天奇，于是鬼使神差地绕着路，去了绿屋。绿屋的铁门还是昨天的样子，半开着，被寒风吹得摇摇晃晃，旧锁撞击着生锈的栏杆，发出混浊的声音。

已是深冬，满墙的绿藤现已变作枯枝败叶，这使绿屋看起来更加荒凉。

她踮着脚往里看，看到院子里还残留着昨天那些记者无情践踏的痕迹，甚至屋门都是开着的。

她慢慢地推开铁门走进去，先在屋里转了一圈，确定简桐彦根本没有回来。也许是去医院了吧。她想。

她干脆坐在屋外的台阶上，看着远处暗沉的天气发呆。

“哟，卫兄，你在这里做什么啊？”

卫筝抬起头，见是陆天奇，这小子不知道从哪里弄来了一辆自行车，正自以为特别酷帅地一脚踩地。

他似乎不知道昨天发生的事，手一挥：“我正好要去找你，叫上简桐彦，咱们一起去骑自行车玩！我爸给我买的，帅吧？”

卫筝没理他，她站起来，细心地把铁门带上锁，然后转身走了。

陆天奇推着自行车追上来：“怎么了嘛？你是不是怪我这段时间没和你来玩啊？可是你老是跟简桐彦一起去捡那什么蛏子，很无聊的哎。再说了，简桐彦那个家伙总是冷冰冰的，脾气又坏，我才不想和他做朋友……”

卫筝停下脚步，很生气地说：“你懂什么呀！你一点也不了解他，他哪里脾气坏啦，他哪里冷冰冰啦！你知不知道他……你知不知道他……”

像是被人扼住了喉咙，她后面的话怎么也说不出来，憋得眼睛都红了。

陆天奇被吼蒙了，半天才反应过来：“什么呀，你不也是天天就知道护着他吗？我可是从小就和你认识，他呢，和你才认识多久？卫筝，我们绝交！”

说完，他踩着自行车就跑了。

卫筝呆呆地站着，看着陆天奇像一阵风似的跑没影了。真是的，她根本没有想要吵架啊，她只是很担心简桐彦。

之后她又去了医院，见她是小孩子，护士没有告诉她简舟山在哪个病房。她只好在医院门口等，来来往往的人不少，可是没有她等的人，最后她只得离开了医院。

结果没有想到的是，她看到了简桐彦。

他正站在一栋小洋房的门前，低着头，挡在他面前的是一个胖胖的女人，还有一个中年男人。卫筝一眼就认出来那个中年男人是简桐彦的叔叔，那个胖女人就是去学校找过他麻烦的阿姨。

此时胖女人叉着腰挡在门前，好像生怕简桐彦闯了进去，大着嗓门说道：“这恶魔般的性子一看就知道遗传了你妈，你看你把我儿子打的，伤口可是好几天才好全……现在倒好，出事了就想起我们是亲戚来了哟！我还以为天下的好事都被你们家占了呢，如今看来也是有报应这回事的！”

简桐彦低着头站在那里，双手在身侧握成拳，低声说：“对不起……可是我真的很需要钱，婶婶……”

“别叫我婶婶，我哪敢当？赶紧回去吧，钱没有，一分也没有！”

“老婆，你别这么说，他还是个孩子，我们能帮……”老实巴交的中年男人拉着自己的妻子，声音里带着哀求的味道。

胖女人指着男人的鼻子，恨铁不成钢地骂道："你给我闭嘴！上个月你偷偷给了他一百元钱，我还没找你算账！你别以为老娘不知道，你这么帮衬着这白眼狼，不就是因为那个妖精……"

"你胡说八道什么！"

"我哪里胡说八道啦！你问问这镇上的人，谁不知道他那个妈就是个妖精，四处勾搭男人，生出来的还不知道是谁的野种……"

"砰"的一声，清脆的玻璃破碎声音，终于让一切像按了暂停键般安静下来。

胖女人愣愣地看着自家的雕花玻璃被砸了个窟窿，下一秒就尖叫起来："哎哟，这可是我上个月才装的雕花玻璃哟！你这个死孩子，给我站住！"

卫筝正想将手里的石块掷向另一面玻璃时，却被人拽住了，是简桐彦，他拉着她一路狂奔。

一直到确定对方没有追来，简桐彦才停下来。他跑得气喘吁吁，双手撑着膝盖，发丝沁湿，贴着苍白的脸颊，黑如墨汁的双瞳却落进了斑斓而温暖的阳光碎片，如同凝固了时光的琥珀。

卫筝忽然开心地笑起来，心里不由得非常爽快，想到刚才那个女人气急败坏的模样，可真是开心。

简桐彦喘着气抬起头，看到她笑得傻兮兮的样子，不可置信地说："你还笑？你刚才闯祸了知不知道？"

卫筝捂住嘴，眨眨眼睛："可是她刚才很过分啊……不帮就是不帮嘛，可是不能说你……不过她那么胖，根本跑不快，即便我们走路，她也追不上我们。哈哈哈，怎么样，我扔得很准吧，我掷铁饼可是班里第一名哦。"

简桐彦一时不知道说什么，她的思维太跳跃，他有点跟不上，只好移开目光，转身往回走。

卫筝忙拦住他："你去哪里？"

"我会跟她道歉。你先回去吧。"

卫筝一把拉住他："到底出什么事了啊？你是不是急需用钱？我有压岁钱，还有卖蛏子的钱，我都存着。"

简桐彦惊讶地看着卫筝，原本淡漠的表情柔和了一些："谢谢，不过我不能要你的钱。我现在确实需要很多钱，医生说我爸情况不太好，必须转院，那就意味着要转去好的医院，因而需要很多钱。我把我卖蛏子的钱都拿出来也不够，所以我才去求叔叔帮忙，可是婶婶不同意……但是……说不定我再多求婶婶一下，她就会借钱给我……"最后似乎连他也不相信自己的话，眼神顿时黯然下来。

卫筝不想看见他这样的表情，拉着他往回走："我们先回去。"

"卫筝。"

卫筝像是没听见，拉着他一直往前走，边走边大声说："就算我的钱不够，还有陈美芝，还有院长爷爷可以帮你，还有很多很多人可以帮你！"

他无奈地被她拉着往前走，不能后退，也不能停住。

当天下午就有人上星星之家告状来了，卫筝和简桐彦躲到了楼上的小阁楼里。女人的大嗓门嚷得几乎四周皆知，少不了看热闹的人。陈美芝也是个火暴脾气，又特别护短，就算听到是卫筝砸玻璃犯错在先，但那个女人句句带刺，不是讽刺孩子是孤儿没人管教，就是含沙射影地说星星之家，简直怒不可遏。要不是院长爷爷喝止了陈美芝，卫筝真的怀疑陈美芝会随手拿起门边的拖把赶人。

等到那个女人终于走了，陈美芝才上楼，推开门，吼道："愣着干吗啊，赶紧过来帮忙洗菜，还吃不吃午饭啦！"完了又对简桐彦说，"爷爷找你，去书房吧。"

卫筝蹲在院子里洗菜，眼睛却一直瞅着爷爷的书房门。已经半个小时了，简桐彦还没有从里面出来。

陈美芝走过来，忍无可忍地道："卫筝，信不信我把你扔到井里洗干净！"

卫筝不明所以地低头一看，才发现她不知道换了多少次水，菜都洗蔫了。

等她站起来回房间时，书房门才打开了，简桐彦走了出来。随后而出的是院长爷爷，他摸摸简桐彦的头：“你爸爸转院和医药费的事情，暂时不要再去找你叔叔，他也是尽力而为，你也不要怨他。这几天你就住在这里，好歹还有口热饭吃，等过完了年，就给你爸爸办理转院。”

她偷眼瞧简桐彦。

少年轻咬着嘴唇，低头看着自己的脚尖，片刻之后，才慢慢点头。至此，她心里才松了一口气。

当天晚上，卫筝自告奋勇地替简桐彦换上新床单和被子，依然是她隔壁的房间，只不过把其他不必要的物品都打包放去了仓库，这样看起来整洁多了。

简桐彦抱着枕头站在门口，看着卫筝帮自己铺床单。

“这个房间呀，以前也是住的一个男孩子，不过他去年被领养了，他那天哭得好厉害，好像要把他卖掉一样，怎么哄都哄不好。一开始他总是会打电话来，一打电话就哭，说要回星星之家，但渐渐地，电话就少了……”卫筝笑笑，“陈美芝说这是好现象，说明他已经融入了新家庭。”

“你将来也会去新家庭吗？”简桐彦环视着这个房间，他对于孤儿院的概念很模糊。

卫筝拉床单的手顿了顿，笑眯眯地摇头：“不。这里就是我的家，我哪儿也不去。不过爷爷说星星之家太旧了，也没有钱重新装修。爷爷睡觉的房间一下雨总是漏水，床也要换新的了……等我将来长大了，我要成为设计师，给爷爷、给院里的小朋友设计一栋最漂亮的星星之家。”

“什么样的？”他难得有些兴趣。

“躺在床上可以看见星星、月亮，还有云；打开窗户可以看见森林，看见从森林里飞过的小鸟。”她畅想了一下，不由得笑了，“可是成为设计师很难吧？”

“嗯。”他没有再继续讲话的意思。

床铺好了，她指着书架上的书说：“那些都是男生喜欢的漫画，你要是想看，随便拿好啦。”

简桐彦放下枕头，认真地说了一声谢谢。

“那你早点休息哦，我先走了。”卫筝转身要走时，简桐彦忽然叫住了她。

“阿筝。”

“嗯？”

少年淡淡地看着她：“你会为我保守那个秘密吗？那天晚上你看到的，如果可以的话，能忘记吗？”

卫筝愣愣地看着他，几乎没有犹豫地用力点点头。

简桐彦眼里闪过一丝感激的笑意。

“谢谢你。”他收回目光，背向她，声音平静地说。

卫筝带上门，手缓缓地从门把上滑落下来。

在卫筝刚刚开始的懵懂人生里，她无法理解简桐彦那种成人般的平静，更无法理解他有时候即便声音平静，但眼底那股恨意像是潮水汹涌，虽然稍纵即逝，却触目惊心。

她意识到什么了，却不愿意去深究。

但无论如何，让她开心的是，她和他有了共同的秘密。

即便这个秘密，是那么伤人。

2

转眼便到了新年。

卫筝从小就很喜欢过新年，因为她既可以收到压岁钱，还能够吃到平时吃不到的美食，院长爷爷每年还会买很多漂亮的烟花。在星星之家，有的小孩有时会眼红别的孩子可以从爸爸妈妈那里收到压岁钱，穿妈妈亲手织的新毛衣，相比之下，她的快乐显得单纯而简单。

何况今年这个新年实在是太特别了，因为简桐彦会和他们一起过。

那天之后，简桐彦就一直住在星星之家，虽然依然沉默寡言，但已经不像前几天那样阴郁了。

新年前的一周，图加也从学校回来了。因为早就在电话里知道了简桐彦的事情，所以看到简桐彦，图加并不吃惊，反而主动跟简桐彦问好，还把从学校带回来的课外书借给简桐彦阅读。偶尔两人还能交谈几句，有时候卫筝竟然插不上嘴，这让她多少有点不开心。

陈美芝说，这是学霸们的共同语言，然后瞥了一眼红着眼睛改被图加画了无数红叉叉的作业的卫筝："学渣就别羡慕了吧……"

图尔也同周姨一起回来了，吵闹的小孩一回来，星星之家就变得前所未有地热闹。

几乎每天一大早卫筝都会被爆竹声炸醒，伴随着小屁孩的尖叫声，待她怒气冲冲地下楼，才发现是简桐彦带着图尔在玩爆竹。图加也起得早，捂着耳朵站在一边看着他们玩。

等大家都回来得差不多了，陈美芝才去海临置办年货，还特别钦点了三位小帮手，图加、卫筝、简桐彦。不过最后跟去的还有个尾巴，陆天奇。

上车时，卫筝拉长着脸不理陆天奇，倒是陆天奇笑嘻嘻地凑上来："卫兄，你还在生气呀？"

"不知道谁说要绝交的哦。"

"我还不是……"陆天奇看了一眼前座的简桐彦，压低声音道，"我不知道他家发生了那样的事情嘛，你看我这不是道歉来了吗？我怎么会和你绝交呢，我们可是好兄弟！"

卫筝一下被逗笑了，她本来就不生气了，陆天奇给个台阶，她也就顺势下了。

陈美芝买完年货送上车，又心血来潮要去做新发型，她甩了两百元钱给图加，让她带着三个小鬼去吃肯德基，三个小时后在停车场集合。

因为是假期，肯德基里人挺多的，点餐区都排起了长队。

图加刚要推门进去时，陆天奇突然指着张贴在玻璃门外的大幅广告大叫："哇，这个美女好眼熟！"可是想了半天也想不起来是谁。

这是肯德基最近请的一个女明星拍的家庭广告，广告里的女子温柔地望着身边正在享受美食的孩子，那样的目光仅通过一张照片就如实传达了出来，让人感受到那独属于亲情的温柔。

看到那张照片，卫筝感到脑袋“轰”的一声，反应过来后立马去拉图加：“图加，我们回家吧，我不想吃这个了。”

图加觉得奇怪：“你不是一直嚷着想吃他们家的土豆泥吗？”

“我现在不想吃了。”卫筝掉头就走了。

陆天奇把着门：“可是我想吃哎！卫筝，你又发什么神经啊？”

图加左右为难，简桐彦从她手里拿过一百元钱，说道：“我和她去吃别的，你们去吃肯德基吧。”说完，便朝卫筝追过去。

卫筝正闷头走着，突然被人拍了一下，简桐彦扬扬手中的钱：“你想不想吃比萨？我知道布衣巷有一家比萨做得很好吃，还很便宜。”

卫筝吞了口口水，迟疑着道：“可是布衣巷好远……”

简桐彦拉着她往车站走：“不远，坐车过去只有三站。”

简桐彦带着她穿过人潮，她紧紧地拽着他的衣角，身边陌生人来来往往，她只看着他的背影。两人坐了拥挤的巴士，穿过熙攘的街头，走进幽静的古老小巷，才在尽头看到了那家和平常小店没有什么区别的小店。

其实那并不是什么小店，而是普通居民人家，连广告牌都没有，只有一个四十多岁的男人坐在院子里晒太阳。看到推门而入的简桐彦，他脸上立刻堆满了笑容，语气随意而客气：“哟，好久不见你来了。”

简桐彦则礼貌地喊他陈叔。

陈叔看看卫筝，笑眯眯地说：“这是你新朋友吧？怎样？你还是吃黑椒口味吗？小姑娘呢，喜欢什么口味的？”

卫筝脸红，她根本没有吃过比萨，好在简桐彦连忙说：“陈叔，有没有水果味的？”

“有有有，你们坐着等一会儿。”和善的老板笑着看了一眼卫筝，转身进了柜台。

坐下后，卫筝才四处打量。这是一个很幽静的小院子，院子里有一个大鱼缸，里面养了几尾漂亮的红鲤，还有些浮萍。院子里的青砖墙上爬满了藤蔓，叶子枯黄，有些败落。

这里和星星之家的大院子不同，要温馨很多。

之后证明她跟着简桐彦来这里真是来对了，因为比萨太好吃了，小小的一人份吃完了，她眼巴巴地瞧着简桐彦才吃了一小半的比萨。简桐彦愣了愣，便把余下的推到她面前："你吃吧。"

卫筝也不客气，捏了一大块扔到嘴里，香得她眯起眼睛："真的好好吃啊，比土豆泥还要好吃。哈哈哈，待会儿我要跟陆天奇说，他肯定会气死的！"

简桐彦看着这个小院子，轻声说："我爸爸没生病时，常带我来这里。不过现在，他也好久没吃到了。"

卫筝嘴里包着一嘴的食物说道："我们待会儿打包一份，带回去给叔叔吃好啦！"

少年看着她，没有说话，良久才移开眼神，望着院子里大水缸里的浮萍，说道："卫筝，以后你大可不必因为那个人而有所顾忌，她于你只是陌生人。"

卫筝低着头没说话，一口一口咬着比萨。

简桐彦又说："我没有那么多时间去害怕她……"

卫筝一愣，半晌才慢慢地说："我从小就不知道妈妈长什么样，可是那又有什么关系，亲情不是只有妈妈才能给的呀。所以简桐彦，你不要不开心。"

——不知道为什么，原本内心又黑又冷的某处，像是渗进了一点点温暖的光，明明那么微不足道，又令人想拼命保护住，不想失去。

"好。"他终于笑了笑，然后隔着桌子伸手摸摸她的头，"我会开心。"

可是，怎么会有那么孤单的笑容呢？要多孤单，才会露出那样的笑容啊？

大年三十那天，大家吃了一顿团圆饭。除夕夜，院长爷爷搬出了两箱烟花，跑来凑热闹的陆天奇帮忙把烟花在院子里一字排开，可是几个女生谁也不敢去点火，还是简桐彦自告奋勇去点的。小小的少年弯着腰，快速地一个个点燃烟花。烟花冲向夜空，绽放出了绮丽的大花朵。

与此同时，别的人家也在放烟花，一朵一朵地在夜空中绽开。孩子们兴奋地尖叫，尽情地享受着新的一年带来的希望和快乐。

陆天奇手里不知道什么时候拿了一把爆竹，他点了一个往卫筝脚下一扔，吓得她尖叫一声，反应过来就追着陆天奇一顿狂揍。他消停了一会儿，然后竟鬼使神差地点了一个扔到了简桐彦脚下，“啪”地响了，简桐彦吓了一跳，看着脚下，似乎没有反应过来。

陆天奇似乎也觉得不该惹他，一时不知道该道歉还是装作什么也没发生。简桐彦淡定地转身，从箱子里捡起一串爆竹，点燃后就扔向了陆天奇脚下，爆炸声吓得陆天奇“哇哇”大叫着四处逃窜，嘴里还大骂：“简桐彦，你神经病啊！”

“是你先炸我的啊。”

“你扔的是一串啊！”

“没有谁规定，你扔一个，我也要扔一个。”说着，简桐彦像变戏法似的，又拿出一串。

卫筝和图加笑得直不起腰，后来图加也忍不住加入了捉弄陆天奇的行列。

晚上睡觉时，院长爷爷给每个人包了一个红包。起先简桐彦不肯收，但是院长爷爷说，这是爷爷给晚辈的，是福分，得收着，简桐彦才收起来，仔细地放进口袋里，礼貌地说了谢谢。

给简舟山转院是在初四这天，院长爷爷之前便疏通了关系，在海临找好了医院，安排好了床位，所以过完年便直接去办理转院手续。于是初四上午，院长爷爷和陈美芝便带着简桐彦去了医院。

一直到天快黑时，三人才回来，且脸色都不怎么好看。卫筝注意到走在最后面的简桐彦额头有一块青紫，刚要开口问，就被陈美芝用眼神制止了，只好把话吞了回去。

吃完饭，简桐彦便回了房间休息，卫筝端着糕点敲门，里面也没反应，她只好把糕点放到门口，然后轻轻走开了，回房间时听到陈美芝和周姨在厨房说话。

“那他额头上的伤是他爸爸打的？”

“可不是。之前说他头部受伤，智力退回到五六岁小孩的水平，但也不是精神病呀。今天他爸爸就跟精神病人没有什么区别，谁也不认得，四处嚷嚷着要保护桐彦，结果儿子站在他面前，他非但没认出来，还抓起杯子砸了过来……”陈美芝一激动，声音就拔高了，“那些浑蛋记者真不是人，竟然这样对一个病人和孩子！这下好了，本来家就不完整，现在更是四分五裂了……不过医生说了，最多一个月就可以出院了。”

周姨叹了口气：“唉，那孩子真是命苦。”

卫筝转身轻手轻脚地离开，她想再回去找简桐彦，经过院子时，却发现他坐在院子里的槐树下。院里的灯没打开，只有大厅里的灯光洒出去，因而只有微弱的光亮，这让他看起来更孤寂，像是一抹剪影。

她最终没有走过去。

走过去又能怎样呢？

她只是单纯地希望他可以开心一点，多笑一笑。然而现在她明白，她根本无能为力，她唯一能做的，就是陪着他。

即便是隐身于黑暗中，她也愿意。

倒是简桐彦似乎听到了响动，头往这边微微侧了侧：“卫筝？”

卫筝只好走过去：“你不冷吗？”

简桐彦摇摇头，指指夜空中悬挂的月亮：“真好啊，明天是晴天。”

可不是，一轮乳白色的明月挂在夜空中，明亮又温柔，但还是有些清冷，就像简桐彦。

卫筝不知道说什么，只好沉默地站着。

“你不用担心，我很好。”他轻声说。

他明明说着很好，声音却听起来孤独而寂寞。

3

半个月后，简舟山出院了，趁着简桐彦随陈美芝去接人，卫筝、图加、图尔和陆天奇四个人自发去绿屋打扫卫生。陆天奇负责扫院子和倒垃圾，图尔负责擦地板，图加和卫筝把楼下收拾完，开窗通风后，便去打扫楼上。

这是卫筝第一次去楼上。楼上实际上是一个小阁楼，里面堆满了纸箱，纸箱里装了书、CD 以及一些旧衣物，还有旧唱片机，看起来没有什么用，但她们不敢自作主张扔掉，只好拖到角落里摆得更整齐些。

图加叉着腰，歪头看着墙上挂着的几幅女人画像，皱皱眉："陆天奇说眼熟，原来就是她啊……她是简桐彦的妈妈？"

画里的女人风情万种，看着比真人更年轻，宛如少女。明明是画的，却像拍下来的，每幅画的右下角都落了年月和签名，几乎都有十年之久。

卫筝一愣，胡乱地点点头，拿着抹布去擦那架旧钢琴。

图加凑过来，盯着卫筝："你们两个……有秘密吧？"

卫筝吓了一跳，抹布都掉地上了，结结巴巴道："什么……什么秘密……怎么可……能啊……"

图加撇嘴，一副不相信的样子："我看你们俩怪怪的，总有一种奇怪的伙伴的感觉……但是我觉得啊，简桐彦那个人很奇怪，不适合做朋友。事实证明我的感觉是对的，他的家庭看起来很复杂，对吧？家庭复杂的人，不适合做朋友。"

卫筝看着她："图加，这也是书上说的吗？"

图加气得直翻白眼，敲了她一下，不再理她，掀开琴盖弹了几个单调的音符，觉得无趣，又合上了。

这时，楼下传来陆天奇的声音："他们回来啦。"

卫筝跑下楼时，刚好看见简桐彦扶着简舟山下车，简桐彦看到干净的院子和全副武装的大家，愣了一下。

不过短短的几天，简舟山就瘦了很多，长了胡须，面色比之前更为苍白，原本清澈的眼睛也有些混浊，听到简桐彦的话，也只是点点头。

"对了对了，这是我们三个送给叔叔的出院礼物！"陆天奇跑回房间里，抱了一堆东西出来，“这是卫筝送给叔叔的摩托艇模型，这是图加送的刺绣，当当当，我送的礼物很特别吧？”

当陆天奇把礼物举到大家面前时，大家都沉默了，一脸看怪物的表情。

倒是简舟山双眼突然亮了：“哇，是小狗哎。”

是的，是一只毛茸茸的小狗，正瞪着无辜的圆眼睛好奇地看着大家。

简舟山走过去就把小狗抱在怀里，回头看着简桐彦：“桐彦呀，我喜欢这个礼物，可不可以把它留下来呀？”

简单快乐的简舟山，似乎回来了。

简桐彦愣愣地看着他，一时没反应过来，他张张嘴，却一个字也没有说出来。少年灰暗的眼睛里闪过一丝光亮，希冀般地看着自己的父亲。

简舟山露出沮丧的表情：“不行吗？我知道桐彦不喜欢狗的。”

陈美芝在旁边说：“正好养着这小家伙防贼。”

简桐彦垂下头，帽檐遮住了他全部的表情，好久才听到他轻声说：“嗯，我们养着它吧。”

简舟山开心极了：“太好啦！太好啦！”

卫筝和陈美芝相视一笑，他们知道，这个冬天即将过去，春天终究会到来，扫去一切被冰封的阴霾。

小狗最终被取名为鱼丸，是简舟山取的，因为他最喜欢吃的就是鱼丸。卫筝挺担心简舟山会不会将可怜的小狗看成一个大鱼丸而咬一口，好在后来每次去的时候，都看到简舟山把小鱼丸照顾得很好，对于曾经发生的可怕事情，他似乎根本不记得了。

图加说，这是逆行性遗忘，是属于选择性遗忘的一种，还有一种是顺行，就是对今后的事情难以形成系统的记忆。简舟山是逆行性遗忘，就是会遗忘过去的事情，但并不影响今后的记忆。

卫筝虽然听不太懂，但是她觉得，如果能够把不开心的事情都忘掉，只记得开心的事，也挺好的。

这年秋天，卫筝和简桐彦一起升入六年级，而陆天奇则因为成绩太差，被迫留了一级，重读了一次六年级。在那一年的同窗生活里，三个人的友谊迅速升温。

陆天奇永远是闯祸的那个，卫筝永远是火上浇油的那位，而简桐彦则永远是默默在后面收拾烂摊子。这让老师生气又无奈，总教育简桐彦不应该同两个混世小魔王在一起，但是渐渐地他发现，两个混世小魔王虽然依然调皮捣蛋，可是成绩好了不少。这样一来，老师也就不再管了。

第二年秋天，三人都升入初中。陆天奇在简桐彦最后的突击复习监督下终于没有落后，免去了再复读的可悲结果。

而鱼丸呢，也越长越大，已经长成了一条威风凛凛的大狗。它常常跟着简桐彦，他让它咬陆天奇，它就咬陆天奇，哪怕陆天奇天天给它带肉。

简舟山的病情也已得到控制，阴云渐渐散去，未来似乎充满了希望。

升入初中后，卫筝主动请求不住校，因为如果住校，就意味着要多花钱。她请求爷爷给自己买一辆二手自行车，这样来回骑行的话，每天也不过一小时。一开始陈美芝是反对的，院长爷爷反倒是同意了，并且过了两天就给卫筝买了一辆全新的漂亮的女式自行车。

陆天奇知道她要走读，便央着父母也让他走读，这样一来，有了伴儿，院长爷爷他们就更放心了一点。

第二天一大早去学校报到，卫筝推着自行车出门，刚出院门便愣住了，除了陆天奇又摆出个自以为帅的造型等在那里外，还有一个人，是简桐彦。

他仍然是黑衣黑裤，仍然是安静的样子，身边停着一辆看起来很旧的自行车。他朝她点点头，说道："因为没有人照顾爸爸，所以我也走读。"顿了顿，他又说道，"以后可以一起。"

看卫筝没反应，陆天奇嘴贱道："哎呀，我们的卫兄感动得眼睛都红了！"

卫筝推着自行车往前走："才没有感动啦。"可还是忍不住笑了。

太阳从地平线缓缓地升起，照亮了这个并不温暖的小镇。

卫筝看着已经长高不少的黑衣少年，他踩着自行车，迎着海风在夕阳下飞驰，风鼓起他的衬衫，像是欲要展翅飞翔的鹰。

依然很胖的陆天奇奋力踩着自行车追上去，大声喊：“简桐彦，谁最后到达那地平线，谁就请吃冰淇淋。”

卫筝骑上自行车追赶上去：“陆天奇，我要吃草莓味的！”

“你先赢了我再说啦！”

其实，我们都知道，地平线那么遥远，就像我们的未来，那么遥不可及。然而，我们依然充满着太阳般的希望。

Chapter 04

岁月太匆匆，我们都已长大，
我的少年，请稍微等等我。

1

院长爷爷是这年夏天去世的，卫筝刚好进入高三。

老人家走时很安详，他似乎提前知道自己要走似的，头一天把正在外面逍遥快活的陈美芝叫回来，交代后事般地把所有事做了妥当安排。

他郑重地将星星之家交给了陈美芝，同时也把将三个孩子抚养成人的重任交给了她。

末了，他把卫筝单独留下来，然后从一个檀香盒里取出了一串念珠。

她那时才知道，原来自己的母亲还给自己留了这样一件东西。念珠太大，她在手腕上缠了两圈。她莫名地很喜欢。

但是她没有问更多关于自己身世的问题，只问了一句："她是什么样的人？"

院长爷爷说，她是个善良安宁的人。

院长爷爷去世后，卫筝花了很长一段时间才缓过来，导致学习落下不少。升入高三前的暑假，陈美芝让简桐彦来辅导她的理科，文科则交给了图加。原本图加是要打假期工的，被陈美芝呵斥后，只好回了春风镇。

也是在这一年，星星之家结束了作为春风镇唯一一家孤儿院的使命，成为当地第一所民办幼儿园，曾经日渐空荡的星星之家似乎再一次将星星般的孩子们聚集起来，让它重新焕发了生命光彩。而做到这一切的，就是明明之前还以玩世不恭的态度对待人生和亲人，在爷爷去世后，却突然换了一个人似的陈美芝。

这几天，卫筝的学习情况不是很理想，被图加批评了好几次。尤其今天下午在绿屋院子里，图加看了头天晚上她布置的作业，劈头盖脸就一顿骂。

幸好当时简桐彦和简舟山出去遛狗了。

反正无心学习了，卫筝索性拿了水管给菜园子里的菜浇水。

过了一会儿，简桐彦回来了，一边走一边还教育着低着头跟在他身后的简舟山，高大的男人一脸黑灰。图加忍不住笑："这是去遛狗还是被狗遛了啊？"

少年无奈地说："他最近特别喜欢玩火，居然跑去跟小朋友烧垃圾玩……"

图加端着水过来，对简桐彦使使眼色："我来帮叔叔洗洗，你去看下那丫头。"

简桐彦看看菜园子里一直浇水的某人，会意地点点头。

卫筝正浇着水呢，水管却突然被人拿走了。

"这样浇下去，菜会被淹死的。"

"看吧。"卫筝叹气，"我连给菜浇水也不会。"

"可是你会吃。"看到卫筝脸都气绿了，简桐彦便伸手摸摸她有些乱的短发，"虽然考什么样的大学在别人看来很重要，但并不能决定你的人生，所以事情没有你想象的那么严重，放轻松。想想当年你考高中的时候，是不是也觉得自己考不上？可是你表现得很棒，能够考上三中，也超出了自己的预期不是吗？"

少年已经有一米八了，她却一直没怎么长个子，只到他的肩膀，所以他每次都来"摸头杀"。

图加接话："但上不了好的大学，你的人生甚至走不出春风镇。"

图加这话说得底气相当足。当年她可是凭借着非常优秀的成绩考上了海临市最好的高中，她是聪明的，这份学习上的聪明，卫筝这时才觉得可望而不可即。不过大学图加依然还是选择在海临市，并没有去太远。卫筝知道，她始终是放不下图尔。

卫筝觉得一阵无力，只好放下水管，发呆地看着透明清凉的水漫过脚边："春风镇也挺好。"

图加似乎料到了她会这么说，笑她："你就是个扶不起的阿斗。"她看向简桐彦，"你也别管她了，你就是对她太温柔了，所以她才不紧不慢。"

卫筝脸一红，争辩道："哪有不紧不慢，明明是他讲得好。"

"哦哦，那是我讲得不好喽。那干脆全部让桐彦辅导好了。"图加白眼一翻。

卫筝气结。她知道图加对于辅导她学习本来就心不甘情不愿的，还总是调侃她和简桐彦。

简桐彦关了水，从旁边的水桶里抱出来一个西瓜，找了刀切开，说："今天就休息吧。"

图加说："桐彦你简直是个人才，居然连西瓜都会种了！"

简桐彦笑笑，又对卫筝说："今天陆天奇回来，晚上一起给他接风。"

"他怎么突然回来了？"卫筝感到讶异。

人与人的关系真奇妙。相比前些年，两个少年的关系更好了些，甚至陆天奇常给简桐彦打电话，问起来，陆天奇就说，男生和男生当然更有话题啦，尤其是少年们都处在思春期。

对于陆天奇的话，简桐彦听多了之后连眉也不皱了，只当没听到。

简桐彦看了一眼正在拿西瓜逗狗的图加。

卫筝明白过来，与其说陆天奇小时候便是她的跟屁虫，不如说他其实一直看着的是图加。那时候的图加不怎么喜欢陆天奇，说他是暴发户的儿子，身上有一种特别的暴发户气质，这是清高孤傲的图加最讨厌的。陆天奇初中未读完就退学了，有些人就是这样，无心学习。然后便被他爸扔到技校待了一年，又扔去当兵，说是让国家磨磨这个不成器的儿子。陆天奇对图加的好感在十七岁这样的青春岁月里直线上升，据说几乎一天一个电话打到图加宿舍里，图加却从来不接。

过几天就是图加生日，估计陆天奇是请假从部队回来给她过生日的吧。

似乎是见卫筝还是没有露出笑脸，他忽然凑近她耳边。忽然凑过来的少年身上带着好闻的夏日阳光味道，发丝还沾着细小的汗珠，卫筝听到他小声地说："今天发工资，我请你吃你最喜欢的水果比萨。"

可是卫筝根本没听进去，眼里是少年的脸，空气里都是少年如樱花般的甜美气息。

"不错哦。"等简桐彦进屋了，图加忽然说。

"啊？"卫筝不明所以。

"多亏了你啊。那个死小孩以前可令人讨厌了，一脸厌世的表情。"图加站起来，伸伸懒腰，眯着眼睛看着太阳，"我们卫筝也像太阳一样呢。"这倒是令人受宠若惊的夸赞。

对啊，较之以前总是眉头紧锁的小孩，卫筝自然更喜欢看见现在时常展眉的他。

曾经冷漠而孤独的少年，几年间已经变得仿佛不曾受伤。

可是越来越温柔的少年，也好像离她越来越远。他太优秀，几乎让她触不可及。

她握紧拳头暗暗道，要努力了啊，不然真的会追赶不上他！

陆天奇八点才到聚会地点。几个人等得饥肠辘辘，图尔嚷着要吃饭，图加只好先给他点了一份炒饭。

看到陆天奇，几个人几乎不敢相信面前这个身材高大挺拔的少年就是曾经以胖为荣的胖小子，连图加也愣住了。

他首先直奔卫筝，给了她一个熊抱，好半天才说："哎哟，卫兄，您终于发育了。"

"闭嘴！"瞧，一开口就知道，还是那个陆天奇。

"啊呀，小图尔也长大了。"

陆天奇捏着图尔的脸蛋，图尔疼得哇哇乱叫：“陆胖子，你松开啦！你欺负我可追不到我姐姐哦！”

陆天奇马上松开，嘿嘿傻笑。

图加面无表情地给图尔喂饭，训斥：“饭也堵不住你的嘴。”

“是他欺负我的嘛。姐姐，我对未来姐夫的要求是很高的哦，最好是像桐彦哥哥……”

陆天奇捂住心脏做痛苦状：“小图尔，你太狠了！”

卫筝心里高兴，几个人好久没有聚在一起了，眼下人来齐了，她便让服务员上菜，没想在转角却与人撞了个满怀，人没看清，先闻到了一股香水味。

很熟悉，也很让她不适的香水味。

一抬头，她便看到了那张似乎不曾变老的脸。哪怕她们只见过一面，但是夏西曼给她的印象实在太深刻了。今天应该看看皇历，肯定不宜外出。

夏西曼倒是很意外，看了卫筝几眼：“在这儿吃饭？”

卫筝点点头，贴着墙壁站着，想让她过去。可是夏西曼没有走的意思，而是往她身后关闭的门看看：“桐彦在里面？”

她点头，又感觉不对，立马摇头。

夏西曼瞅她一眼，兴许是看穿了她的谎言，露出了揶揄的笑，身材高挑的她轻易地越过卫筝伸手想打开门。

“西曼，我们时间不多。”一直站在旁边的男人提醒她。

夏西曼收回了搭在门把上的手，临走时说：“小姑娘，我们还会再见的。”

卫筝不知道哪儿来的勇气，回道：“不。我们不会再见的。”

夏西曼脚步一顿，卫筝不知道她是什么表情，但肯定又是那种不屑和高傲吧。

卫筝大松了一口气，她好怕这个女人会闯进去，这样肯定会毁了这场聚会。

在之后的时间里，卫筝当作什么也没发生似的，只是当陆天奇提出干脆就在这个山庄里开个房唱歌时，她赶紧找借口说这里的音响效果不好，价格又贵。在这里待的时间越长，越容易碰见夏西曼，不是吗？

图加觉得奇怪："我怎么听说这里音响效果可好了，而且我们在这里吃饭应该有优惠吧。"

不知情的陆天奇不知道从哪里弄来一张优惠卡，得意地说："我们真是心有灵犀啊。"

"可是……可是……"卫筝一时想不出更好的理由。

一旁的简桐彦早看出了不对劲："你不喜欢这里？"

卫筝胡乱地点头，心里纠结死了。

简桐彦对陆天奇说："我们换个地方吧。你们去门口叫辆出租车，我先去埋单。"

可人算不如天算，简桐彦付钱的时候，一只细白的手捏着一张卡递过来："这几个孩子的饭钱我来结。"

简桐彦浑身的血液在听到这个声音时有一刹那停止流动，他几乎僵在了那里。

"桐彦，好久不见。"夏西曼仔细地看着身边的少年，他已经长高了，眉眼越来越像自己，她看着他就好像在看一件艺术品，心里颇为满意，"长大了不少。"

简桐彦毫无表情地从钱包里拿出钱递给收银员，似乎没有听见夏西曼的话。

"看来你的朋友没有告诉你我在这里。"夏西曼按住他的手，"我来付吧，算是我回国请你吃的饭。"

他触电般抽开手，干涩的喉咙里好久才挤出干巴巴的几个字："不用。我有钱。"

现在他已经长大了，不会看到她就害怕得发抖，但是，他依然不想看她的眼睛，声音冷漠，毫无感情。

夏西曼摇摇头："桐彦，你这一点我很不喜欢，像你爸爸，太要强。"

"你没有资格提我爸爸。"他终于抬起头。几年不见她了，那次记者骚扰事件后，他让父亲签下了离婚协议书，之后她一度消失在大众视野以及他的世界里，听说是去美国深造了。

他原以为他们不会再见面了。

“他与我自然没有关系了。但你，”夏西曼伸出手指点点他的肩，“是我的儿子，这是永远改变不了的事实。这么多年了，你怎么还没有学会面对现实？”

简桐彦咬着牙，双手紧握，他想找机会离开，可是面前这个女人的气场就好像小时候的阴影，压迫得他一步也动弹不得。

“我听说你现在很缺钱，都高三了还要打临时工来贴补生活，医院的药费也欠了不少吧……”夏西曼又拿出一张卡，说道，“虽然你不认我，但是我劝你不要太丢我的脸。人人都知道我有一个儿子，你太差劲的话，我很会苦恼。”

忽然，有人伸出手把那张卡抢走了。

是陆天奇，因为久等不见简桐彦，他便折回来瞧瞧，哪知道就看见了这一幕。

“哎哟，这位大妈，您今儿个怎么这么大方？”陆天奇捏着那张金卡，对简桐彦说，“桐彦，你猜猜里面有多少钱？一万，十万，还是还要多几个零？这钱吧，少了不要紧，可是如果太多了，又沾了太多的臭味，那真是让人恶心啊！是不是啊，大妈？”

陆天奇其实不太清楚这对母子之间有何过节，但是他小时候看到过简桐彦与他父亲过得怎样艰难，而这个名为母亲的女人又是怎样对自己唯一的儿子狠心又绝情的。

他左一个大妈，右一个大妈，让夏西曼的脸色特别难看：“桐彦，这就是你交的朋友？”

“不是朋友。”陆天奇揽过简桐彦的肩，“是兄弟，懂不！谁要是敢给他不痛快，谁就是让哥哥我不痛快。大妈，步行街有很多要饭的，你的钱实在太多的话，去那儿撒撒哈，就当是给自己积德！”

夏西曼估计是头一次碰到这样的角色，竟然一时说不出话，不过大人到底是大人，神色一瞬间就恢复了，优雅地笑一笑，权当遇到熊孩子了。

这时，一起吃饭的人都出来了，一直陪在她身边的男人也在叫她的名字。

夏西曼从陆天奇手里拿过卡，最后看了一眼低着头的简桐彦："原本想去你家找你，不过眼下碰到了正好，告诉你一件事，下个月我要结婚了。"

简桐彦吃惊地抬起头，终于第一次正视了那张脸。

"作为母亲，我希望你能够到场，也可以把你的朋友都带过来。"夏西曼优雅地丢下这句话就离开了。

简桐彦都不知道自己是怎么被陆天奇带离饭庄的。

那晚虽然大家都当什么事都没发生，照常去唱歌，但是九点就早早散了场，打车回了镇上。图加抱着睡着的图尔坐在副驾驶座，其他三个人挤在后面。简桐彦在唱歌时被陆天奇下套灌了半瓶啤酒，此时头抵在车窗上，看起来似乎睡着了。陆天奇却像吃了兴奋剂一样，抓着卫筝讲了一路，搞得卫筝想关心简桐彦都不能。

只是车开到半路时，简桐彦叫停了车，下车跑了很远，然后吐了起来。

卫筝很担心，拿了纸巾和水想跟过去，却被陆天奇拦下："我去。你陪着图加。"

简桐彦原本也没吃什么东西，当然也不是那半瓶啤酒的原因。只是从见了那个女人开始，他的胃就一直不太舒服。

陆天奇递过纸巾和水，说："我当你是朋友和兄弟，有些话我是不想讲也不行了。"

简桐彦没说话。

"简桐彦，真不是我说你。"陆天奇看着撑着腿弯着身子半天没动静的简桐彦，"不就是个大妈吗，你应该像个男子汉那样去面对，至于怕成那样？平日里也没见你怕过谁。幸好今天是我去找你，如果是卫筝，那丫头指不定又会做出什么事来。你总不会习惯让她去保护你吧。而且我看你那亲妈，挺像手段黑的！现在咱们都是男子汉了，得护着姑娘们，不能再让她们给我们出头了！"

陆天奇的话让简桐彦微微一怔，他轻声说：“我不会让她动你们。”

“我不是这个意思。”陆天奇摆摆手，“但你今天那小媳妇样，那不是你亲妈吗，至于怕成……”

简桐彦打断他的话：“不要再说了。”他站起来，接过陆天奇手中的水，喝了一口，冰凉的水入喉，人似乎才清醒了那么一点，“不过谢谢你。有些问题，我确实需要面对。”

陆天奇没想到简桐彦这么快就恢复了，不过他看起来好像确实没什么事了。

他拍拍简桐彦的肩：“我先回车上等你。”

一直站在车边的卫筝看到他们两个一前一后回来，才微微放下心来，关切地问简桐彦：“要不要吃点姜？我包里有。”

简桐彦一直低着头，走到她身边时，才抬头朝她笑了下：“好啊。”

卫筝愣住，紧接着心脏好像被人狠狠地揪了一下，疼得她发颤。

又是这样的笑容。

又是如此孤单、悲凉的笑容。

2

幸好之后夏西曼没再出现，生活又恢复了以往的安宁。陆天奇一直待到图加过完生日才返校。

卫筝并不知道夏西曼要结婚的事，还是在网上看到了新闻，当年的女钢琴家留美归来再嫁，嫁的却是个警察，这实在是个劲爆的话题，一时之间占据了新闻热搜榜首。

简桐彦自然是没有去的，那一天他同平常一样去遛狗，还摘了几个瓜送给陈美芝，然后又带着父亲去剪短了头发，接着又给卫筝补课，神色也如常。

可越是这样，卫筝便越担心。

其实图加错了，她并没有让简桐彦变得更好，他只是长大了，知道把那个不快乐的自己隐藏起来，但夏西曼一出现，就会将他打回原形。而夏西曼一消失，那个不快乐的自己又会缩到某个阴暗角落里。

小长假还没结束，图加提前返回了学校。卫筝在星星之家帮忙处理迎接新生入园事宜，她把简桐彦也叫来帮忙，完全帮不上忙的简舟山也来了，其实他只顾着和图尔玩吹气球了。

等忙得差不多了，离开学也只差三天了。

因为已经高三了，陈美芝决定让卫筝住校，这样可以省下时间学习。虽然暑假里她的成绩进步不少，但在陈美芝看来还远远不够。

吃饭的时候，陈美芝再三交代简桐彦，让他常去学校看卫筝，免得卫筝光顾着玩，不记得学习了。

简桐彦看了一眼卫筝，语气倒是很轻松："她应该可以应付的，我常常去反而还有可能打扰她。芝姐，这学期我会在学校附近租个房子，到时候会把爸爸接过去。"

听了这话，卫筝和陈美芝大吃一惊。

陈美芝忙说："反正园里事也不多，你爸我来照顾就好了，带在身边，你怎么学习啊？再说了，你哪儿来的钱租房呢？"

简桐彦放下筷子，说"这两年我打工也存了些钱，早就有这个想法了。"

卫筝想说什么，最终却什么也没说。

陈美芝却还想努力一下："要不你让你爸直接住到这里来，如果你不放心的话。"

"谢谢你，芝姐。"简桐彦站起来，"我先和爸爸回去了，明天我再来帮忙贴纸。"

陈美芝讷讷地看着简桐彦父子离开，好半天才转向默默扒饭的卫筝："你今天哑巴啦？你们俩闹矛盾了？你跟他表白把他吓到了？"

"哈？"卫筝被呛到了，笑道，"你脑袋里想的都是什么东西啊。"

"不然他干吗突然要租房子住啊？一定有什么事！"陈美芝笃定地说。

高三的学习强度还是超出了卫筝的承受能力，整整一个月，她的脑子里几乎只有学习，就连晚上做梦也是在课堂上。简桐彦在学校附近租了房子，然后把简舟山也接了过去。有时候陈美芝过来给卫筝送东西时，也会顺便去看看简舟山。

她回来就给卫筝打电话抱怨："这父子俩过得太辛苦了，桐彦学习忙，他爸在那儿孤单得像只小狗……见了我激动得直摇尾巴。"

"你这形容有点……过了吧……"

"那孩子别看这几年开朗了许多，但其实谁也不知道他心里的想法……你好好劝劝他，他大可不必让自己这么累。"

卫筝听得有些头疼，连说"知道了"，便挂了电话。其实简桐彦往宿舍打过几个电话，她都没能接到，不是在自习就是在图书馆补习。

简桐彦来找她的时候，她正趴在图书馆靠窗的位置看书，越看困意越浓。

她小时候是爱热闹的，可是越长大，反倒越喜欢清静。所以就算有空出去的时间，室友叫她去玩，她也总找借口躲进图书馆。

"原来躲在这里睡懒觉。"

有人从书堆后面露出脸。

卫筝一脸惊喜："桐彦！"

简桐彦把买来的蛋糕和冰饮放到她面前，说："还以为你在努力学习，特意买来犒劳你。"

卫筝不好意思地抓抓头："昨晚很晚才睡觉，所以……对啦，这个周末一起回春风镇吗？你不知道鱼丸好想叔叔。"

"嗯。"简桐彦坐下来，打量四周，午后的图书馆里没有几个人。

两人难得地坐在一起轻声聊天，初秋的午后，阳光透过玻璃洒进来，还带着余温，微凉的风透过小小的天窗跑进来，带来一丝丝凉意。简桐彦随意地抽出一本书，随意地翻阅着，嘴角带着浅笑。大多时候是她在说，一到他面前，她便成了话痨。

末了，他才轻声问道："有信心考上海临大学吗？"

卫筝撑着迷迷糊糊的脑袋，看着窗外飞过几只信鸽。学校里有位老师痴迷于养信鸽，卫筝时常喂这些信鸽吃的。今天又有两只停在窗边，她熟练地拿出玉米粒，听到简桐彦问，她“啊”了一声，伸手摸了摸鸽子的羽毛，有些沮丧。

“其实我也不知道我能够考上什么样的大学，好像大家都比我要努力。这段时间我虽然一直在努力学习，但其实还是很迷茫。我不像你，也不像图加，总是有着清醒的目标，知道自己想要什么……”

他笑了笑，伸手摸摸她额前乱乱的刘海，说：“谁说我有清醒的目标了，其实我也不知道自己将来要做什么。这大约是大部分高三生所面临的人生难题吧，拼足了力气，似乎只要学习好，只要考上好的大学，便是终极目标。却不会仔细思考自己所考的大学能够带给自己什么，而自己需要对人生负多少责任……所以……”

他收回手，看着又飞来的两只鸽子。

——所以才来找你啊。

——跟你在一起，好像再难的难题都不足为惧。

好久没听到卫筝说话，少年侧头一看，见她已经趴在桌上睡着了，手心里还有几粒鸽子未吃完的玉米粒。太阳已经下山了，余晖透过窗户，洒在她脸上，她又挺又直的鼻子双翼上长了几颗小雀斑。

她大约真的太累了吧。

那天下午，卫筝做了一个梦，梦到自己变成了一只海鸥，飞过了大海，越过了风浪，她内心广阔，没有害怕，不惧黑暗。

3

高三生活过半的时候，已经快冬天了。才不过深秋的天气，却像寒冬似的。前几天才回去一趟的图加在周日的时候给她送来了两件棉衣，其中一件是男式的。她交代卫筝给简桐彦送过去，说自己没空。

图加每次来学校找她的时候，带她去的都是很贵的西餐厅。图加读大二了，打工时间很充裕，她读的是法学，所以将来也许会成为大律师。

可是最近的图加很不一样，她居然开始化妆了。

“图加，你是不是谈男朋友啦？”卫筝看着面前一直在补妆的图加，八卦心顿起。

图加涂了眼影的大眼睛瞅她一眼：“别跟陈美芝乱讲啊，她那个人很麻烦的。”

卫筝瞪大眼睛：“真的啊？”

图加抿嘴一笑，收起化妆镜说：“小孩子不许八卦！”

“知道啦。那你下个月回不回去啊，陈美芝生日哎。”

“一个生日而已，不回。”

“三十六岁哎。”

图加“啊”了一声：“她这么老了啊！”

“图加！”

图加哈哈大笑。卫筝发现图加越来越爱笑，笑起来越发漂亮动人。她不知道自己什么时候才能变得那样明艳动人。

吃完饭送图加去了车站，卫筝站在公交站台等车，无意间看到有一站是简桐彦所在的一中，刚好顺路把棉衣送过去。可是从教室找到自习室，甚至连食堂也找过了，她都没找到简桐彦。她只好随便抓住一个同学问，巧了，正好是简桐彦的同班同学，但是他的话让卫筝呆住了。

“简桐彦已经有好几天没来学校了，老师往他家打过好多次电话，都没人接。”他同学忍不住打量她几眼，“你是他朋友，应该知道他家里发生了什么吧？”

卫筝想离开时，男生又叫住她：“对了，上次听到他妈妈来找老师说，他要转学来着。”

卫筝把衣服交给男生便离开了，简桐彦要转学，她一点也不知道，上周他们还一起去看了打折电影，上上周他还带她去吃了水果比萨。

那天她坐在简桐彦所租的房子外的楼梯间等了好久，感应灯灭了又亮，亮了又灭，来人都不是简桐彦。屋里一片寂静，门口堆了好些报纸，可以看出来好些时间没人回来了。

浑浑噩噩地熬到周末，卫筝独自一个人回了家，没想到图加也回来了，还带回来一个高大的男生，正在院子里帮忙修坏掉的秋千。卫筝八卦的心都没有，一个人躲进了屋子。

没想到图加跑进来，神秘兮兮地揪着她的耳朵问："怎么样怎么样？"

"什么怎么样？"

"我男朋友啊。"

卫筝呆呆地"哦"了一声。图加觉得甚是无趣，又跑去找图尔，可她这个弟弟对许长州爱搭不理的，一直待在自己房间，怎么都不开门。

午饭还是那个男生下厨做的，陈美芝的态度不咸不淡，她一向不反对已经成年的图加谈恋爱，但是没想到个性独立的图加居然直接把人带回了家。不过这个男生显得十分有礼貌和家教，厨艺也不错，陈美芝想摆臭脸也摆不出来，就当是招待朋友了。

图尔耍小孩子脾气，说这个菜咸啦，那个菜太辣啦。

图加一筷子敲上去，瞪眼："不想吃就一边去！"

图尔扒了一大口饭，撇撇嘴："重色轻弟！"

卫筝吃得索然无味，陈美芝却开展地毯式询问，摆足了家长架子。

图加意外地没有跟陈美芝杠起来，谈了恋爱后，一向清高孤傲的图加变得温柔起来了。

哪怕卫筝无心听也还是听到了什么家里母亲是钢琴家，父亲是银行家，上面还有一个姐姐，目前正在国外念书，自己已经大学毕业了，没打算子承父业，而是想成为一名律师。

卫筝忽然抬起头，看向对面的男生："可以请问你一个问题吗？"

图加拍了一下她的手："人家有名字，叫许长州。"

"哦。"

许长州摆手："没事。你要问什么？"

"你妈妈是钢琴家？"

“是啊。她现在正在教学生钢琴，怎么，你想学？”

“那她认识夏西曼吗？”

许长州愣住了：“认识。她和我妈妈是好朋友。”

“……”

路灯渐渐隐去了，笔直的柏油路上没有一点光亮，车子以时速九十公里往前飞奔，卫筝坐在后座，双手紧握，一直看着窗外飞逝而过的某片光亮。

图加打着哈欠，还不停地道歉：“不好意思，我这个妹妹性子太急，明明可以等到天亮……”

许长州倒不在意：“没事，能帮上忙就好。”

图加更加不好意思了，只好冲卫筝说：“下次好好谢谢你长州哥哥啊。”

卫筝根本没听进去，她坚持着一定要晚上过来，因为她十分不安，好像有什么事情要发生。

花了不到四十分钟，许长州的车转进了一个高档住宅区，小区里都是独立小洋房，正在打瞌睡的保安看见许长州的车，连忙放行，满脸笑容地道：“许先生回来了。”

原来是同一个小区。

没等车子停稳，卫筝便冲了下去，图加追上来，很是生气：“你连哪栋楼都不知道，瞎跑什么！他就算和自己的妈妈在一起，那也不会有什么啊。”

正是因为和妈妈在一起，所以才更危险啊。

卫筝挣开图加，此时许长州停好车走了过来：“不要急，跟我走吧。”

“不好意思。”卫筝低声道歉。

许长州领着她们来到其中一栋小洋房前，他按响门铃，不过几秒便有人应声，是个五十岁左右的女人。许长州礼貌地说明来意，聪明地掩饰说自己过来拿母亲一直想喝的茶叶，问夏西曼在不在。

不久便有保姆出来打开铁门，门一开，卫筝便闯了进去，把前来开门的保姆撞了个趔趄，保姆追着问：“哎，你是谁？”

夏西曼穿着睡衣正坐在客厅沙发上翻杂志，看到闯进来的卫筝，又看看她的脏鞋子踩在一尘不染的昂贵地毯上，皱皱眉头。

许长州刚想说明来意，卫筝就开口问道：“桐彦在哪里？”

夏西曼收起杂志，扬起眉眼瞅着她：“现在的高中生都开放到这种程度了？”

“我知道是你把他关起来了，你还私自找学校说他要转学，你甚至连学校也不让他去了……”卫筝因为气愤，有些口不择言，“你把他还给我！你不能对他那样！”

夏西曼已经十分不悦了，她转头向许长州道：“长州，你妈妈的茶叶我明天亲自送过去，你可以带着你这两位朋友离开了。”

许长州看看卫筝：“阿姨，我看事情好像有点严重，如果她的朋友在这里，让她见见可以吗？”

图加也看出了不对劲，说：“夏阿姨，我们都是桐彦的朋友，他失踪几天了，一直联系不上，如果他不在你这里，我想我们应该会报警。如果他在的话，也免去了这层麻烦。您说是吗？”

一听到报警，夏西曼的神色有了变化，但她仍然一口咬定：“人不在我这里。倒是你们，再纠缠下去，我可要叫保安了。而且就算他在我这里，也是合情合理的，他是我的儿子，法院也已经把他判给我。这几年我只是遵从他的意见，让他生活在春风镇。但现在时间到了，他原本就不可能一直待在那个穷地方。”

卫筝看看这装修豪华的大宅子，忽然冲上楼，她速度极快，快得所有人都来不及拦住她，她一扇扇门打开，不停叫着简桐彦的名字。

追上来的保姆拉住她，想把她带走，卫筝死命拍打那扇挨着楼梯的门：“桐彦！桐彦！钥匙在哪里？”

“小姑娘，这里没有关什么人，这里是太太的书房！”

“我知道他在里面！她把他关起来了！这是犯法的！”

楼下的夏西曼已经打电话叫保安了，她气极了：“真是没教养，居然大半夜跑到别人家里来闹！”

许长州见情况不对，准备上楼把卫筝带下来，不承想意外就这么发生了。保姆用力过猛，卫筝被拉开时，忽然一脚踩空，整个人滚了下来。

目睹了这一切的图加吓得尖叫一声：“小筝！”

Chapter 05

在这世上，对我而言没有是什么美好的，
除了你。

1

三天三夜过去，卫筝仍未醒来。

医生说她因为跌下来时后脑着地，伤到了大脑，但不算大碍，只要耐心等待就行。可是简桐彦还是寸步不离地守着。图加劝了几次，他也坚持守着，甚至睡在医院。其实他哪里睡得好，没两天就眼窝深陷，黑眼圈严重。

第四天卫筝醒了，看到床边的简桐彦，第一反应居然是咧嘴就笑："桐彦，你回来啦。"

简桐彦喉咙哽着，有些嘶哑地"嗯"了一声："你饿不饿？"

卫筝头还有些痛，不过还是配合地捂着肚子说："你一说我就好饿啊，超想喝陈美芝炖的鸡汤。"

"好。上午芝姐就把汤送过来了，我去给你热热。"

简桐彦正在走廊转角用微波炉热汤时，图加正好坐电梯上来，手里提着一袋水果，知道卫筝醒了，也松了一口气。

两人一并坐在长椅上等汤热好。

"前几天谢谢你。"

图加看他一眼，忽然笑了笑："我有时候挺看不惯她自以为很了解你的样子，小小的丫头懂什么大人的世界啊，自己的事情都一团乱。所以当她紧张兮兮地说要连夜去找你的时候，我还呵斥她，如果当时我拦住她就好了，最起码你走你的，她也根本不会受伤。”

那晚许长州把那扇紧闭的所谓的书房门踹开时，简桐彦确实不在里面。

也许是因为卫筝的坠楼让夏西曼知道了事情不会这么轻易结束，所以坦言已经把简桐彦送往了机场，至于他的父亲，夏西曼直接将他送到了疗养院。这个女人真是强势得可怕，如果不是许长州当场请她打电话把简桐彦截下来，也许她根本不会受任何人的控制。

简桐彦低着头，一言不发。

他之所以租房，就是怕夏西曼找到春风镇，只是他还是太天真，没过多久夏西曼就找来了，她要的很简单，就是他。至于他的父亲，对她而言不过是个包袱，从前是，现在也是。

“桐彦，从小她就只知道护着你，拿命换都是一句话的事。她几乎看不得你露出一点悲伤的神色。但是她太小了啊，自己都保护不了……”图加眼睛一红，说不下去了，“明明自己就是被抛弃的人，却努力去保护别人。她努力想待在那个人身边，那个人居然一声不吭地跑掉，害她担心得不得了，你不觉得很搞笑吗？”

“对不起。”

图加站起来，平静地看着他：“生活在星星之家的人都没有父母，这是我们没法选择的。但对于以后的人生，我们还是有选择的权利。我的选择是，无论将来我的选择是什么，我都得护小尔和小筝周全。

“谁的人生不会有阴影呢？干净而美好的过去根本不存在。小筝刚生出来没多久她的母亲就将她扔在医院，自己消失了。这件事爷爷一直不曾告诉小筝，小筝也从来不问。不负责任的父母太多了，可是爷爷自小便教育我们，不要去恨。小筝不恨，我却没办法不恨。我小时候也曾渴望，再大一点更是怨恨过，可我能恨谁呢？我的母亲是个虚影。后来我不恨了，我要过得很好，让抛弃我的人瞧瞧。桐彦，相比去恨一个不存在的虚影，你难道不想过得更好，勇敢地去回击他们的自私和丑恶吗？”

微波炉发出“叮”的一声，时间到了。

图加没去病房，把水果交给他便离开了，简桐彦心情复杂地端着鸡汤回了病房。

卫筝从小就护着他，不管是面对那些疯狂的记者，还是面对强势的夏西曼，她每次都勇敢地冲出来挡在他的面前。

她怕他受伤害，也不允许伤害碰到他一点点。

那他呢？不管小时候，还是如今，他都很懦弱。

快到病房时，他听见了陈美芝的声音。

“给我滚！滚出去！”一袋子水果被扔了出来，滚得走廊到处都是，随后便有人被推了出来，是一个男人。

“这位大姐，有话就好好说，怎么能动粗呢？”

“这就叫动粗啊！”陈美芝霸气十足地叉腰挡在门口，指着男人的鼻子说，“老娘真动起粗来，你还能站在这里讲话？你赶紧带着东西给我滚，再不滚，我报警了啊！”

“这位大姐，您先别激动，有什么事可以好好说，我这次是代我太太来看望孩子的，没有恶意。”

“你才是大姐，你全家都是大姐！”陈美芝指着男人的脸，“回去告诉你家那位太太，道歉得自己来，老娘保证先招呼她俩耳光！”

“这……”男人知道沟通不下去了，便从随身的公文包里掏出一个鼓鼓的信封强行塞到陈美芝手里，“这是我们的一点补偿，太太知道您家境困难，孩子住院也得花钱不是……”

陈美芝顿时就怒了，可没等她发火，就横空伸来一只手夺过钱，扬手一挥，人民币四处飞散开。

围观的人一阵惊呼。

“转告她，”简桐彦咬着牙冲男人说道，“有这么多钱不如先去治治自己的良心。”

“少爷，这……”

简桐彦踩过地上那些钱，拉着陈美芝进房，然后“砰”地关上病房门。

卫筝一直听着外面的争吵，此时看到简桐彦进来关了门，才松了口气。陈美芝的气还没消，在病房里来回转圈圈：“简桐彦，你这辈子怎么投胎做了那个人的儿子！钱钱钱，她眼里除了钱，还有别的吗？”

卫筝挣扎着下床，慢慢走到简桐彦身边，牵住他微凉的手，不知道说什么好。

陈美芝的牢骚也发不出来了，只好叹了口气。

卫筝住了一周的院，那一周里简桐彦给她补课。出院那一天，是图加来接的她。图加现在在海临市租了套公寓，她想把卫筝接过去住，刚好离学校不远，公交车来回不过半个小时，反正这段时间也要往返医院复查。

陈美芝想想便同意了，她摸着卫筝头上未拆的纱布说：“我们得以形补形，回头我买个猪头来，你炖给小筝吃。”

卫筝一脸黑线：“我又不是猪。”

“你比猪还蠢。”图加帮她提着东西按了电梯，等电梯的间隙她才又说，“桐彦晚点也会过来吃晚饭，今天他还有点别的事。”

一直皱着眉的卫筝听到这里，眉头一下就展开了。

图加叹息着摇摇头，不知道说什么好。

晚上简桐彦如约而至，他买了好多零食，还买了一束百合。原本沉闷空荡的客厅倒是因为这束花而有了一些活力。

吃了饭，图加还有晚工要打，简桐彦便带卫筝去看看海临市的夜色。他先带她去了海临市的著名景点——海临市音乐厅，上百年的古老建筑矗立在夜色里，与这座现代都市显得格格不入，却又格外醒目，带着厚重的历史气息。

“你知道吗，我小时候的梦想是成为钢琴家。”简桐彦笑了笑，“阿筝你呢？”

“我的梦想啊……其实是想成为一个幼儿园老师，听起来很没出息对不对？”卫筝说完，不由得吐吐舌头，显得说不出的可爱，带着少女的俏皮。

简桐彦忽然伸手摸摸她柔软的发顶，眼里闪着光：“我们一起加油。

走吧，我带你去小吃街。”

卫筝看着少年远走的背影，忽然觉得他好似在告别一样。

虽然她说想要敞开吃，但她这也不能吃那也不能吃，怕不利于头上伤口的恢复。

最后简桐彦还是给她买了个甜筒，两个人站在人行天桥上看着桥下车来车往。卫筝觉得这样真好，转念一想，又觉得自己真是没出息啊。

“阿筝，我决定离开海临市。”

卫筝愣住了，呆呆地看着他，似乎不太明白他的意思，也终于明白之前的不安来自哪里。

他真的在用最温柔的方式和她告别。

“天奇回来那次我就决定要离开这里，我想去投靠在新加坡的大伯。”简桐彦看着天桥下如流星河的车流，缓缓道，“只是一直没有勇气和你告别。夏西曼一直在和我父亲争夺我的抚养权，在国内我无法躲开她，她有的是办法分开我和我的父亲，我只有去找我大伯，只有他能够帮我。”

卫筝一直没有说话，她还没法消化这个突如其来的消息，只是觉得头有点痛。

“阿筝……”

忽然惊醒般的卫筝“啊”了一声，忽然扬起笑容：“这样啊……还蛮突然的……”

“我会找时间回来看你。”

卫筝连连摆手：“没关系，没关系。出国很好啊，对叔叔的病也有好处。我没有关系的。”

“阿筝。”

明明眼泪都要掉下来了，她却还要装作很轻松的样子。他的心脏在那一瞬间被揪紧，他明白自己其实很自私，他想悄悄走，以免自己不舍得，却还是间接让她受到了伤害，到最后还是要亲自和她告别，让她露出这么难过的表情。

卫筝后退着，不停地说没关系，她想她得赶紧离开，不然她肯定会挽留他，可是这样的挽留真的毫无意义。

他们都长大了，走上了各自的人生道路，分开是迟早的。只是她以为他们还能再同行一段时间，没有想过这么早就要告别。

她转身就想逃，手却被简桐彦抓住。

少年的双眼似沉进了星河般，光亮点点，温暖得让她想哭。

“阿筝，我从不骗你。”

卫筝忍住眼泪问：“桐彦，离开这里，你会开心吗？”

简桐彦一愣，他实在没有想到卫筝居然会问出这句话。

他握紧她的手：“我想应该会开心一点。”

卫筝终于露出释然的笑容：“你不骗我？”

“是。”少年坚定地点头。

卫筝把手腕上的念珠取下来，戴到他手腕上：“这是我最喜欢的，每次伤心难过的时候，它都能够让我安宁下来。”

这念珠戴在男生手上有些不伦不类，但是他没有取下来。

“好。”

2

陈美芝三十六岁生日，图加擅自做主宴请了镇上的人，她把这两个月赚的工资都贴了进去，选了镇上最好的酒家预订了三桌酒席，这一切都瞒着陈美芝。卫筝简直对她刮目相看，图加平时就挺大方，但是对陈美芝大方，她还真是不敢相信。刷卡付钱的时候，图加眼睛都不带眨的，只是出了酒店后，图加抱着自己的银行卡，痛不欲生地道：“啊！我的钱！陈美芝你还我的钱！”

卫筝忍住笑，亲密地挽着图加的手：“等你三十六岁的时候，我在海临市最好的酒店给你订上十桌，请你所有的朋友和同学！”

图加“呵”了一声：“本姑娘永远十八岁好不好！对了，简桐彦这周怎么没和你一起回来？他这人手机也不备一个，也没法通知他。”

卫筝"啊"了一声，松开图加，故作轻松地道："他学习应该挺忙吧。"

图加一眼便看穿了她："我看你这几天很沉闷，心情不好？那天晚上桐彦都没有送你回来，是不是吵架了？"

卫筝哈哈一笑："你觉得他会同我吵架吗？我连他生气的样子都不曾见过。"

"……"

卫筝不想图加追问下去，便扯开话题："这次你这么大方，倒是让我刮目相看，还以为你很讨厌陈美芝呢。"

"我不喜欢她的势利，也不喜欢她的不务实。但是爷爷去世后，她确实改变了很多，我挺喜欢现在的星星之家。"

卫筝点点头，现在的星星之家她也非常喜欢。

不再是没有家的孩子，而是快快乐乐的孩子在这里读书，玩乐。

"再见。"

每次看到小朋友们脸上绽开笑容挥着手，她便觉得这真是世上最美好的两个字。

两人一路走回了星星之家，好久没有这样亲密地聊天。图加一直是个冷淡的人，这两年性子改变了些，最起码愿意让别人亲近，也开始替别人着想。卫筝心想，大约是因为她遇见了许长州吧，谈起他，图加脸上会露出少女般的羞涩。虽然有点对不起陆天奇，但卫筝是真心希望看到图加成为新娘子的那一天。

刚到家门口，图加就"呵"了一声："某人看来等了很久。"

居然是简桐彦，他蹲在门口，拿着一根狗尾巴草逗一只最近常在星星之家附近溜达的小猫，这小猫性格并不温顺，可是此时被少年逗得满地打滚。

简桐彦抬头看见她们，才站起身来。

图加从卫筝手里拿过东西先进去了，留他们两个独处。

"你怎么回来啦，不是说下周一就要走吗？"

简桐彦笑笑："可今天才周六。你回来，也不叫我一同回来。"

卫筝有点尴尬："我以为你要走了，事情应该很多。"其实她只是怕看见他。

简桐彦懂，但并不深究，而是拉过她的手往前走，面如常色地说道："走吧。"

"去哪儿呀？"

"去海边。明天芝姐生日，你陪我去预订生日蛋糕，可以吗？"

"可是可以……可是怎么没有看见叔叔……"

少年仰天叹气，又回头看她，有些无奈地说："小筝，你真像个小大人啊，总有操不完的心。"

少年一直拉着她的手，在他看来也许只是朋友之间的正常举动，可是卫筝的脸红得发烫，手心甚至沁出了汗珠。

明明是微冷的天气，她怎么觉得像夏天那样热。

去海边也只是随意走走，两个人提着鞋，赤着脚踩在刚退潮的松软的海沙上。简桐彦说是周一晚上的飞机，这件事夏西曼并不知道。出了卫筝受伤那件事后，夏西曼有所收敛，暂时没来打扰他，这几天他都在处理租房和转学的事情。最后简桐彦把绿屋的钥匙交到卫筝手里："总有一天我会回来的，有这把钥匙为证。"

这仿佛誓言般。

他知道她这几天肯定不好过，所以事情一忙完，他马上坐最后一班车回春风镇，借口是给陈美芝过生日，不过是想陪她久一点，让她心里好过一些。

卫筝握着那把单薄的梅花钥匙，用力点点头："我会一直在这里等你回来。"

简桐彦笑了："你得好好抓紧学习，没有我在身边，也不能放松。不然等我回来看到你哭丧着脸，我可会生气。"

卫筝的脸"唰"地红了，她点点头。

太阳落下时，两人才结束谈话，卫筝心里释然许多，走路也轻快许多。

她忽然觉得这场告别也未尝不好，他们有更多的时间去长大，成为更好的自己，不是吗？

两人去镇上的蛋糕房订了最大的蛋糕，又买了一些小蛋糕准备带回家，因为家里还有两个大小孩，图尔和简舟山。卫筝对着橱窗里那个精致的玫瑰蛋糕看了又看，简桐彦问她想不想要，她犹豫一下才点头："我想买给图加，她最喜欢吃这种蛋糕了……可是好贵啊。"

小小的一块，要二十元钱。

简桐彦笑笑，不由分说地要了两块打包。

卫筝眉眼含笑："我也有份？"

比她高出许多的少年伸手揉揉她的发心："怎么能少了你的啊。"

刚走到蛋糕店门口，他们迎面就撞上急匆匆跑来的蛋糕店老板娘，老板娘咋咋呼呼地道："不得了了不得了了，起火了！可怜啊！那么大的火，作孽啊……"老板娘话没说完，一看到卫筝，眼睛都红了，"哎哟，小筝啊，你赶紧回去吧，你家出大事了！"

3

之后许多年里，卫筝都十分惧怕火，小小的一点火星都可以让她害怕得浑身发抖，所谓的火星还包括一切光芒，包括太阳。她始终缩在阴暗的角落里，连同那颗被火烧毁的心。

她从不知火可以温暖人，也可以毁灭一切。

太阳那么热烈与美好，却可以让她觉得坠入了冰窖。

那晚她一直狂奔着，把简桐彦远远地抛在身后，鞋子跑脱了，双脚硌出血了，她都不管，她只知道一直往前跑。

明明那么近，可是她跑了好久好久才到达。远远地便看见那火光几乎照亮了整个春风镇，那晚的风声大得吓人，海浪被卷起又重新拍回去，好似在哀悼这场灾难。

现场已经有好多人在帮忙灭火，但是几乎没有效果。

卫筝揪着一颗心，四处寻找家人，很快便找到了人群中的陈美芝，卫筝扑过去，抓住陈美芝的手，她才觉得自己活过来了一点。

可是陈美芝一脸绝望地看着她：“小筝啊……图加和你简叔叔还在里面……我只顾着抱图尔……他们还在厨房……”

卫筝的第一反应是往里面冲，却被旁人拉住，她也不知道哪儿来的力气挣开那个人，撒腿往里跑。火势最大的是教室这一块，厨房在后面，她绕过去，脱了外套在水缸里打湿，然后穿上，又用湿透的围巾捂住口鼻，才跑进厨房。厨房里浓烟滚滚，简舟山正缩在门后，被呛得眼泪直流却不知道往外跑。但厨房里没有图加。

卫筝松了口气，去拉简舟山：“叔叔，图加呢？图加在哪里？”

“不关我的事！不关我的事！我不是故意的！！我害怕！好害怕！”简舟山受惊似的推开卫筝，爬向另一个角落。

卫筝知道急也没用，她想办法把简舟山推出厨房，又回头进去找，却被赶来的简桐彦拉住：“我去。你带我爸爸出去！”

卫筝想跟进去，简桐彦拦住她：“相信我，我会带图加出来！”

卫筝把简舟山带出去的时候发现消防车已经来了，可是简舟山的神志已经不太清楚了，只有他知道图加在哪个区域，可是情绪崩溃的他什么忙也帮不上。

那晚的火光在卫筝的记忆里烧出了一个永远不可能复原的伤口。

那晚是简桐彦把图加从大火中背了出来。

她永远记得，那天浑身是伤的少年踉跄着出现在大家面前时，悲伤的表情足以说明一切，他的背上背的是几乎已经没有生命体征的图加。

陈美芝看到这样的情形时，一声悲号，一下瘫坐在地。

有一年冬天，漫天的大雪里，卫筝第一次同图加吵架。原因是有不错的家庭看中了卫筝。对方没有孩子大了不好管教的顾虑，甚至也同意每半个月就让卫筝回星星之家一次，家境也富裕，院长爷爷还是有顾忌，说孩子的眼睛有问题。哪知对方爽朗大笑：“真是特别的眼睛。我正是看中了这双特别漂亮的眼睛。”

如果卫筝愿意去，这无疑是最好的选择。

可是卫筝一秒也没有考虑，当着对方的面就拒绝了。

“对我来说，这里就是我的家。我很感谢你们愿意接纳我，但是对不起，我必须留在这里。”那时年仅八岁的她是这么对那两个人说的。

等那两人带着遗憾离开，图加便爆发了：“你是不是疯了啊！你知不知道这个机会很难得！”

“我想留在这里啊，这里才是我的家啊！为什么我要离开自己的家，去跟陌生人一起生活啊？”卫筝也不认输，握紧拳头回击。

“原本生活在这里的人不都是陌生人吗，生活久了不一样可以成为关系亲密的人？什么叫你必须留在这里，你留在这里又有什么用，不过是给大家增加负担而已！”

卫筝从来没有见过图加这么激动，连这么伤人的话也脱口而出。说完，图加自己也觉得难过，用力地把卫筝推了出去。

那时，院子里全是积雪，卫筝一屁股坐在雪地里，半天没爬起来，哑然地看着流泪的图加。以往任何一个选中她或者是选中她们姐弟的家庭，她都觉得不行，总能挑出一些毛病。所以陈美芝对她很有意见，因为年纪小小，就太有自己的主见了。

图加一把擦掉眼泪，咬牙切齿地说：“为什么有更好的选择却不知道去做，偏偏要做这种让人讨厌甚至无法接受的事情！”

卫筝久久地坐在雪地里，好半晌才说：“我不会走的，永远不会。我要和你们在一起……”说完，她“哇”的一声哭起来，边哭边喊，“我要和你们在一起，我谁也不跟！”

图加一愣，反应过来后，居然也跟着“哇”的一声哭了。

后来院长爷爷说，那段时间图加一直很难过，她甚至试图去联系那对夫妇，希望他们可以多花点时间来感动卫筝。对方却说，他们尊重卫筝的选择。他们也不会再领养其他的孩子，愿意一直等待卫筝来接纳他们，成为她的家人。

太久了，久到卫筝几乎已经忘记了。

可是她忽然又想起来，想起图加说："有一个家不是很好吗？有爸爸，有妈妈，一家三口一起吃饭，一起玩游戏，他们陪伴自己长大……"

可是对她来说，星星之家永远无法取代。

她也忽然想起来那天吵完架，她坐在雪地里太久，衣着又单薄，当晚发了一场高烧，她一会儿冷一会儿热，是图加守在身边，冷时抱着她，热时帮她退热。

她那时不记得，现在却记起来了。

可是现在呢。

她只想在梦里见一见图加，却再也见不到了。

卫筝醒来的时候天还没有亮，她爬起来才发现窗子敞了一夜，天边已有隐约的光亮。她愣愣地坐了好久，直到天色微亮，陈美芝推门进来。

陈美芝看起来也睡得不好，她将一套黑衣放到床头，声音嘶哑地说："起床吧，早饭做好了。"

卫筝点点头，伸手摸了摸那套黑衣，问："今天要去接她回来了？"

"嗯。"

"小尔呢？"

"在外面。"

两人一阵沉默，随后陈美芝出去了。卫筝下床开始换衣服，这个房间极小，连衣柜也没有，不过她原本也没有什么衣服，都烧光了，现在身上穿的还是别人捐赠的衣服，鞋子也是。她对着桌子上那面破镜子梳头发，穿上黑衣后，她看起来更瘦弱，眼窝深陷，脸色苍白。

穿戴好出去的时候，饭菜已经上桌了，虽只是早饭，却异常丰富。满满一桌的菜，三个人却迟迟没动。

还是陈美芝首先拿起筷子，哑着声音道："吃吧。等下还要去接姐姐回家。"

卫筝的眼泪一下掉了下来，一哭便止不住，无声地掉眼泪。

“别哭了。”陈美芝给她夹菜，说道，“等办完图加的后事，我们得带图尔去看医生。”

是了，图尔。

事发后，图尔一直很平静，那是不同于常人的平静，从三天前去医院见了图加最后一面开始，他就不曾开口说过一句话。

卫筝只顾着自己难过，却忘了目睹了一切，比她还要难过、痛苦的图尔。

简桐彦是在地下室找到图加的。在大火灾中，大部分死去的人并不是被烧死的，而是窒息而死，图加也是。她来不及打开地下室的门便倒在了门口，听说当时她手里还拿着一个很旧的高达机器人。现在那个机器人被图尔整天抱在怀里。

接下来的几天他们过得混乱至极，首先要找安身之处，那个家被烧成了一堆黑炭，他们现在只能暂时寄住在废弃的小学里，那里勉强能够住人。倒不是没人愿意帮他们，是陈美芝拒绝了，她有自尊和底线。这个时候，她不想接受怜悯与帮助，她更愿意辟出一块安静的地方来保护两个孩子。

之后便是新闻有限的报道，然后是警察调查事发原因。陈美芝每天都出门，有时是去镇上领导家，有时是去派出所，回来时一次比一次悲伤。可是她什么也没说。

一直到今天，她才去把一直待在医院的图加接回来。

图加的葬礼很简单，陈美芝做主将她葬在爷爷身边，临行那天镇上能帮忙的人都来了，许长州也来了，但他一直站在灵堂外，撑着黑伞在细雨中站了很久，就像一株孤独的树。

卫筝想走过去，但她不知道能够说什么。

有些痛苦别人是无法感同身受的，比如失去爱人或家人。

简舟山和简桐彦也来了，但是陈美芝将他们挡在门外。远远地看到陈美芝的情绪有些激动，卫筝走过去，便听见简舟山在求陈美芝：“我想看看加加，让我看看她啦！”

“你凭什么看她？”陈美芝眼里泛着泪光，努力压低声音，“凭图加的死都是因为你吗？”

“爸爸，我们先回去吧。”简桐彦拉住还在不断求情的简舟山。

“不要啦，桐彦，我想看加加，我有给她打开门的……她怎么会死……”

卫筝浑身的血液一下凉了，耳边一切声音都听不见了。

在简桐彦即将带走简舟山时，卫筝奔过去，一下拦住他们，她苍白着脸，声音颤抖：“你在说什么啊……是你……让图加去地下室的吗……”那一刻，她的力气大得吓人，她一把抓住简舟山的手，突然声嘶力竭地吼道，“你告诉我啊！”

简舟山被她的样子吓到，一直往后退：“我……我不知道……我……我……”

简桐彦去握她冰凉的手，却被她挥手打开，她尖厉着声音道：“你不要碰我！如果不是你爸爸，图加是不会去地下室的，那她也不会跑不出来！你明白吗，他是凶手！”

简桐彦脸色苍白，整个人都颤抖起来，半个字也说不出来。

面前的卫筝是那样绝望，那样愤恨。

“为什么啊！哪怕就是告诉我们一下也好啊！也许就是那几分钟，他告诉我们图加在地下室……说不定图加就会得救啊！”卫筝痛苦地吼道，她抓着简桐彦的手，整个人几乎跪坐下来，她的哭声那么悲怆，透着无奈、绝望和迷茫。

少年直直地站着，整个人埋在阴影里，耳边是少女绝望的哭泣声。

我从不曾想过，我会有恨你的那一天。

我原以为我只有喜欢你的一生。

Chapter 06

你觉得什么叫希望?
——活着。

一

1

图尔被诊断出患了暂时性失语症，卫筝坚持退了学，因为医生说了，图尔现在的情况很特殊，需要人二十四小时贴身照顾，何况每周她还要带着图尔去做一次心理辅导。到了寒假，大雪连下三天，陈美芝整理了下自己的心情，在镇上找了一份工作，薪水微薄，但总比没钱好。一场大火什么都烧没了，烧了家，也烧了希望。当初开幼儿园除了银行贷款，她还找镇上有些人借了钱，眼下情况困难，镇上的人并不催还，可是银行从不讲情面。

可是陈美芝说，活着就是希望。

那时卫筝正在给图尔熬中药，那浓烈的味道她已经闻习惯了，就是这小学四处漏风，冷得要命。

“小筝，那天你对桐彦有些过分了。”

卫筝一愣，咬着唇，没有说话。

“失去图加，我们都很难过。”陈美芝叹气，“其实我也生气过，想着如果换作另一个人在现场，也许图加就得救了，如果不是舟山……他原本就脑子有病，你能奢求他什么呢？眼下这事一出，桐彦也没走，只在绿屋住着，每天过来就是想帮帮你。”

她哪会不知道桐彦天天来，但他只是站在门口，从不进来，有时带来一些时令水果，或是一些菜。

卫筝知道，但她还是不拿那些东西。

“你这样子，他不会放心走的。”陈美芝出门前说道。

陈美芝走后，她呆呆地坐了好久，直到听到门被敲响，她直直地望着那扇木门，最后跳起来跑向门口，可是打开门发现是许长州。

许长州敲了一会儿门，不见有人来开，正准备走，哪知门却开了，看到少女的表情变了变，他笑笑：“还以为你不在家。”

她原以为他们不会再见面了。许长州似乎老了几岁，他把提来的行李箱放好，站在破旧的房间里，看到了摆在屋中央的两张照片。

一个年近古稀的老人。

一个花季青春的少女。

照片是黑白的，这世上不再有这两个人。

“我去学校收拾了图加的东西，不多，一样都没扔。”许长州说。

“谢谢。”卫筝摸着那个再熟悉不过的行李箱。

“还有这个。”许长州掏出一张银行卡放到桌上，“这是图加存放在我这里的，说是将来的……嫁妆……”许长州哽住，缓了一会儿才继续说道，“现在她用不着了，我想应该还给你们。”

他并没有久坐，站起来准备离开时忽然说：“钱得尽快取出来，不然明年便取不了了。”

“为什么？”

许长州艰难地开口：“明年这个时候，图加的身份会销户。”

卫筝吃惊：“什么叫销户？”

许长州不看她的眼睛，声音越来越低：“你不知道吗？死去的人的名字，会从这个世界上抹去，不再存在。”

卫筝的双手颤抖起来。

她机械地送走许长州，机械地把中药倒进海碗里，可是眼前忽然一片模糊，药没有倒进碗里，而是洒在了她手背上。

药罐碎了，药也洒了。

好疼啊。真的很疼。她捂住脸，蹲在那一地碎片里。这几天她只知道自己失去了图加，可是她觉得她还有很多可以纪念她的方法，她会保存她的每一样东西，她会记得她的样子，她不会从这个世界上消失。为此，她会努力让自己坚强点。

可是，她从来不知道，死别不久之后，这个世上便不再有这个人了，连名字也不会再存在。

她捂住脸，终于忍不住哭起来，她压抑着声音，怕吵醒了图尔。

“小筝……”

她抬起头，眼泪也忘了擦，呆呆地望着不知道在门外站了多久的少年。

几天不见，他更瘦了，连背也有些驼。他站在门外，斑驳的树影细碎地投在他身上，让他的表情也变得模糊不清，只有那双黑白分明的眼睛哀伤不已。

他慢慢走过来，拉着她到水池边把手冲洗干净，然后他进屋，出来时手上已多了干净的白布和药水。少年蹲在她面前，细心地给她包扎伤口。他微凉的皮肤偶尔会触碰到她，药水的刺激让她忍不住想躲，他握紧她的手，没有抬头，轻声说道：“疼一会儿就好了，忍一忍。”

之后简桐彦迅速把碎片收拾好，又用拖把把药渣拖干净，然后才问她：“还有没有中药？”

卫筝点点头。

那天的中药总算没漏喝，简桐彦习惯了做这样的事，熬好药后，让卫筝端给图尔，自己站在门外等。卫筝喂图尔吃了一点粥，又哄着他睡下了，然后才去客厅，就见简桐彦端坐在客厅的长椅上，微微仰着头，看着遗像上的少女。

听见门开的声音，他微微侧过脸。

那双眼睛更绝望了，似乎蒙上了一层灰色。

他似乎想说什么，到嘴边的话最终却化作了悄无声息的呼吸。

此后几天，简桐彦天天来，他来替她熬药，帮她打扫卫生，帮她做饭。他不让她碰水，还给她买了一双毛茸茸的手套让她戴上，不过几天，她手上的冻疮就好了很多。过些日子他还买了水彩画笔送给图尔，教他画画。图尔并不排斥他，以前图尔也是十分喜欢他的。渐渐地，每天到简桐彦来的时候，图尔都抱着画笔坐在门旁等着。

孩子的双眼里终于不再是一片灰白，有了一点淡淡的颜色。

再过一周就又是新年了。陈美芝买了好些年货，又给两姐弟各买了一套新衣服，自己却什么都没买。

这天又是大雪，卫筝做好午饭等简桐彦，她这几天织了一条蓝色的围巾，想着送给他。这段时间他并未主动与她说话，两个人很有默契，谁都没开口打破这种僵局。

敲门声响起的时候，图尔跑去开门，卫筝拿着碗筷出来："小尔，快叫你桐彦哥哥进来吃饭。"可是图尔突然跑进来，受惊似的躲到她身后。

卫筝回头，看到门口的人，愣住了："你是……"

门口站着一个中年男人，面目和善，很面熟，似乎在哪里见过，不过她一时半会儿想不起来。

对方打量了一下四周，说："看来我来得不是时候。我姓卫，是派出所的，有点事想找叫卫筝的小姑娘。"

"我……就是。"

卫筝把图尔哄到自己房间去画画，又给姓卫的警察泡了一杯热茶才坐下来。

"还没吃饭？要不你们先吃饭吧。"

卫筝摇头："不用了。菜已经凉了，等下人齐了再热热就好。请问，你找我有什么事？"

"哦，是这样的，我今天来是想调查关于星星之家的纵火案。我刚调来这里，接手了这个案子，之前负责的同事因为家中有事，所以调查就暂停了，不过调查结果早就出来了。之前陈美芝去录过口供，也说过找你去一趟派出所，但是你一直没去，所以我就直接来找你了。”

卫筝点点头，双手紧紧交握，她有点紧张，甚至心里有不祥的预感。因为陈美芝从来没有告诉她，她需要去派出所一趟。

“小姑娘，你说实话就好，只当是寻常聊天。”卫警官顿了顿，又道，“死者与谁有过什么过节或者仇怨吗？”

卫筝摇头：“没有。图加人很好，而且她一直在外地读书。但她的朋友圈子我……”卫筝怔住，半晌才道，“她交了什么朋友，最喜欢去哪些地方，最喜欢吃当地什么食物……我竟然通通不知道……”

原来她竟是这样不了解她？

“听说她交了个男朋友，叫什么名字？”

“许长州。”

“关于他，你知道多少？”

卫筝摇头：“他们才交往不久……为什么要问这些……”

卫警官耐心地解释道：“据现场调查，这场火灾系人为造成，也就是说不排除有人蓄意放火。你是第一个冲进火场的人，能回忆起来见到的第一个人或者第一个场景吗？对于有人蓄意放火这一点，你知道什么吗？”

卫筝木然地看着对面的警察，似乎不太明白对方的意思，但身体渐渐发凉。

“我……该知道什么吗？”

卫警官笑了笑：“所以我不是来问你了吗？”

卫筝呆呆地望着面前这个男人，眼前一片模糊，耳边的声音渐渐地消失了，却依然清晰地听见那天在厨房里，那道惊慌失措的声音。

“我不是故意的！”

简桐彦很迟才来，那时差不多两点了。卫筝已经把饭菜热过让图尔吃了，吃完药，图尔便昏昏入睡。

卫筝呆坐在门口，看着简桐彦走过来，少年放下书包，在她身边坐下来，掏出一封信，脸上难得有了些笑意：“图尔可以去看更好的医生了。

我这几天一直在联系陈教授，他是我爸爸的好朋友，是这方面的专家，明天出发，不用预约，我们可以直接去他家里找他。你现在赶紧给图尔收拾一下东西，免得明天一早手忙脚乱的，车票我已经买好了……小筝，你在听我说话吗？”他握住她放在膝盖上的手，皱眉，“大冬天的，你坐在门口吹风做什么？”

卫筝轻轻地推开他的手，她的脸埋在阴影里，缓缓道：“是不是你一早就知道了，所以你一直在找机会……找机会让我带着图尔离开，这样……我就没办法出庭做证了……”

“什么？”

卫筝的眼泪轰然落下，她哀切地看着他：“为什么呀？桐彦……叔叔为什么会放火……”

简桐彦触电般站起来，愕然地看着她：“你在说什么啊，我爸……我爸怎么会放火……小筝，你是不是伤心过头了……”

卫筝捂着脸说：“警察说是人为的，那场火灾是人为的。居然是人为的……为什么……为什么偏偏是你……”

少年步步后退，苍白着脸，然后转身踉踉跄跄地跑着离开了。

——为什么偏偏是你。

——为什么偏偏是太阳般、希望般的你。

2

星星之家被人故意纵火一事迅速地传开，之前一直是未公开调查，现在公开调查，并且带走了嫌疑人简舟山。那天绿屋外聚集了很多看热闹的人，大家都吃惊不已，议论纷纷。简桐彦拼了命地想护着父亲，但他又怎么可能护得住？

警察说此案非同小可，尤其现在有了人证，嫌疑人会被羁押到出庭那日，而出庭得到年后的二月，也就是说，简舟山连过年也不能回家。

大年三十这天，家家户户鞭炮齐响，简桐彦蹲在院子里把买来的烟花一样样摆好，一个一个地点燃，然后站在一边看着烟花一个接一个冲向夜空，绽开一朵朵孤单绚烂的花朵，绚丽多姿的烟花映在少年的瞳孔里，然后消逝无踪。

去年这个时候，他们一伙人是去海边过的除夕，放烟花，吃烧烤，互相说新年快乐，与每个人拥抱，那时候真想永远这样下去。

“哟，我就说吧，人家心情好着呢，还有钱买那么多烟花放！”

竟然是叔叔家的两个儿子，没考上高中，在技校混日子，别的没混出来，倒混出了一身痞子气。

他没打算理他们，转身想进屋，却不想后脑突然被人砸了一下。

其中一个哈哈大笑：“哎呀，对不起，失手失手。”

简桐彦看了地上的石头半晌，然后转身看向那两个态度恶劣的人。

许是他的目光太瘆人，两个嬉笑的少年瞬间收敛，扔下一句“杀人犯的儿子”，转身就跑了。

他已不是当初那个小孩，这段时间，他看了太多这样的目光。

陆天奇是第二天一早来找他的，高大的少年坐在台阶上，他打开门时吓了一跳。陆天奇抬头朝他一笑：“等你好久了。一起跑步啊。”

太阳缓缓升起，两个少年从天将亮便开始晨跑，一直跑到了春风镇唯一的春风山头，登上山头，可以看到更远的海，早晨的海上一片缥缈，远方灯塔的光在迷雾中忽明忽灭。

半个小时后，两个少年眯着眼睛迎着朝阳随意地聊着。

“我去看过小筝了。”

简桐彦低着头，声音非常压抑：“她怎么样？”

“不好，病了一场，高烧。现在病倒是好了，但是这个年也没怎么好好过。芝姐说这事完了后准备搬走。”陆天奇伸手猛地抹了下眼泪，“怎么会变成这样……我走时不都好好的？就是去了一趟海南，就变成这样了……”

要搬走了吗……简桐彦的心脏骤然紧了下。

“你别怪小筝。”陆天奇看着自己的好友。

简桐彦摇头，看着远方，迷茫而不知所措：“我们将来怎么办……”

我们的将来，是不是错开得太遥远了，远得已经不知道怎样去牵对方的手。

卫筝没有想过夏西曼会想要见自己。那天刚放学，她用仅剩的几元钱到学校旁边的水果摊买了几个小橘子，是买给图尔的，他特别爱吃橘子。这几天，图尔的情况好了很多，昨晚还喝了一小碗粥，只是晚上还是要和她睡在一起，半夜也常惊醒。

学校已经开学了，老师来找过她几次，陈美芝也劝过她，甚至还骂她，可是她铁了心不想去学校了。

她回去的时候明明才下午三点，却忽然起风了，天色也暗了下来，远处广播里说，半个月后将有三号风球登陆春风镇。

这几乎是春风镇每年都会迎来的春天的祭祀。

她刚到家门口便愣住了，门口停着一辆耀眼的豪车，车窗渐渐降下，车里的人即便被宽大的墨镜遮住了大半边脸，她也一眼就认出来了。

是夏西曼。

夏西曼带她去了镇上新开的茶馆。大中午的，茶馆里没有一个客人，夏西曼选了一个最里边的卡座，什么都没要，端正地坐着，扬扬下巴让卫筝在对面坐下来：“想喝什么？”

卫筝轻轻摇摇头。她不知道这个时候夏西曼为什么会来找她，她还太小，完全无法明白大人之间的游戏。从一开始，夏西曼的目光就没离开她，那目光傲慢、轻视，盯得她无所适从。

她并不愿意跟过来，但是她更不愿意让这个女人踏入自己的家，她们之间毫无仇怨，但确实不喜欢彼此。

一直到夏西曼说我很遗憾，她才微微抬头，迎上夏西曼的目光。

“你失去了你的亲人，我很遗憾。”夏西曼虽然这么说，却不带任何感情，她像看一件物品一样看着面前瘦弱可怜的女生，“但是你得明白，下周的出庭，对你意味着什么。”

卫筝不太明白。

“如果你出庭指证简舟山，那么，你会失去桐彦。这样，你也心甘情愿吗？”

卫筝睁大眼睛，失神地看着面前有着漂亮脸孔的女人，颤抖着声音道：“但是……我姐姐死了啊……”

但是，图加死了啊。

厚厚的一层尘埃盖住的伤口，被夏西曼轻轻一吹，就原形毕露，惨不忍睹。

“人死不能复生。”夏西曼看着面前幼稚的小姑娘，用世故的口气道，“何必为了一个已不在这个世上的人，让活着的人止步不前呢？为此付出你和桐彦的未来，值得吗？”她从精致的小包里掏出一沓钱放到卫筝面前，“这只是定金。等结束了，我会带着他们父子离开，那时候还会给你一笔钱。你的家没有了，应该迫切需要住处，听说现在住在废弃的小学里？那也不是长久之计，我给的钱都够你在海临市买栋好房子了。”

夏西曼还在说什么，可是卫筝完全没有听进去。她握紧拳头，站起来，咬着牙，努力让自己的声音不颤抖：“纵火的，并不是桐彦啊……”

“可是那是他的爸爸。而你，会亲手将他的爸爸送进监狱。假如有人亲手把你的亲人送进监狱，背负一世的凶手骂名，你还能对他笑得出来，甚至携手走向未来吗？”

“对不起，我不应该来见你。我先走了。”卫筝踉跄地离开卡座，却还是停留了一下，十分不解，甚至是迷茫地问夏西曼，“为什么你们大人犯了错，却让孩子去承担？”

夏西曼愣住，旋即笑道：“你终究也会长大。”

“我会长大，但是我不会成为你这样的人。你有没有想过，就算你可以用钱说服我不去指证叔叔，他仍然是最恨你的那个人，他永远不会感激你，因为他有自己的骄傲和底线，而你，没有。”

夏西曼呆住了。

3

三月五日，那是卫筝永远不会遗忘的日子。那是她作为目击证人出现在法院的日子，她要指证的，是简舟山纵火。

那天是法院派车来接她，陈美芝将她送上车时，欲言又止。倒是她拉住陈美芝的手说："我只是说出我见到的听到的，结果怎么样，还是警察的事情。"

陈美芝缓缓地点点头。

卫筝并不怪陈美芝瞒骗她，她只是想保护她。

法院门口有不少记者，不过大部分是等候夏西曼，毕竟简舟山曾经的身份摆在那儿。直至开庭，夏西曼才姗姗来迟。

卫筝对于那些场景的记忆是模糊的，周围的一切都是黑白的。她抬头往旁听席看去，明明离得这么近，却好像与他隔了好远。

其实她的证词很少，她原以为仅仅是说说当时她看见了什么，没想到对方律师咄咄逼人，甚至还说出她对被告的儿子有企图，却被拒绝，于是出于孩子心性说出了报复性的证词。

她连据理力争的力气也没有，只是机械地重复说过的话。

在情绪快要崩溃时，她的律师才站出来阻止了对方律师持续的攻击。

那场审判中出庭提供证词，她起到的作用到底有多少呢？也许并没有吧。因为几天后，简舟山就被释放了，因为证据不足。当然，夏西曼在当中所起的作用应该也不小。

但即便是这样，简舟山的日子也不好过，绿屋被人恶意涂画，院子里被丢掷垃圾，就连他养的狗也被欺负得不成样子。每天被人指指点点，最后简舟山病情恶化，重新被送回医院。

绿屋彻底空了。

陈美芝在三号风球来临前决定搬离春风镇，她说要带他们去别的城市生活，也许难了一点，但这个地方实在是让人太难过了。所以这几天她一直在外奔走，替卫筝办理转学事宜。她将图加的钱取了出来，全部还了银行的贷款，还欠了一些，没想到镇上派个代表来又送了些捐款。陈美芝起初因为面子不愿意收，但是，现实逼迫她必须接受帮助。

“即便离开这里，以后也要记得回报这里。”陈美芝看着桌上两沓钱，红着眼睛说。

晚上又是两个人一起吃饭，图尔吃了很多卫筝煮的红豆粥，甚至还吃了水果，原以为他又要在客厅坐到夜深才肯睡，没想到外面起风了，卫筝想起卧室窗子没关，叮嘱他别跑出去，才去卧室关窗。可是等她出来，发现客厅已没了人。

她寻了出去也没找见，心慌意乱之下正想给返家路上的陈美芝打电话，忽然想起什么，匆匆拿了钥匙冒着大风出了门。

她最终在星星之家找到了图尔。

弱小的图尔站在漆黑的残垣前，犹如一棵不倒的青松。风鼓起他的衣服，他却一动不动。卫筝不敢靠近，她忽然觉得这样孤独的影子似曾相识。是了，曾经简桐彦也这样。

孤寂又悲伤。

他终于回头看向她。

卫筝上前，摸摸他的头：“乖，我们回家吧。”

回家吧。

回那个并不属于我们的家。

对于三号风球“风筝”，气象台早有预报，只不过那时候还未拉响警报。天边是翻滚的黑云，让人看了心惊胆战。卫筝生怕下大雨，拉着图尔走得飞快，尤其是靠近绿屋时。

没想到绿屋门口停着一辆搬家公司的卡车，穿着工作服的人正搬着东西往车上装，她没有看到简桐彦。

“把太太的画像和钢琴搬下来，其他东西不要了。”

“这只狗呢？”

“到时候扔到动物保护协会就好了。”

鱼丸也要扔掉吗？她想移动脚步，最终却生生收了回来。

图尔扯扯她的衣角，指指里面，他想进去。

她摸摸图尔的头：“他们也要搬家了。我们走吧，还要回家收拾东西呢。”

在她离开时，少年才走出来，苍白的脸上没有任何表情，看到她离去的背影时，他眼里才有了一点火苗，但瞬间又熄灭了。

鱼丸凑过去，“呜咽”一声钻进他的怀里，他摸摸它的头：“跟我一起走吧，我不会丢弃你的。”

如果她知道，那一天之后两人便是天人永隔，她一定会推开那扇门，好好地同他说一句再见。

如果她知道。

可是她不知道，她不知道三个小时后，“风筝”提前登陆，在那场可怕的海难里，她放在心尖上的少年遇难了。

多年后，卫筝站在大海前，冰凉的海水没过她的脚踝，远处是浩渺的大海，这一切，像极了她茫茫的未来。

她不知道明天会在哪里，也不知道明天自己将要走向哪里。

她的少年已经走得太远了。

Chapter 07

你知道什么叫梦吗？梦就是，
你明明知道是梦，却不愿意醒来。

1

好久不曾做梦的卫筝梦到了好久以前的事。秋末的海边，夕阳西下，少年赤着脚踩在刚退潮的沙滩下，留下一串清晰的脚印。她跟在他身后，调皮地踩在他的脚印里。

她只顾着玩，不知道少年什么时候停了下来，她一头撞了上去。

她刚想抬头看看他是什么样子，刚刚才平静下来的海水忽然翻滚起来，黑色的浪头扑过来，少年瞬间被卷入海里。她尖叫一声，想伸手去抓。

“小姐，小姐，你没事吧？”有人轻拍她。

她睁开眼睛，见空姐正关切地看着她，同时端来一杯水。

“谢谢。”她手心还冒着汗，精神也有些恍惚。

怎么突然就梦到了那么久远的事情？

她望着窗外的白云，双手交握。飞机正飞在海临市的上空，广播提醒五分钟后飞机将降落。

半个小时后，卫筝取了行李，在去学校的路上才给陈美芝打电话报平安，挂了电话后，出租车司机通过后视镜看看她，笑道：“小姑娘，来旅游啊？”

卫筝一愣，笑着摇摇头："我来这儿出差。"

"海临市不错哟，地铁也开通了，交通便利了不少呢。忙完工作，可以好好玩一玩，这里好吃的也多，小吃街有好几条啊。下个月十五，咱们新开发的旅游胜地风筝岛将正式开放……回头你加我微信，我可以给你当免费导游……"司机的话匣一打开，就收不住，"说起风筝岛，你大概也听说了哈。比较久远的事啦，十年前那场灾难，损失惨重，不过好在政府出资重建，我也是那里的原住民，正想着搬回去呢……"

卫筝看着车窗外飞逝的街景，似乎听到了远处海潮拍打岩石的声音。

大约已有九年了吧。

九年前离开时，她才十九岁。当初她决定带着图尔前往新加坡，陈美芝起初是不同意的，但是最后陈美芝还是尊重她的意思。一来图尔的病确实耽误不起，在国内治疗了一段时间，收效甚微，每次去那家旧得脱了墙皮的治疗中心看望图尔，看着他越来越瘦，她便心疼不已。二来，她也知这是卫筝的伤心之地，离开未尝不是好事。

初到新加坡的日子尤为辛苦，她带着图尔半工半读，治疗的费用加租房和日常开销就是一笔不小的支出，陈美芝每个月按时打钱过来，但往往还是入不敷出。但那么难的日子她还是咬着牙挺过来了，因为图尔的病情在渐渐好转，她那时又遇到了影响自己职业选择的恩师——陈之重教授，也是图尔的主治医师，专攻儿童心理健康。也是在那一年，卫筝开始接触儿童心理学，专攻儿童自闭症。她并不愚钝，所以颇受老师的喜欢，成为其得意门生。等到图尔完全恢复，可以融入主流学校，重新开始学业时，她肩上的重担也算是卸下了一半。

如今图尔已在新加坡有了工作，而她则一直在陈教授的手下工作。直到今年，恩师举荐她回国，说她已能独当一面，国内一所中心医院最近新建了儿童自闭症服务中心，缺少合适的心理医生，恰好负责人又是教授当年的好友，原应该是教授自己去帮助好友，但他年事已高，就只好举荐自己的爱徒去。

卫筝为报师恩，不忍拒绝，才与图尔告别，回了海临市。

陈美芝听到这个消息倒是高兴得很，她早盼着她回来了，心里又遗憾图尔不能一起回来。

卫筝没有直接回家，而是先让司机送她去了未来工作的地方，接下来的半年时间，她都将在这里度过。

负责接待她的是刚来不久的女老师，姓甄，单名美，是个长得很漂亮的小女生，比她要小上几岁，刚刚大学毕业，性格活泼，但有些过于热情了。她领着卫筝前前后后参观，话就没停过，卫筝基本插不上嘴。

中心是新建的，绿化很不错，占地面积也广，不仅有图书室，收藏了一部分盲文书，玩乐室也很人性化，照顾到了不同类型的孩子。这是一家专业的儿童心理研究及矫正中心，而其中的自闭症服务中心去年才成立，但是直到今年，都不曾收学生。

旁边便是海临市儿童医院，自闭症服务中心便是附属于儿童医院，说是附属，事实上只是挂名于儿童医院。

服务中心招收不到合适的自闭症方面的心理导师，所以新校舍就空置了快一年。也许是出于无奈，老校长才不得不求助于自己远在新加坡的好友。

在国内，特殊培训基地能够有这样的基础设施已经相当不错了。她来之前也看过这里的老师们的履历，个个都出类拔萃。不仅如此，服务中心还与海临市的各所幼儿园、小学都有合作，让孩子们适时地融入主流学校，这也有助于他们更好地融入社会。

午饭是在学校食堂吃的，她谢绝了校主任请下馆子，只说和孩子们一起吃挺好。

她们挑了角落里的桌子，打了饭菜坐下来。

“你怎么这么不爱讲话呀？”甄美小心翼翼地瞧着她，“看起来还很严肃哦。其实这样子，不容易亲近小朋友呀。”

卫筝一愣，不由得失笑。

看到她笑了，小姑娘也放松不少：“你不笑的时候太严肃啦，害得我以为我讲错话了。我不会讲话，讲错了你一定要告诉我，可千万别告诉曾主任……我可怕他啦！他训起人来没两个小时不会完！”

卫筝摇头：“你没有讲错话，是我不太爱说话，你别介意。”

“这样呀，以后我多逗你笑。”甄美眨眨大眼睛。

甄美刚吃完就被其他老师叫走了，说是有家长来访。卫筝吃完时，正好到了孩子们吃饭的时间，她乐意看到这些孩子，索性坐在一边休息。

虽然这是特殊教育学校，但是那些脸上洋溢着笑容的孩子与普通孩子没有什么两样。当看到一个小男生抢小女生饭碗里的肉时，她似乎想起什么，忽然笑起来。

这时，手机微信“叮”的一声响。

老师：“那边怎么样？”

孤独的风筝：“老师，我这边一切顺利。”

老师：“妮妮和恩恩已经登机了，大约明天会到。’

孤独的风筝：“好。到时候我会提前去接机。”

老师：“我已经和老周打过招呼了，他会尽可能地帮助你，如果遇到解决不了的个案，你尽可以来找我。”

孤独的风筝：“谢谢老师。”

下午的会议十分冗长，光是各位校领导的发言就占去了一个多小时，等轮到卫筝发言时，她早就因为困倦喝了四大杯咖啡。

卫筝先把手边的资料发下去，才开始介绍自己及自己此行的目的。

“在这个世界上，每 10000 人中就有 60 至 120 人患有孤独症。他们有社交障碍、语言障碍，甚至智力异常……他们无法在社会里获得所谓的正常认同感，甚至也感受不到家人、朋友对他们的爱。科学家研究发现，人多与小动物接触能够改变心情，减轻精神和心理上的疾病，这就是始于 20 世纪 70 年代的国际流行的伴侣动物疗法。”

投影仪上，一张张照片滑过，大多是孩子，但是这些孩子与普通的孩子不一样，不管是表情，还是给人的感受。也只有那些动物在他们身边的时候，他们的笑容才渐渐显出孩童的天真来。

所有人都沉默地看着这些照片。

“在国内，动物医生治疗法还没有普及，相对来说比较陌生。孤独症患者在与小动物的长期接触交流中，会慢慢变得愿意与人交流。瑞士是最早开展动物疗法的国家，近年来，英国、北欧以及美国的心理治疗师在动物疗法方面的研究处于世界领先地位，仅在美国和加拿大两国就有将近160个‘动物治疗中心’。海豚、热带鱼、狗、猫、鹦鹉、马等动物被引进医疗场所、康复中心和福利机构，它们被有效地运用于身体残疾者、心理障碍人士和老年病人的辅助治疗之中。香港、北京也已经引进了以动物医生为主角的动物疗法。在接下来的半年时间里，我会带领两只已经取得医疗资格证书的治疗犬对患有孤独症的小朋友做治疗。这两位动物医生的资料都发到大家手里了，同时我这边也会招募这方面的志愿老师，以传播这种治疗方式，让更多的小朋友得到更好的治疗。我希望将来这里成为国内最大的动物治疗基地，帮助更多的家庭。”

此时，一位微胖的女老师举手，语气不是很友善：“恕我直言，对于这些特殊的孩子，有时候过于温和的治疗方式并无太大的作用。就算有，治疗效果也是很小的。如果光是动物就能治好自闭症，那服务中心完全不需要设立自闭症小组，直接告诉大家，让家长养只小猫小狗不就行了？”

她言语带刺，语气有些不屑。

其他老师都互相看看，并不言语。

卫筝看看她胸前的校牌，上面写着：张随。她笑笑：“张老师，在家里养小动物，对孩子来说确实有治疗作用，但它只是辅助治疗。我们对孩子的治疗并非单方面的动物治疗，其间还会结合专业的心理治疗，包括智力发展迟缓、言语发展迟缓、精神发育以及认知障碍都需要靠我们专业的知识去引导孩子，尽可能让孩子们得到最好的预后效果。”

“但愿是这样吧。”张随挑挑眉。

又有一位老师举手：“孩子为什么会得自闭症？能完全治愈吗？”

“引起儿童自闭症的原因很复杂，少数患儿是因为家庭的不良环境造成的，比如孩子缺少父母的陪伴，长期处于孤独状态。Bolton（波顿）等发现孤独症家系中孤独症患病的负荷度增加，孤独症同胞及双亲存在类似的认知功能缺陷和特定的人格特征，这些都表明孤独症的发病存在遗传学基础。进一步研究发现，孤独症不符合单基因遗传的特征，多基因遗传的可能性较大。妇女怀孕期间可能因麻疹或流行性感冒病毒感染，使胎儿的脑部发育受损伤而导致自闭症。包括在怀孕期间窘迫性流产等因素而造成胎儿大脑发育不全，生产过程中早产、难产，都有可能导致自闭症的发生。”

“在自闭症的治疗上，需要通过动态脑电图、微量元素检测仪等治疗设备来找出病因，确定病灶。我们中心主要是对孩子们进行后期康复训练和心理干预，在前期治疗方面还是需要靠医学用药来对抗疾病。”卫筝看了各位老师一眼，又调出了她曾经在新加坡做过的干预治疗的案例，“这个孩子叫汪心，六岁……”

晚上，卫筝谢绝了一些饭局，直接回了家。她早已答应了陈美芝回家吃饭。卫筝走后陈美芝开始做生意，算是小有所成，在海临市不错的地段买了一套房，她自己住一间，收拾两间出来专门给卫筝和图尔住。

这几年卫筝回来过一两次，每次小住几天就走了，至于图尔，已经有七年不曾回来了。

回到家时，陈美芝已经把菜端上了桌，卫筝早已饿了，在国外这几年虽然有时会吃到中国菜，但终究不是正宗的中国菜。

陈美芝今天做的都是卫筝极爱吃的，饭还没上来，她就啃了两个鸡翅，再伸手拿时，手背被筷子敲了下：“都多大了，洗手了没有？”

两人坐在一桌菜前，陈美芝开了瓶红酒。

卫筝已经长大了，而陈美芝也老了，如今已四十多了，却始终孤身一人。追她的人不是没有，但她从未动过心，一个人自在惯了，说是不喜欢家里平白多出一个陌生人。

陈美芝一直往卫筝碗里夹菜，说：“都瘦成这样了，吃饭还细嚼慢咽的。前些日子天奇来过，知道你要回来，说是过几天再来找你一起吃个饭。”

卫筝一愣：“天奇在海临市吗？”当年一别，他们就再也没见过了。

“听说最近一年琢磨着调回来了，因为要结婚了嘛，找了个海临市的女朋友。他也老大不小了，遇到合适的，就结婚了吧。”

卫筝听着，心里高兴：“这样挺好的。”

“这人吧，要是放不下，吃亏的还是自己。”陈美芝喝了一口酒，一副看得很开的样子，“我见过他的女朋友，很不错，很适合他，小鸟依人的模样，长得也漂亮。图加那傻丫头应该也安心了吧。”

一时间，两人都沉默下来。

“对了，过几天是风筝岛开放的日子，想去看看吗？”

卫筝顿了一下，挑了菜却没往嘴里送，她笑笑：“好像那天没有时间哎，你也知道我刚来报到，实在不好请假……”

陈美芝知道她这是借口，说：“你也好久没去看爷爷了，他老人家生前对你那么好，怎么现在看也不愿意去他老人家一眼……”

卫筝顿时觉得这些美味的菜也索然无味了：“对不起。”

陈美芝叹气：“我不是埋怨你，只是你这是何必呢？当初你一个小女孩带着图尔去新加坡，过得多辛苦，我不是不知道。”

卫筝隔着桌子握住陈美芝有些粗糙的手：“你也很辛苦。我知道那时你一天要打几份工，就为了给我和图尔多挣一点生活费。”

“这都不算什么。主要是你们俩现在都熬出头了，我心里挺安慰。就是图尔也不肯回来让我看一眼。”陈美芝叹了口气，“现在你也老大不小了……”她指指卫筝挂在脖子上的细绳，“这都多少年了，也该取下来了吧。”

卫筝低眉，伸手捂住胸口，一抹冰凉贴着皮肤，放久了，也暖了。

片刻后她笑了笑，替陈美芝倒满酒，说道：“你替我急什么，我倒是替你急，你都多大了，也不嫁人，老守着我们干什么。”

陈美芝拿着筷子作势要敲她：“死丫头，还管起我来了！”

“你没嫁，我不敢嫁！”

“我一点也不介意你先嫁！”

这晚卫筝还是失眠了，索性拿了酒坐到阳台上，小喝几口便有了醉意，坐在摇椅里摇啊摇，初夏的晚风吹得她终于有了点睡意。陈美芝眼光好，挑的房子视野很好，没有高楼大厦挡住月光。

远处，是一片海。

那是埋葬了她青春的海。

许是因为回了故地，旧梦便特别多。她梦到的全是过去的事，梦到了绿屋，梦到了学校，梦到了已故的图加，梦见少年朝她笑。

这是个梦，她却无比清醒。

如果可以，她真不愿醒。

2

接下来的一周里，卫筝都忙于工作，她收到几封志愿申请书，考察几天，最终还是选择了甄美作为她的新工作搭档，倒不是出于私心，而是单从甄美养了两猫一狗来看，她就比别人更适合。别看这个孩子大大咧咧的，其实心非常细，也非常有耐心，而且她也并不在乎在工作之外的时间参与工作。

妮妮和恩恩也正式到岗，中心腾出了一间校舍给它们。卫筝想，既然这样，自己也搬到校舍住着，好照顾它们。可是陈美芝不同意，说她好不容易回来，反倒住在外面。见卫筝犹豫，她索性便说，家里空间大，家附近也有公园，把狗狗带来家里住着也没关系。

卫筝有些担心："两只狗哦，而且住的时间略长，衣食住行上也得花不少心思……"

陈美芝翻了个白眼，说："反正我没啥事，当年鱼丸那么蠢，我都没嫌弃过。"

"……"

于是两人收拾一番，便正式把两只狗狗接到家里住了。每天早上，卫筝都早早起来带它们去公园遛遛，再带去学校。中心现在还没有收孩子，所以还算是清闲，平时白日里都是甄美带着它们。卫筝无事便去中心其他校区观摩，甄美倒是有些急了，天天和她抱怨："传单发出去了不少，可是也没有家长带着孩子来。按理说，虽然我们并非公益机构，但是所收费用确实比其他地方便宜太多了……"

卫筝正给恩恩喂食，闻言看小姑娘一眼，宽慰道："往好的方面想，没有孩子来报到，也许是因为没有孩子生病。"

恩恩是只正宗的金毛，高大帅气又温柔。妮妮则是一只牧羊犬，性格要活泼些。但它们也有共同点，那就是所有医生犬都要具备的耐心和温柔。

"我主要是忧心，有些家长对这病没有认识，如果在三四岁就开始干预治疗，效果要比五六岁才来治疗要好呀。"

卫筝倒是没有想到小姑娘想的是这一层，微微有些讶异，也不由得有些欣赏她。

这天陈美芝无事，便帮忙遛妮妮。卫筝带着恩恩沿着湖边散步，不由得走远了一些，她叮嘱恩恩等着，自己到旁边小亭子买瓶水。

她回来时吓了一跳，恩恩面前不知道什么时候多了个孩子，看起来四五岁的样子，模样特别漂亮，甚至有些混血的感觉。卫筝不由得感叹，这孩子长大了得祸害多少女孩子呀。

此时孩子半蹲在恩恩面前，歪着小脑袋，用那双又大又明亮的眼睛看着它。

卫筝不由得一愣，但还是走上前问："小朋友，你的家人呢？"

但孩子似乎没听到她的话。

卫筝一愣，出于职业敏感，她不由得多打量了那孩子几眼。

陈美芝此时牵着妮妮来与她会合，也看到了这一幕。

"等他家人来吧。"卫筝说，"他看起来很愿意和恩恩待在一起。"

陈美芝将买来的早餐面包递给她，又拿了一个递给小朋友："小朋友，要不要吃面包啊？"

孩子并不理她。

陈美芝无奈地摊手。

半个小时过去，这个孩子并没有对恩恩做什么，后来他蹲在恩恩身边捡了根树枝在地上东画西画。恩恩也一直没离开。

卫筝倒是对孩子画的画很有兴趣，看了好一会儿。

这时，一个穿着朴素的女人匆匆寻来，看到孩子，慌乱的面容才放松下来，可一看到孩子身边的狗，又大惊失色，几步上前把孩子抱开，口气极差地道："你怎么能让这么大只狗待在孩子身边呢！"说完，她赶紧查看孩子周身，"玄玄呀，怎么样，没事吧？"

卫筝解释："它不会伤人。"

"谁都说自己家的狗不伤人，新闻里不都是听话的宠物狗咬孩子啊！"

卫筝无奈地说："小姐，它不是宠物狗。"

陈美芝最不喜欢这种不分青红皂白的人了，她把恩恩拉过来："得。我们浪费大把时间陪个小屁孩等家长来，反倒还落个不是。"

女人压根不听解释，拉着孩子就走，可是孩子很快挣开她的手。女人退开几步："好好。小祖宗，我离你远点。那我们现在回家好不好？"

孩子这才迈开步子。

走远了，她们还能听见女人在唠叨："你说我就是买个菜，你怎么就跑了呢，下次真不敢再带你出来散步了……这国内可不比国外，国内坏人可多啦，一不小心就会把你拐走！以后可不许这样了啊，万一出了事，怎么向先生交代……"

陈美芝无语地翻了几个大白眼："哎哟，我去，什么时代了，还崇洋媚外。"

卫筝没说话，只是看着孩子离开的方向有些发愣。

"干吗呢？"

卫筝摇摇头，摸摸恩恩的头："走吧。我们回家吧。"

风筝岛开放那天，中心放了一天假，卫筝到底还是没能找到合适的理由拒绝陈美芝。今年风筝岛重新对外开放，政府投放了不少资源，只保留了小部分的遗址用来缅怀，大多是重建的，都是清一色的红瓦平房。

海边的道路不仅加宽了，还增加了防护墙，足足五百米长的绿化带延伸向远方。

卫筝降下车窗，海风便猛烈地灌进来。

开车的陈美芝看她一眼，笑笑："怎么样？是不是和以前很不一样？"

"岂止是不一样呀。"卫筝笑，"简直像重生了一样。"

"也算吧。十年前那场灾难，所有人都失去了家园，这几年陆续有人搬了回来……能回来的人，都是希望自己的家人可以找到回家的路。对我们活下来的人来说，这就是重生啊。"

卫筝沉默下来。

车窗外飞逝而过的海，辽阔而宁静，远处有远航而归的船，正扬着帆进港。

因为是开放日，车流颇多。幸好她们出门较早，所以小堵之后还是顺利进了岛。因为私家车无法进岛，停好车之后，还得搭载轮渡，十分钟后正式进岛。

上岛后，晴朗的天气忽然就变得阴沉沉的，没多久，绵绵细雨就下起来了。两人冒着雨先去公墓拜祭了爷爷和图加，也不知道是谁来看望过了，两人的墓前各放了一束新鲜的百合。陈美芝将水果摆好，微觉奇怪地说："又来了啊，倒是年年来。"

她听陈美芝提过，自从将爷爷和图加的坟迁进来，扫墓的除了陈美芝，好像一直有一个他们不知道的人，那人总会在墓前放一束新鲜的百合。

年年如此，从不间断。

卫筝四处张望，因不是扫墓季节，公墓里没有什么人，所以她轻而易举地就捕捉到了快走下另一条石阶的男人，身形清瘦，撑了一把黑伞，沿着台阶徐徐而下。

山脚下停着一辆黑色轿车，见到他来，便有人给他开了门。

自始至终，他都没有回头。

陈美芝也看见了，问："会是那个人吗？"

卫筝收回目光，摇摇头，蹲下来拿出手帕仔细地清理墓碑上的雨水。

往年回海临市，她总会陪着爷爷和图加坐一会儿，和图加说说心事，和爷爷撒一撒娇。只有这样，她心里才会平静下来。

陈美芝先下山等她，留她一人在山上。

雨下大了，陈美芝打来电话催她下山。

下雨并不影响今天的热闹，陈美芝想去新建的广场看看，她前阵子在商场里投中了一个门面，想着用来做服装生意，现在正好去看看施工进度。卫筝便一个人在岛上走了走。

风筝岛不大，到处新楼林立，也开了不少商铺和饭店。不知不觉，她竟走到了遗址那里。

此时已近中午，正是饭点，游人已经很少了。遗址和重建区区别太大，荒草丛生，房倒屋塌留下残垣仍在泣血般诉说着曾经遭遇的一切。而绿屋竟然还在，只不过半壁墙已经垮塌。

但那扇门上依然落着锁。

卫筝从脖子里掏出那根细绳，上面吊着的并非精致的吊坠，而是一片钥匙，是那年简桐彦亲自交到她手上的。这些年她一直保留着它，明知道家已经没有了，可她就是舍不得扔，像是护着一颗心似的。这十年来，她都贴身带着它。

锁生了锈，却还能打开。推开门，一股子难闻的气味便扑面而来。

她还是在这堆残垣里看到了曾经的时光。

冬天的时候，年少的他们一起吃火锅，晚归的少年站在门口，无奈地看着他们。夏天的时候，年少的他们一起畅谈梦想和忧虑。

她曾在这里为了保护他而拼尽全力。

他曾在这里朝自己温暖地笑着。

她在已经长出青苔的桌上发现了倒扣的照片，她扶起来，抹去上面的尘土，那是简桐彦和简舟山的合影，合影里的少年不苟言笑，倒是简舟山笑得开心。她记得这张照片，是她好不容易找老师借来相机拍的，照片拍了许多，留下的却不多。

她刚想拉开抽屉看是否还留着一点别的东西，身后却忽然传来开门的声音。

卫筝不由得站直身子，转身望去。

她想自己真的是魔障了，不然她怎么可能会穿越回十年前，看到站在门口的少年。还是淡眉疏离的样子，可是一恍惚，他又长大了长高了。

十年的时光洪流厉害得很，一下子他就长大了。

雨后的太阳已经初露，空气有些燥热，日光从他身后照射过来，她看不清他的面容，却知道，那就是他……

她不由得张张嘴，想走得更近一些，却发现越努力靠近越看不清他的样子。

最后，她整个人软软地往后倒下去，她想抓住什么东西扶一下，最后还是失败了。门口的人在最后一秒疾步冲过来。

那人扶住了她，拦腰抱起她，她迷迷糊糊地似乎听到他在跟她讲话，她费力听着，却一个字也听不清。

卫筝是在医院醒来的，她睁着眼睛看着雪白的天花板，鼻间全是消毒水的味道。她皱皱眉，觉得头还是有些沉沉的痛。

陈美芝正好把洗好的水果拿进来，见她醒了，松了口气："你总算是醒了，你是要吓死人是不是？"

"我在医院吗？"她的声音有些嘶哑，用手摸摸头，才发现自己额头竟然贴着退热贴，她倒是没想过还会发烧。

陈美芝倒了一杯温水递到她手里，仍有些生气："你不知道当我接到医院的电话，我真是吓死了……你也知道在这个地方……发生太多事了……你别让我这么担惊受怕的。叫你平时多吃一些你不听，医生说你贫血来着。"

卫筝一愣，喝了一口热水，才觉得嗓子舒服了些，说："医生说的话听听就算了。"

陈美芝快要被她无所谓的态度气哭了，将削好的苹果重重地放到她手里："行，你有能耐了，了不起！这几年在外面野着不回家我也不能管你，病了我也不能知道……在这世界上，你就是孤身一人，什么人也算不得你的家人和朋友……”

陈美芝越说越离谱，卫筝忙拉着她的手说：“你说你怎么说着说着就发脾气了，我不就是贫血嘛，你今晚回去炖只鸡给我吃，我好久没吃了，馋得很呢。”

陈美芝看着她苍白的脸，不忍心再发脾气了。这么多年了，什么都改变了，偏偏她这倔强的性子一点也没有变。

见陈美芝的表情缓和下来了，卫筝才松了一口气，突然想起什么，问道：“是谁送我来医院的？”

“工作人员呗。说你跑到遗址里晕倒了……”

卫筝沉默下来，不知道在想什么。

“别胡思乱想了。”陈美芝拍拍她的手，“现在好好休息，学校那边我已经替你请了两天假。”

卫筝抬头看她，似乎是决心将心中的疑问问出来：“姐，我好像……看到他了……”

“谁？”

“桐彦。”她艰难地吐出这个名字。

陈美芝瞪她：“你可别吓我。你去那种地方已经吓到我了，这会儿又说看见简桐彦了……怕不是鬼魂吧！这也能理解，那儿阴气森森的，你身体又弱……这可不行，你们可是两个世界的人，他再有执念，也不能缠着你呀，回头我得去请个师父……”

简直越说越离谱。

“是真的。虽然他长高了，甚至不太像我以前认识的样子，但确实是他……”

陈美芝翻翻白眼：“敢情鬼还可以自己长大。”

卫筝的表情有些难看：“我并不相信他会真的……”

“算了算了，可能是睹物思人吧。”陈美芝拍拍她的手背，说，“你什么时候才能放下呢？”

什么时候能放下呢？

她也不知道。

虽无大碍，但是她还发着烧，有些虚弱无力，陈美芝死活不让她出院，非得等她退烧。迫不得已，卫筝只能在医院住上一晚，第二天再办出院手续。到中午时分，陈美芝便先开车回去一趟照看妮妮和恩恩。

卫筝躺了一上午，实在无聊，便起来，举着输液瓶一个人四处走走。

她自小就不喜欢医院的味道，哪怕这家医院相对来说十分干净，不像其他综合医院那样充斥着诸多杂味。住院部也十分清静，护士们个个都轻声细语的。这是风筝岛上，也是整个海临市最好的私人医院。可她仍觉得自处难安，便躲过了护士，找到安全通道，爬了两层楼，幸运地发现天台的门并未锁。

已是傍晚，天边彩霞绚烂，六月的风还有些灼热，但带了海的湿气。卫筝站在天台旁边狠狠呼吸了几下，才觉得舒服了一点。稍后她又给甄美打了个电话，把自己的情况简单说了一下。

甄美叮嘱她要好好休息，接着又开心地说："卫老师，下周咱们这儿会转进来一个孩子，校长上午开会时特意着重说了这件事，这是我们接收的第一个孩子！不过那孩子的背景好像有点特殊，对方是亲自找的校长。我听别的老师八卦说那家人不简单，咱们中心年后新建的楼房不是融不到资吗？那孩子的家长听说就帮了大忙……"

卫筝工作多年，一听这话就知道是什么意思，心里未免有些不舒服。在她眼里，所有孩子都是一样的，并不会因为父母的地位高低而决定孩子的地位。但她也明白，眼下有些事情不是她能左右的。

挂了电话，她发了半天呆，准备回病房，免得陈美芝回来找不到人，又得暴走。

"你是哪个房间的病人，怎么跑到天台上来了？"

卫筝循着声音回过头，看着穿着白大褂的医生走过来，对方看到她，倒是先愣住了，生生地停在那里。几秒后，他又快步走到她面前，嘴角含着笑："怎么会在这里遇见你？"

“天阳？”她终于从记忆里寻回了这个名字。

曾经少年的脸和面前这张脸重合起来。

“你怎么会在这里？”

“你怎么会在这里？”

两人异口同声地道。

那些被时光夺走的，总会被命运再送回到身边。

Chapter 08

假如我又遇见你，隔了悠长的岁月，
我将如何致意，以沉默，以眼泪。

—

1

故人重逢，并非卫筝所愿，但她不能抗拒命运。

医院附近的大多餐馆味道一般，但是这家医院是两年前才在岛上设立的私人医院，旁边的中餐馆的菜色倒是不错。卫筝没有什么胃口，挑了几样爽口的，之后就交给对面的人决定。

等点好菜，对面的人给她倒好茶，她下意识地说了声谢谢。

“几年不见，你倒和我客气了不少。”

其实他们原本也不怎么亲近。卫筝笑笑：“你怎么回这里了？”

“还打听过我的消息？”对面的男人有些惊喜，“咱们一别九年啊，连个电话地址也不给我留，要不是我当年在你面前怒刷存在感，恐怕你连我的名字也忘记了。”

面前这个人哪怕已近三十了，仍保持着年少时的热情。这让卫筝稍微不那么不自在了，她不由得笑笑。

她从来没有想过会再遇到卫天阳，算起来这大约是他们第三次相遇。

第二次相遇，离那场灾难已经过去半年，政府对于他们都有所安排，住处并不用担心，连学校也有妥善安排。陈美芝带着她和图尔住进平房里，收拾一番也算宽敞干净。家没了，但日子总还要过的。

灾难过去半年，许多人都忘记了，但是他们无法忘记，常常在午夜梦回时惊醒。

痛苦于卫筝而言，过早体会了。那段时间她严重失眠，甚至还掉发。陈美芝没办法，只好带她去看医生，哪里想到竟然遇到了熟人。

那个前来给哥哥送饭的少年看到她，觉得很意外，但并没有多说什么。她走出来时，才发现他一直等在那里。

“那天你不告而别，我还以为见不着你了。”少年显得很热络。

她记得少年，在避难点，他曾帮过她，她心存感激，却并不想有过多交集。连他叫什么名字，她也没有记住。

现在来看心理医生，她更是想离旁人远一点。

可是对方并没有揣摩到她的心思，亦步亦趋地跟过来：“我叫卫天阳，你还记得我吗？那天你被你家人接走后，我一直在找你……”

她终于看他一眼，那目光凉凉的，卫天阳愣住了，不由得止住话头。

后来，她在陈美芝的安排下到底还是进了海临市的学校，她成绩不好，也没心思学习，常常坐着发呆。入学两个月后，卫筝才发现，那卫天阳居然和自己一个班，少年与她不同，性格活跃，成绩拔尖，是老师重点培养的对象。

那时候，学校有专门针对灾后孩子的心理治疗小组，卫筝基本上不去。老师家访几次，卫筝隔着门板听着陈美芝和老师道歉，说这孩子就是这样的性格。

“芝姐，我可以帮卫筝补课。”是卫天阳的声音。

少年的热情与好意让陈美芝无法拒绝，那段时间她已精疲力竭，光是照顾图尔，她已经费尽了心力，对于卫筝，她无计可施，所以就接受了卫天阳的提议。

卫天阳便经常出现在卫筝的生活里。他想着法子带着她去见同学和朋友们，参加各种各样的聚会。他想着法子，带她去远足、爬山。

渐渐地，卫筝不那么阴郁了，也意识到旁人的存在。这是个可喜的进步，尤其那天当卫天阳送她回家时，卫筝终于喊了一声他的名字："天阳，你明天来我家吃晚饭吗？"

卫筝难得下厨，做了许多菜。四人边吃边聊，饭后陈美芝赶他们出去散散步。

那时政府已经开始筹备重建春风镇，海临市最大的广场上也立起了电子牌，上面正循环播放着春风镇重建的规划图。

它将不再是她记忆里的模样。曾经的人都逝去了，她不知道自己留在这里还有什么意义。

"我要离开这里了。"就像一年多前，简桐彦这样告诉她，她才发现，那时候简桐彦大约是真心想离开这个地方，那样的愁苦他承受了太多，终于承受不了了，他不是想要逃离，而是想让自己变得更强大。

卫天阳很意外，也很吃惊："考试完后就离开吗？"

卫筝摇摇头："不。我不参加高考，反正也不会考出什么好成绩。"

"是不是我经常出现让你觉得烦？如果是这样，明天我就不来找你了，你安心准备考试……"少年第一次表现得有些惊慌。

"不是的，与你无关。你知道我弟弟图尔吧，你虽然没见过他，事实上他一直在海临市，因为姐姐去世了，他一直封闭自己。医生讲的我也听不懂，刚好我老师说在新加坡那边有一位心理医师很厉害，在儿童心理方面很有研究……"卫筝顿了顿，又接着说道，"当然，这并不是我离开的理由之一。还记得那场灾难吗，在那之前，我就已经失去一个亲人了……一场火把我最重要的亲人带走了，一场灾难又将我心中另一个重要的人也带走了。我不敢再在这里待下去，我不知道它还会带走我多少重要的东西，我已经无法再失去了。我每次想起来都觉得害怕，特别害怕……你，能明白吗？"

卫天阳愣愣地望着她，已经不知道该说什么。他觉得有些开心，因为她终于向他坦白了心思。他又觉得难过，因为好不容易走近一点，她又要离他远去了。

一个月后，卫筝离开了海临市。离开那天，她去了海边，将裤脚卷得老高，潮水来时，她也没有后退，任海水将她的裤脚打湿。

她遥望着远处的灯塔。

你不是一直给迷航的人指引方向吗？为什么你不能指引我的少年归乡？

一别九年，如今他们又在医院相遇。这次她仍是病人，他已成医生。

因为是旧相识，加之卫天阳原本就是自来熟的性子，两人边聊天边吃饭，陈美芝打电话来找人，她才惊觉过了两个小时。

卫天阳执意将卫筝送到病房门口，陈美芝正巧在收拾东西，卫天阳嘴很甜地喊了一声“美芝姐”。

陈美芝愕然过后便是惊喜，她是真没有想到，在这种地方也可以遇到。当年卫筝执意离开海临市后，她难免孤独，那时卫天阳总是过来陪她说话。

两个人都是自来熟的性格，之前就十分聊得来，现在再见，就没有卫筝说话的份了，她索性翻出手机玩。

陈美芝别有用心地问卫天阳有没有女朋友。

卫天阳看了一眼正在旁边翻看手机微信留言的卫筝，笑着摇摇头：“还年轻嘛，不急。”

陈美芝瞪他一眼：“不急。你们一个个都说不急不急，我头发都快急白了。”

“可我看着美芝姐还和十年前一样啊。”卫天阳嘴甜，陈美芝听得顺耳得很，于是又留了卫天阳的号码，说改天一定要请他到家里吃饭。

第二天卫筝出院，卫天阳又忙前忙后地帮她办出院手续，临上车时又不知从哪里变出了一袋子水果放到车上。陈美芝从头到尾完全是岳母看未来女婿的眼神，简直越看越欢喜。一旁的卫筝只能不停地翻白眼。

其实也不怪陈美芝，要知道卫天阳可不再是当年的少年，十年一晃而过，少年已初长成男人模样，穿着白大褂往那儿一站，光是看着就赏心悦目。

再说住院这一晚，陈美芝也没闲着，没事就去护士站逛逛，旁敲侧击地打听点八卦信息。

卫天阳，二十七岁，父亲是医生，哥哥也是。从医学院毕业后，他遵从父亲的意思做了外科医生，二十七岁便已主刀手术。这家私人医院就是卫家的。简单点来说，卫天阳就是医二代。

开车的卫筝看她一眼，说：“别以为我不知道你在想什么。我先和你说好，我回来是工作的，所以与相亲、谈恋爱有关的事情，我一概拒绝。”

陈美芝被堵了个正着，问：“怎么？还真打算一辈子不嫁？”

“你不也打算一辈子不嫁吗？怎么我就非得嫁人了？”

陈美芝气得一个字也讲不出来，扭过头不和卫筝讲话。

正好清静，可以专心开车。

卫筝在家休息了两天，周一一早就去了学校。甚至天还未亮，她就轻手轻脚地拿了车钥匙，牵着妮妮和恩恩出了门。一来不想打扰陈美芝，二来自前天两人拌了几句嘴，陈美芝这两天话都懒得和她说话，可见是真生气了。她不知道怎么宽慰陈美芝，也不愿意低头，所以唯有避开。冷静几天，自然就好了。

到了学校，卫筝才发现甄美来得比自己还早，一早就把办公室收拾得干干净净，此时正坐在座位上吃早餐。看见卫筝来，她分了两个小笼包和一杯豆浆给她，两人坐着边吃早餐边聊天。

等到七点半时，便陆续有老师来上班。

张随经过办公室时，微不可闻地哼了一声。卫筝只当没看见，可甄美可生气了：“什么人呀，自己的教育方式不对，还瞧不起别人！”

“发生什么事了吗？”

“网上有人揭露了她呗，说她暴力教学。你不知道，昨天为了平息这件事，还请了两家记者来专门澄清。她倒好，一点也不念恩，反倒还说是我们做的手脚。真是好笑，她自己教育孩子的方式有问题，有些家长看不过去，才匿名在网上曝光，我们哪有闲工夫管她。”

“我们无仇无怨……”卫筝是真想不明白了。

“并非无仇无怨。要知道，如今你这个位置本来是她的，是校长觉得她资历不够，驳回了她的申请，所以她才将什么怨气都往你身上撒。”

卫筝并不觉得生气，反倒觉得挺搞笑：“她愿意来，我也是愿意接受的。将来这个中心光靠你我肯定是不行的。”

跟在陈之道教授身边久了，卫筝对旁人的事基本是漠不关心的态度，名利之事更是不懂其中之道，也并不在乎。

甄美听了，朝她竖起拇指：“佛系！”

早上八点半，一辆黑色奥迪开进校园，校长亲自到车门前迎接。那时卫筝正在接图尔从新加坡打来的电话，图尔问她工作顺不顺利，几时能够结束工作回新加坡。她站在窗前看到那辆车子驶进校门，便边收电话边下楼，楼下隐约传来甄美和老校长的声音。

她匆匆推开办公室虚掩的门，老校长看见她来，马上站起来说：“正巧说到你呢，卫老师。简先生，卫老师可是我们校方从新加坡聘请的心理导师，别看她年轻，她导师可是在儿童心理学界享有盛名的陈老先生，这么年轻已经是高级心理师，你把孩子交给她，尽管放宽心……”

卫筝笑着看向坐在沙发一侧的人：“你好，我是……”待看清面前站着的人，她就愣住了，伸出去的手僵在半空。

十年过去并没有物是人非，也没有沧海桑田。即便不再是少年模样，她还是一眼就认出了面前的人。本该在十年前那场灾难里销声匿迹的人，如今活生生地立在自己面前。

面前的人却并不惊讶，他面容平静，甚至有些淡漠地伸手握住她的手：“好久不见。”然后，又对老校长说道，“好巧，我与卫老师是老乡。”

校长哈哈一笑：“既然两位认识，那就最好不过了。”

三人各自坐下，校长把学校的情况向简桐彦介绍了下，简桐彦将手里的资料夹递给她：“这是简玄的情况。”

她伸手接过来，却发现自己的手在抖。翻开资料夹，看到贴在右上角的照片时，她一愣，再度感叹命运安排人久别重逢都是有先兆的。

只听简桐彦缓缓说道：“简玄三岁前一切正常，但是三岁半时发生了一场意外，他父母带他出门旅行时发生了车祸。孩子受了重伤，在重症室里躺了半个月才脱离危险。从那以后他就变了，不说话，也不与人交流。出院后有一段时间只要看到他父亲那款车型，他都会情绪失控，哭泣尖叫……后来经过干预治疗，情绪控制方面有所改善。但是他再也没有开口说过话，也拒绝与人交流接触……这就是全部情况。”

卫筝愣愣地看着面前的人，她并未想过，事情的真相再度超出了她的意料。

简桐彦又补充道：“孩子的父亲是我在澳洲读夜大时的指导恩师，我在那边得到过他们许多帮助，收养孩子不过是我能尽的绵薄之力。所以，他需要你的帮助。”

“你在澳洲？”

简桐彦一愣，随后点点头。

卫筝的心揪成一团。他是为了躲她才去澳洲的吗？若不是这次偶遇，大约……他并不会来寻找自己吧。

校长见卫筝脸色不好，又许久不讲话，气氛一时有些凝重。

老人看看两位年轻人，想着他们之间大约有些旧情分，便站起来道：“卫老师，我们先去看看孩子，可以吗？”

卫筝反应过来，站起来点点头，先一步出去了。

简桐彦想说什么，却只是有些徒劳地放下手。

卫筝推开小教室的门，见甄美坐在一旁的小椅子上，对面的地板上坐着曾经有过一面之缘的混血小男孩。大概是知道他不喜生人靠近，所以甄美隔了点距离，并且将一些数字卡拿到他面前。眼下小男孩正低着头，跪坐在地板上，专心致志地摆放着那些数字卡，开门的声音也没有惊扰到他。

卫筝轻轻走过去，与他隔了一小段距离。看了一会儿，她才喊了一声：“简玄。”

孩子仍旧无动于衷。

一直到简桐彦走过来，手放到他的头上，简玄才有了反应，他抬头看向简桐彦，随即放下手中的数字卡，站在了简桐彦的身边，轻轻地牵住了他的手。

此时甄美已经将恩恩带过来了，不出意外，简玄看到恩恩时，眼神有些闪烁，但身体并没动。倒是恩恩走过去，蹲在了简玄身边。简玄的手指动了动，然后抬手摸了摸恩恩的头。简桐彦有些惊讶，要知道简玄相当排斥别人的亲近，更不会主动亲近任何人。

“简玄的记忆力很好。”卫筝笑了，“他与恩恩曾经有过一面之缘。”

简桐彦很意外。

卫筝简单地将前段时间的一次偶遇告诉了简桐彦，随后道：“原来一切都注定了。”

简桐彦一愣，刚想说什么，卫筝便站起来，她已经将所有情绪压了下去，平静地看着面前的故人：“我还需要再同他接触几天，也需要做一系列的检查，以进一步确诊。这几天得麻烦你天天送他过来，等医生确诊了，我会制订一个针对性的治疗方案。曾经的病历，我也希望可以看看。”

相比之前的震惊、欣喜，现在面前的人眼里没有半点情绪，看着他的眼神甚至有些空洞。

他点点头：“好。”

送他们出门的时候，天空已暗沉下来。海临市的夏天不算热，台风经常登陆，整个夏季多是大风大雨的天。这天天气阴沉，可能晚点又是一场雷暴雨来袭。

卫筝站在校门口，看着简桐彦牵着简玄的手走向停车的地方，大约是简玄的衣服扣子开了，他便在车旁蹲下来，亲自帮他把扣子扣上，然后摸摸他的头，将他抱上车。

她仿佛看到那年她也是这样跟在他身后，只不过那一次是他牵着他父亲的手，在夕阳下走着。

甄美看看她，心里觉得奇怪：“筝姐，你也别伤心。”

“嗯？”

“那样的人啊，”甄美努努嘴，“看起来有钱，长得又帅，一副爱妻爱子的样子，其实内里不知道怎么样呢。你会找到更好的。”

卫筝又好气又好笑，用手点了一下她的脑袋：“你在想什么呢！”

“啊？你不是正在伤心好男人都被别人抢走了，不只结婚，还生孩子了吗？”甄美挽着她自作聪明地说，“筝姐，周末要不要去参加相亲大会？”

“哈？”

“可以认识很多男人哦，没关系，去看一下嘛，就当是进动物园了。”

“你才多大就急着嫁人？”

“你不知道，我一毕业，我妈就急着帮我张罗了。你家人不急吗？”

卫筝想了想陈美芝一副恨嫁的样子，不由得笑了：“急。”

她原本阴郁的心情因甄美这一番话倒是消散了不少，两人聊着进了办公室。

卫筝没有留意到刚才开出去的车子一直停在转角处，简桐彦从后视镜里看着她阴郁的表情有些松动，直到露出笑意，他才微微松了口气。

忽然，他手背被人拍了下，是简玄。

孩子大大的眼睛不解地看着他。

他笑着摸摸他的头：“我们明天就可以去看爸爸妈妈了。”

2

大雨一来，便没有停的趋势。

这一下，竟是整整三天，电视台、网络都在报道洪灾的消息。校长决定当天下午开始停课，复课等通知，免得学生在路上发生什么意外。卫筝这几天倒是天天往中心跑，中心现在没她什么事，她就去帮其他老师的忙。

相处久了，大家都熟了，自然也就不像之前那么生疏。只有张随总是冷着一张脸，卫筝只当没看见，也不去深究她不喜欢自己的原因。这于她没有意义。不过给大家买下午茶的时候，她照样还是会在张随的办公桌上放上一杯。

简桐彦自那日带孩子来过之后就再也没有信息，虽然第二天卫筝收到了一份来自澳洲的简玄这么些年来所有的就医记录。

她心里没有主意，又怕错过了，鬼使神差地每天去中心。

但最近陈美芝的主意挺多。

打从她一回国，陈美芝就一直有意给她安排饭局。开始她推了些，后来见陈美芝真有些生气，她便学聪明了，时不时赴饭局，但总能制造些意外让对方不愿继续。

这天又是一次无聊的饭局，陈美芝这次无法陪同，但她在电话里千叮咛万嘱咐，如果这次她再作妖，中途落跑，就别怪她大义灭亲，后面还附上一张扛着七米大刀的小人图。

卫筝忍着笑，回复："好的，女王大人，我一定坚持把这顿饭吃完。"

说是这么说，但她心里已经琢磨着待会儿怎么演戏了。

这时，有人推门而入，停顿一下，搜寻到她的位置，走过来，敲敲桌面。

卫筝抬头，愣住，继而轻轻一笑："好巧。"

来人拉过椅子坐下来，取下墨镜，笑道："不巧。请问是卫筝小姐吗？"

卫筝一愣，随即反应过来，忍不住笑场："不会吧，这次的对象竟然是你？陈美芝是怎么做到的？"

卫天阳悄声说："是我特意贿赂了美芝姐。"

卫筝并不当真，说："你少来，不过是你就好说了，免得我回去又要编一堆理由。"

看起来她真的松了一口气。

卫天阳挑挑眉，眼神意味深长，他托着下巴，眨着那双好看的眼睛，说出的话颇有些挑逗的意味："怎么？在你眼里我就不是一个男人，对你毫无吸引力？"

卫筝叫来服务员点了餐，才道："你就别祸害我了，去祸害其他女孩吧。"

"你可真毒。"卫天阳抢过菜单，勾了几道最贵的，说道，"既然没戏，那这顿你请。"

他有些孩子气，但是也爽快。

这顿饭吃得开心也放松，卫天阳并不是没有谈过女朋友，不过以他的性格，有了女朋友，也不会花多少时间在对方身上，往往是对方受不了他的冷落提出分手，他也不挽留。

卫筝听了，批评他："你这样子，会破坏了自己的姻缘。以后有了喜欢的人，不能这样。你只有表现得在乎了，对方才会觉得爱你甚至等你是值得的。"

"如果我就是在乎，别人也不领情呢？"

"那……"卫筝停了一下，不知怎么的忽然想起了简桐彦的脸，他的疏离，他的漠然，他的陌生，她苦笑，"那也许是因为你们之间并没有那样的情分和缘分吧。那种人，很可怜。"

卫天阳看着她的表情，笑了笑："那你呢？"

"我？"卫筝想了想，"我就是那种可怜的人吧。"

"嗯？"

卫筝却不愿意多说了，喊来服务员埋单。

等吃完饭出去，雨势收了不少，卫天阳想送卫筝回去，谁知中途接到医院打来的电话，他只得匆匆告别。

卫筝去商场里买了些东西，刚上车准备回家，甄美的电话就打来了。

甄美在电话那头大呼小叫，卫筝不得不把手机挪远一点，等那头声音停了，她才说："甄美，一句话把事情说清楚。"

甄美在那边平复几秒，才道："有孩子失踪了。"

校长紧张召开会议，学校是下午开始放假，孩子们都由家长接回家。但是其中一个五岁的小朋友是由爷爷接走的，一直到对方家长打电话来，校方才知道孩子至今未到家。天气预报显示，下午还会有一场暴雨，已经发出了红色预警。

卫筝找甄美要了那个孩子的家庭住址，便一踩油门将车开出了车库。

这时，简桐彦刚好从商场里出来，简玄每周都要来这里的二楼画沙画，他正在等骆轻开车过来，便看见卫筝的车从眼前忽地一下开过去了。

饶是没见过她的车，他还是看清了驾驶座上的人。

骆轻已开车过来，他牵着简玄走过去："骆轻，你先送简玄回家，我还有点别的事。"

"简总，等下就下大雨了……"

简桐彦从后座拿了一把伞，然后把车门关上，说："回去吧。"又对简玄说，"乖乖在家，爸爸等下就回来。"

卫筝边保持和甄美的联系，边按导航沿着学生回家的路线寻找，她想是不是老人带着孩子在躲雨，于是边开车边查看附近能够避雨的地方。最后在一个十字路口，卫筝看着面前一大段的污水，心想车是开不过去了。

她套了件雨衣，一下车就被暴雨劈蒙了，眼睛好不容易适应了，锁了车门正要过马路，忽然被人一把拉住，一声呵斥随之响起："你这是要做什么？"

被大雨蒙住视线的卫筝总算看清了眼前的人，她有些吃惊，但下一秒马上说："我有个学生不见了，我得去找。"

简桐彦皱眉看着她狼狈的样子，说："你现在怎么找？知不知道这样很危险？"

卫筝一愣，看了看几乎浑身湿透的自己，但仍倔强地甩开简桐彦的手："孩子比我更危险。"

简桐彦把伞撑到她的头顶，几乎是拽着她到旁边小商铺门前暂时躲雨，他指着前方积水的路段，大声说道："那里的下水道井盖被冲开了，你这样贸然过去，想过后果吗？"

他的语气太过严厉，连带眼神也很凌厉，几乎有些咬牙切齿了，若不是他拉住她，她恐怕想都不想就直接冲过去了。

卫筝看向路中间，可不是，混浊的积水正以漩涡式往下沉。她后背一凉，忽然想起曾经有个女生被冲进下水道的新闻。

简桐彦看到她脸色有一丝惨白，叹了口气："要找人，先保持理智。这么大的雨，老人一定是带孩子去躲雨了。我们先沿着街边的店铺找，但凡能够躲雨的地方都找找。"

卫筝点点头，忽然一把拉住正要冲出去的简桐彦："要不，你先回去，这么大的雨，太麻烦你了……”

简桐彦一愣，随即皱皱眉：“麻烦不麻烦，先确定孩子的安全再说。”

卫筝依旧没有松手，见简桐彦的眉头皱得更紧，她赶紧说道：“那我回车上拿件雨衣给你穿上。”

雨下得太大了，雨衣并没有什么用，但总好过直接淋雨。两人沿街寻了半个小时，总算在附近公园的游乐场的滑梯下找到了爷孙俩。

因为小孩在回家的路上硬是要去游乐场玩，雨又刚好停了，老人也不会看什么天色，又疼孙心切，便依了孙子，哪想不过十五分钟，新一轮暴雨就来了。没办法，两人就一直躲在滑梯下面。等卫筝他们找到时，小孩子已经睡着了，简桐彦先接过孩子，卫筝扶着老人出来。

等家人把他们接走，卫筝才松了一口气，脸上也有了笑容，转身想跟简桐彦说谢谢时却愣住了。

面前的人可真是狼狈，浑身湿透，雨水顺着脸颊直往下淌。

两人回到车前，简桐彦执意自己开车，开往的却不是卫筝的家，而是另一个方向。

“我家离这里只有十来分钟的车程，你先去把身上的衣服换了，免得感冒。”不等卫筝说话，简桐彦便解释道。

卫筝便不说话了。

等简桐彦把车子开进一个高档小区时，卫筝叹道：“原来你一直住在这里，我每天上班都要经过这里……”

也许有无数次与他擦肩而过吧，想来终究是没缘分吧。这么一想，她心底黯然了几分。

简桐彦看她一眼，道：“我一周前才回国，房子也是借的一个朋友的，前几天带简玄去了一趟澳洲，拜祭他的爸爸妈妈。”

“难怪这几日不见你。”

正待说什么，她一个喷嚏打出来，顺势又接连打了几个。从车库坐电梯直到十六层，卫筝打喷嚏打到怀疑人生。

简桐彦也不知道从哪里找来了一套自己的睡衣，放到卫筝手边：“你先去洗个热水澡，这是我自己备着的睡衣，先穿着。”

“呃，不太好吧……”她可从来没有穿过男生的衣服。

简桐彦看她一眼：“新的，我没穿过。”

卫筝刚想说她不是那个意思，脑袋就被一条大毛巾盖住了。她只好乖乖去洗澡。

洗完澡出来，她发现简桐彦并不在客厅里。她打量起房间，看得出来应该有人经常收拾，干净整洁，灰白色调，倒不显得清冷，因为墙壁上挂着一些色彩明艳的画，看得出来是孩子的作品，她走近看，落款是简玄。

明艳的花朵，灼热的太阳，蓬勃的森林……这是一个自闭小孩的内心世界。

墙上还挂了一些照片。

大多是简玄的独影，少有简桐彦的照片。唯独有一张，与其他的不同。

头发上的水滴到手背上，传来一阵凉意，她抓着毛巾回头，吓了一跳，只见卧室门口站着个小孩，她愣了一下，继而笑道：“你好，简玄。”

简玄是真好看，但看人的眼神是冷漠的。她见过太多这样的眼神。

忽听门锁“咔嗒”一声，已经换了家常服的简桐彦开门进来，手里提着超市的购物袋子，看出来是一些菜，还有一个纸袋。见简玄站在卧室门口，他问道：“怎么醒了？”

简玄走过去，简桐彦摸了摸他的发顶：“这是卫老师，前几日你们见过了。”

简玄垂下眼帘，微微往后退。

卫筝看出他的紧张与排斥，忙说道：“没事。你不用让他刻意去接近陌生人。”

简桐彦点点头：“爸爸给你讲个故事再睡觉，好不好？”他的语气是那么温柔，眉眼盛满温情，看得卫筝都呆了。

从小到大，她从未见过简桐彦露出这样的神情。

看着简桐彦带着简玄进了卧室，她赶紧接过简桐彦手中的袋子。

等讲完故事，简玄睡着了，简桐彦再出来时，餐桌上已经多了三菜一汤，卫筝端了两碗白米饭出来：“私自用了你的厨房。”

他点点头，在桌前坐下来。

卫筝把筷子递给他，说道：“我给简玄留了饭菜热着，醒了你直接给他吃。”

简桐彦看她一眼，见她还站着，问：“你不吃吗？”

卫筝笑笑，摇摇头：“雨小了点，我先回去了。”她解下围裙，拿起沙发上的包，大约是心神太恍惚，连手机也没拿。她的手刚落在门把上，就被另一只手覆住。

简桐彦就站在她身后，与她贴身站着。

“阿筝，你就这么想逃开我吗？”

卫筝一愣，不可置信地抬头看他，她想说：一心想逃开的人不是你吗？怎么这会儿成了我？可是她什么也没能说出来，他离她太近了，呼吸就在咫尺间。这么多年过去了，他的靠近还是能够轻易让她的心脏快速跳动，似乎要从胸腔跳出来。

“你不知道我有多高兴，所有人都说你……可只有我觉得你一定还活着。”卫筝转身笑道，“真的太好了，桐彦。这几天我一直觉得像是做梦一样。”

简桐彦看着她，心里并不好过。即便十年不见，他依然懂她，知道她现在是强装出来的开心。

“对不起，阿筝。”

卫筝一愣。

“对不起，我没有第一时间去见你。”

十年了，多少次梦醒时分，眼前都是年少时那场未来得及开口的告别。她几乎失去了他，然后上帝听到她的祷告，又将他送回来了。

而这声“阿筝”，她等了太久了。

她鼻子一酸，声音有些沙哑地道：“我想，你一定有你不能来见我的理由。”

简桐彦想说什么，此时身后传来开门的声音。

简玄不知道什么时候又起来了，站在门口，揉着惺忪的眼睛。

“怎么又醒了？”简桐彦松开卫筝的手。

卫筝趁此机会拉开门，逃也似的离开了。

简桐彦抱起简玄，看着半掩的门，叹了口气。他看着桌上的菜，把简玄抱到餐桌前，说道：“我们尝尝阿姨做的汤好不好？”

简玄喝了一口，眼睛一亮。

“怎么样，很好喝是不是？我和你说过啦，阿姨做的饭很好吃的。”

等简玄再次睡着，他收拾完，准备到客厅重新工作，一抬头，却看到了墙上挂的照片，在看到其中一张照片时，他愣住了。

卫筝九点多才到家，陈美芝刚好起床喝水，看到她开门，吓了一跳：“要死啊，吓死人！又搞到这么晚才回来。”

卫筝换了鞋，头重脚轻地往睡房走：“有个学生不是走丢了吗，后来找着了，就顺便去桐彦家吃了饭。”

“一天到晚去别人家蹭……”陈美芝喝了半口的冰水呛了出来，她一脚抵住即将关闭的门，问道，“你说谁？”

第二天简玄入学，天也终于放晴。

卫筝和甄美早早便等在中心门口，小姑娘穿着明黄的连衣裙，连发夹也是明黄的小兔子造型，整个人显得青春活泼。卫筝一向崇尚简单，今天也不过是衬衫加牛仔裤，站在甄美身边，却毫不逊色。

“筝姐，你今天化妆了哦。”甄美倒是眼尖。

卫筝有点紧张：“啊……不好看吗？”她一向嫌化妆麻烦，仗着皮肤底子好，就一直素面朝天。但是今天出门时，她破天荒花了半个小时收拾自己这张脸。陈美芝倚在门边，很是意味深长地道：“哦，这哪里是去上班，明明是去约会。”

她翻翻白眼，是谁一晚上没让她睡觉，死皮赖脸地拉着她问清楚事情始末，一时哭一时笑，若不是她拦着，恐怕大半夜就会出现在简桐彦面前。

下半夜她就感叹命运的奇妙，也感谢上苍的眷顾。等天亮，她成功地有了两个黑眼圈。

虽说她不用刻意打扮，但顶着两个黑眼圈也太不尊重对方了。

甄美竖起大拇指："好看！"

简桐彦一下车便看到了卫筝，不知怎么的，他忽然想起那年在清晨的阳光里，她气喘吁吁地朝教室跑过来，马尾在脑后一跳一跳的。那时的少女眼里都是阳光，她就像希望一样，明亮又炫目。

他牵着简玄下车时，卫筝已经走过来，不过她并没有贸然靠近简玄，而是友好地朝简玄微笑："早上好，简玄。"

简玄仍和之前那样躲到简桐彦身后。

简桐彦在他面前蹲下来，摸了摸他的头："小玄，爸爸晚上就来接你，如果有什么事情，你可以随时拿手机发信息给我，好吗？我收到后，会第一时间回复。"

简玄没有说话，但是抓着简桐彦衣角的手渐渐放开了。

卫筝说道："你放心吧。如果忙，你可以晚些来，学校有小厨房，晚饭不用担心。不过你可以把孩子爱吃的以及不能吃的，列个单子给我。"

简桐彦说了声谢谢，旋即转身离开了。

一直候在车旁的骆轻见他出来，边开车门边说："澳洲那边似乎又出了乱子……六一一那边的项目我们已筹备得差不多了，只等收尾，可是夏总那边……"

简桐彦皱眉："怎么？"

"夏总说是要将这个项目交给陈建国。"

简桐彦翻看着手中的文件，闻言也只是停顿了一下，嘴角浮起一丝冷笑，淡声道："没事，给她吧。"

"可是……"骆轻有些为难，"这可是我们花了一年时间才拿下的项目，就这么拱手……那咱们不是……要不找找舒桐小姐？"

"要想让老虎放松警惕，总得让它尝尝甜头。"简桐彦看着车窗外，表情冷峻无比，眼里的清明一闪而逝，取而代之的是果决凌厉，"我有的是时间。"

3

一周后，简玄的一系列检查结果到了卫筝的手上。幸运的是，简玄的孤独症是后天形成的，比先天的更好干预，治愈的概率也相对高许多。现在他的问题是，对于一切事物漠不关心，言语功能还未完全恢复，对外界刺激反应小。但同时他并不排斥动物的亲近，比如恩恩。

所以卫筝决定先采取动物疗法，这是最温和的辅助手段。简桐彦在听过她的想法之后，也表示同意。

恩恩似乎也对简玄有种天生的亲近感，每天卫筝在办公室等简桐彦父子，听到汽车声的恩恩就一跃而起，奔向门外，不久之后，黑色的奥迪便驶了进来。

简桐彦倒是带着简玄来了两次，但之后，都是一位姓骆的年轻人带简玄来的，看起来很年轻，也很礼貌，但身上总带着一份疏离和冷漠。

“澳洲总部那边出了一点麻烦，所以简总坐最快的一班飞机离开了，走时是半夜，说是不好打扰卫老师，让我当面告诉卫老师。”骆助理看看一直站在校门口的简玄，客客气气地说，“小少爷很依赖简总，可能这几天要让卫老师多费点心了。”

卫筝摆摆手，表示没有关系，只问：“澳洲那边的事情要紧吗？”她并不清楚简桐彦现在的工作是什么，只是知道他似乎特别忙。每次带简玄来，简玄上课时，他总是在接电话处理各种事务，但少见慌乱与不耐烦，这倒是和年少时一样。

骆助理愣了一下，神色不明地看她一眼，只说：“有简总在，应该没有什么大问题。简总这样两地飞来飞去，恐怕以后是常态。”

卫筝这才放心地点点头，转身去找简玄。

卫筝明显地感觉到了简玄的不愉快，最明显的就是食欲不振。平时他还会同恩恩一起玩，今天则一个人坐在窗前，看着窗外出神，恩恩乖巧地趴在他身边。

一天的课程结束后，卫筝没有急着送走简玄，而是留在教室里，给简玄拿来昨天特意去市场上买的一套画具。

她将颜料和画纸一一摆在简玄面前。

“爸爸说咱们简玄很喜欢画画，我们一起画好不好？”卫筝拆开盒子，将那些颜色各异的画笔摊开，拿起其中一支红色的笔，在白色纸上画了一个太阳，大声且字正腔圆地说道，“红色，太阳。”

毫不意外的是，简玄没有反应。

卫筝没有放弃，接着又画了月亮、星星、树林、屋子……就这样，她伏在冰凉的地板上一直画。

当她开始画人物时，简玄忽然说道：“黑色。”

“什么？”卫筝不明所以。

“爸爸。”简玄眼里有少见的光芒，“黑色。”

卫筝一看，才反应过来，她正准备给人物的头发上色，画上的人确实有些像简桐彦。卫筝灵机一动，将笔递到简玄面前：“你来给爸爸的头发上色，好吗？”

简玄看着她的手，犹疑再三，终于伸出手，捏住露出的一截笔头拿了过去。

天色渐渐暗下来，没一会儿便下起滂沱大雨。卫筝怕雷声惊醒已经睡着的简玄，赶紧把窗子都关紧，又给简玄拿了薄毯盖着，然后就一直守在旁边，哪知守着守着，瞌睡却一点点袭来。

简桐彦匆匆从机场赶到学校时，见到的就是这样一番情景。

光洁的地板上，没关紧的窗子被风吹开，素白的窗帘被风掀起，缤纷的画纸飞得满地都是，一大一小两个人趴在地板上，缩在同一床毛毯里睡得香甜，雷声雨声丝毫惊扰不了他们。

原本十分疲惫的他，此时靠在门边，忽然觉得内心的温暖如同冬天踩在暖洋洋的棉被上，软软的，暖暖的。

他在他们身边坐下来，十年不见的女生已经长大，但仍然留着喜欢的短发，大概是染了色，扭曲的发尾有些发黄，勾在耳畔附近，让他不由得伸出手将她耳边的头发轻轻拨开。

再见到她，他无法形容自己的心情，这十年的磨炼足以让他无论有多大的情绪波动，也不过是淡淡带过。

十年未见，他从不曾想过自己还有机会站在她身边。哪怕只是看着她，也是值得珍惜的。

一声响雷滚过，卫筝被惊醒了。她迷迷糊糊地睁开眼睛，看到面前的人，一下子坐起来："你……回来了？

简桐彦笑笑："我来了好一会儿了。"

"怎么不叫醒我？"卫筝有些懊恼。

"看你很累的样子，就想让你多睡一会儿。"

她看着简桐彦有些发青的脸色，皱眉："我觉得现在需要补觉的是你，你看你的脸色……公司的事很严重吗？"

简桐彦确实有些累了，声音也有些沙哑，他也不打算瞒她："有点，不过问题不大，已经处理好了。"处理起来确实麻烦，但是有人将他磨炼得百毒不侵。

卫筝叹气，哪怕是这么多年不见，恐怕他的性格多半是改不了的，什么事都自己扛着，瞒着，不让旁人分担。她站起来，强制性地把他按在简玄身边："现在你陪着简玄好好睡一觉，两个小时后我来叫你，然后咱们一起去吃饭。"

他刚想拒绝，可是卫筝的态度很强硬："如果简玄一睁开眼睛就看到你，他肯定会很高兴。"

简桐彦只好点点头，在简玄身边躺下。

卫筝看他闭上眼睛，才退出教室。她并没有点外卖，学校有小厨房，平时阿姨都会备点菜，花样不多，但足够做三道菜了。

等她做好饭菜，刚要推门喊简桐彦，才知他并没有睡，而是站在窗前打电话。

他的声音温和而轻缓："我知道。这几天事情确实有些多，你不必担心这边。"他看了看睡着的简玄，"玄玄也很好，挺适应现在的环境。他也很想你。”

卫筝没有进去，她端着菜站在门口半晌，才转身回了厨房。

夏天结束的时候，学校已经收了三四个学生，卫筝与甄美每天都忙得脚不着地，而且甄美还忙着论文的事情，所以当那个电话又响起的时候，甄美忍不住直接挂了。刚巧卫筝从食堂打了午饭回来，看见她气呼呼的样子，奇怪地问怎么回事。

“还不是那个奇怪的电话，每天都打来，打了又不讲话。”甄美想起自己最近看的美剧，心里惶惶然，“筝姐，咱们要不要报警？”

卫筝失笑：“也许是恶作剧吧，先看看情况。”

“大概吧。不过筝姐你有护花使者，什么也不用怕啦。我就怕我这朵娇美可爱的小花朵没人保护太可怜了。”

“什么护花使者？”

“喏。”甄美指指窗外，“你的护花使者来了。”

可不，卫天阳开着他那辆“骚包”的奥迪 A7 进了中心。

甄美看着卫筝嘴角的笑，十分羡慕，她拿出手机对着卫筝拍了一张，卫筝吓了一跳。甄美道：“我要转一转你这条锦鲤，说不定过几天我就会遇到自己的男神了！”

卫筝哭笑不得，刚进门的卫天阳只听到了“锦鲤”二字，问：“什么锦鲤？”

“她呀。”甄美指着卫筝。

卫天阳微微低头，打量她一番，点头：“像！还十分下饭！”

“……”卫筝翻翻白眼。

卫筝就不明白了，明明医生应当是最忙的，可是卫天阳反而每天都闲得来找她吃午饭。从风筝岛开车过来，再少也要一个小时，他就是每天都能按时报到，还掐着点，在她刚下班还来不及去食堂的时候到。

不过这几天倒是把她的胃养刁了，他鬼主意多，看准她吃东西挑，带她去的尽是不好找的小馆子。她又是路痴，吃了第一次，还想吃第二次，可惜不认得路。

卫筝这么一想，颇有些不服气，心里暗暗想，这次一定要记路。这么一想，她就忽然注意到他握着方向盘的手，那手指修长白净，是天生握手术刀的料。

卫天阳好似长了第三只眼，得意地一笑："怎么，终于觉得我帅了？"

"你家医院是不是没生意？"

卫天阳先是一愣，随即哈哈大笑："没生意不好吗？没生意代表生病的人少了。其实是我琢磨着从医院谋个后勤做做。每天上手术台可累了。"

她颇感意外地道："你做医生好好的……"

"我做医生完全是我爸的意思。"

"那你想做什么？"

卫天阳认真想了一下："你的男朋友。"

卫筝的回应是又一个白眼。

卫天阳"嘿嘿"一笑，正经地道："其实吧，当年做医生完全是圆我爸一个心愿，我爸在我报志愿那年去世了。我就想着我平时再怎么和他对着干，在他临走时，也得圆他一个心愿不是？现在的风筝医院是我哥的，我就是一个打酱油的，现在医院做起来了，我就想着溜了。"

他这么轻描淡写地说着，卫筝却不好再问下去，拍拍他的手，指着不远处的一家小馆子说："咦，那家看起来不错。今天我请你吃。"

那家小馆子是不错，只不过，卫筝没有想到在这里都能遇到简桐彦。当时两人点了菜，卫天阳看到个好笑的视频，要她过去看，两人姿态亲密。

"卫筝。"突然，头顶传来一个冷冷的声音。

卫筝抬起头，十分讶异地道："桐彦，你怎么在这儿？"

简桐彦的脸色有些不好看，不过也只是一瞬间，他说："玄玄很久没吃这家的菜了。"

卫筝看向他身后，果然在不远处的包厢门口看到了简玄。

"真是巧，我也是和朋友一起来的。"卫筝介绍身边的人，"这位是卫天阳。天阳，这是……"她想了想还是改口，"这是我学生的家长，简先生。”

卫天阳仿佛没看出简桐彦的气压有多低，大大咧咧地伸出手：“你好，简先生。”

简桐彦却像是没看见卫天阳似的，只是看着卫筝，问：“吃完饭回学校吗？”

“回。”

“那等下一起回，正好简玄也一起。”

卫筝一愣，不由得看看身边的卫天阳，心想反正卫天阳也是要回的。

不等她开口，简桐彦又不容拒绝地说道：“明天我会出门一趟，这次去估计得半个月。到时候简玄会由骆轻接送，还要你多费心。”

他说得客套，也在理。

还不等卫筝点头，简桐彦就转身走了。

这一顿饭卫筝吃得不是很心安，总是不由自主地看向包厢门口，她一直在琢磨着刚才她是不是哪里做得不好，惹得他黑了脸。他甚少把情绪摆在脸上，这几日他们虽然经常见面，但是她知道，不管是她还是他，应该是感觉得到他们之间的疏离与客气的。

何况，他心里已经有人了，她又何必再抓着过去的情分，与他纠缠不清呢？

卫筝的性格便是这样，过于干脆利落。

但是眼下，她坐在副驾驶座上，真正体会到简桐彦的低气压有多让人无所适从。她想找简玄聊一下天，可是简玄根本不打算理她，甚至对她有些防备。

“那个……你要出门一趟，是去见女朋友吗？”她原本是想找些话聊，结果这话一出口，她差点想咬断自己的舌头。

简桐彦看她一眼：“不是。回澳洲。”

他没有否认女朋友一事。卫筝心里一沉，就没有了聊天的心思。

一直到学校门口，卫筝下了车，便看见校门口站着一个人。

这是一个打扮极为朴素的妇女，也不知道来来回回在门口走了几次，见有人过来，立刻止步，本想离去，最后还是走过来，小心翼翼地问："请问卫老师在不在？"

卫筝奇怪地看着她："我就是。您是？"

妇女一听，眼泪就掉了下来，一把抓住她的手说："求您救救我家孩子吧！"

开车去文县需要大约一个半小时，卫筝原本是打算一早自己开车过去的，哪知一下楼，就看到倚在车边的简桐彦。

她一时愣在那里，不知道他怎么忽然来了自己家。

简桐彦看到她，也没多说，直接拉开车门说："上车吧。"

"去哪儿？"她有些迷糊。

"你不是要去文县？"

昨晚在校门口被拦住，她给女人泡了杯热茶，好一会儿才弄清楚事情缘由。女人姓文，孩子叫文宣，文宣生病了，已经有三年了，她想求助，也见过医生，但是康复训练一来花费高，二来未见成效。孩子父亲的心思便有点动摇，农村家庭收入微薄，实在支撑不起孩子这样不明不白地花钱，可是哪个母亲愿意放弃自己的孩子呢，无论如何也要坚持治疗。

但是实在太难了，希望过于渺茫，钱财用尽，不仅孩子的病没有起色，连原本和睦的家庭也七零八散。

"所有的医生都告诉我，这种病是治不好的……"本是四十来岁的她，却像是五十出头，生活让她痛苦不堪，她又不愿意放弃希望，"可我总觉得我女儿肯定会好起来的……可是她现在连妈妈也不喊了，看我就像看陌生人。我也想过打电话，可是每次电话一接通，我又不知道怎么说……"说着，眼泪又掉下来，抹去又重新掉下来，那样的痛苦太沉重了。

卫筝轻轻地握住那双苍老的手："阿姨，孩子的病情到底怎样，还需要专业的评估，但是请你相信我们，也要相信孩子。"

女人看着她，突然捂着脸痛哭出声。从未有人说她这样坚持是对的，她只是凭着一腔母爱守着自己的孩子，方法不对，时间不对，什么都不对。

但卫筝知道，她已然尽力了。

卫筝木讷地跟着上了车，才反应过来，问："你不是一早要出差？"

"先跟你过去看看情况。"

卫筝失笑道："你凑什么热闹呀，也帮不上什么忙。你还是去忙你的事吧。"

简桐彦看着她，皱皱眉，说："不然你是准备打电话让那个人和你一起去？"

"谁？"卫筝莫名其妙。

简桐彦有些烦躁，上了车，将买好的豆浆和馒头放到她手里，说："开车过去得一个半小时，最起码能当个好司机。吃完早点，你再睡个回笼觉。"

卫筝此时也知废话无用，便乖乖地接过早餐吃了起来。简桐彦用余光看到她乖乖吃早餐，嘴角微微上扬。

一个半小时后，他们顺利抵达文县，可是按照地址，车子又往里开了半个小时，一路都是崎岖的石子路，好在简桐彦今天开的是越野车，底盘高，虽然难开，但比一般的轿车安全性要高。

只是卫筝被颠得头晕，等到达目的地时，便看到村口站着一个人，正是昨天看到的那个女人。

卫筝先下车，同文母走路去文家，简桐彦则找地方停车。

等到了文家，一看就知是贫困户。早几年新农村建设，家家户户盖起了新楼房，像这样的红砖平房已经很少见。文母没有领着卫筝进房间，而是绕过红瓦房，走向后面用水泥糊墙的独立小屋子，那扇红色木门上挂了一把大铁锁。

卫筝心里一沉。

文母知道她在想什么，有些难堪地解释："孩子爸说一定要锁着她，免得她出去丢人……"

可是门刚打开一条缝，里面就传来一声尖叫，所有人都吓了一跳，文母马上将门关上，脸贴着门小心地说："宣宣呀，是妈妈呀。"说完，她不好意思地朝卫筝笑笑，"对不起啊，卫老师，她不愿意出门，也不愿意见人……只要有人进去，就会一直尖叫……”

卫筝点点头：“没事。我试试。”

这一次没有听到尖叫，房里窗户紧闭，她好不容易适应了黑暗，才发现这个房间里简直可以用空荡荡来形容，只有一张简易的儿童床。文母说，孩子喜欢拿东西砸人，有时候也不可避免地会伤到自己，所以她才将房间都清空，唯一保留下来的，是一套简单的拼图，她每天都反复玩。

角落里蜷缩着一个小小的人影，头发看起来很久没剪了，也没有束发，将半张脸都盖住了。卫筝慢慢走过去，见孩子没有反应，她试图再往前一点，可是下一秒，就听到孩子陡然尖叫起来，随手抓起身边还没被收走的餐盘和叉子就朝卫筝扔过来，并大声喊道：“走开！”

卫筝吓得倒退两步，旋即被人拉进怀里，文母此时已经把灯打开，失声尖叫起来：“啊……血……”

卫筝紧闭的双眼睁开，才发现自己被人抱在怀里，自己并没有伤到，反而是面前这个人微皱眉头，她的目光移向抱着她的手臂，裸露的手臂渗出血丝，落在脚边的刀叉上沾着血。

“桐彦……”卫筝的声音都开始发抖。

村里的医生被文母叫来替简桐彦包扎，好在伤口不深，村医一边给伤口消毒一边说：“不要接近那孩子啦……好可怕的哟……你们这些城里人真的是……”他又数落旁边的文母，“你啊，怎么老是不听，这个孩子就这样关着，还找医生来干什么啦？这还让人受伤了，多不好啊！”

文母被说得哑口无言，倒是简桐彦问道：“既然孩子的情况是这样，为什么还要给她刀叉这么危险的东西？比起伤害别人，她更有可能伤害到自己。”

“她现在连筷子也拿不好了，我就买了叉子给她吃饭……真是对不起啊，先生。”

打了一盆清水进来的卫筝听到文母的话，没有作声，只是帮医生将简桐彦的伤口用纱布包扎起来。

“没大问题。记得忌口，回城里了要记得上药。晓得吧？”

“好，谢谢。”

简桐彦说着就要掏钱，卫筝按住他的手，从自己包里拿出一百元递到村医手里：“能不能留一瓶消毒水和一卷纱布给我，今天晚上我们可能回不去了，外面下着大雨，路不好走。”

村医留下卫筝需要的东西，文母便将他送出去。简桐彦看着卫筝沉默地把东西都收进自己的包里，又将盆子毛巾什么的都收到架子上放好，然后坐到一旁的椅子上，垂着头。

“阿筝。”他唤了一声，见她毫无反应，他又无奈地唤了一声，“阿筝。”这一声更柔和一些。

卫筝这才抬起头，简桐彦却愣住了，哪里知道她低着头是在哭。此时她双眼红肿，眼泪在眼眶里打转。

“你……”简桐彦无奈，朝她招招手，“你过来。”

卫筝倒是听话地站起来，坐到他的身边，想伸手摸摸他的伤口，却又有些发怯地收回手。

“并不疼，伤口只有一点点大。你也听到那个医生讲了……你这样就哭，被别人看到多不好。”简桐彦试图让她放轻松些，“这次幸好我来了……”

如果我不来，受伤的就是你了。

卫筝摇摇头：“你要是不来就好了，你要是没来，就不会受伤了呀。”

“可那样受伤的就会是你了，还是我受伤好些。”

卫筝似乎没听清楚，有些愕然。

简桐彦指指自己的手臂：“可以麻烦卫老师帮我把衣袖放下来吗？”

卫筝点点头，小心翼翼地倾身过去，帮他放下袖子。她离他那么近，一些翘起来的短发碰到他的下巴，酥酥痒痒的，连同心脏都像是被羽毛轻轻地拂过，“咚咚”地跳起来。她身上有种轻淡的奶香味，那是一种难得的体香。

他咳了两声，别开脸。卫筝坐好，认真地看着他：“我们得在这里住一晚，明天大雨应该就会停了。那段路不好走，想来你也不会让我开车。”

“好。”他笑笑。

到了晚间，文母做了一顿尽可能丰盛的晚餐，还特意杀了一只土鸡。上桌前，她特意把炖得软烂的鸡腿夹到碗里，又盛了些饭，浇了些汤汁在上面，才端往后面。

卫筝帮简桐彦倒了一碗汤，又用勺子过掉上面一层油，然后夹了青菜放到另一只空碗里，交代他：“这段时间要注意忌口。”

简桐彦挺听话，喝了一口汤，汤熬得十分浓稠，鲜而香。

“那个孩子，你打算怎么办？”

“还能怎么办，当然是希望她能够得到很好的治疗。”

“可是她家显然拿不出那么多钱。”

卫筝一愣，很快说道：“这个不用担心。去年国家有推出针对自闭症儿童的贫困救助政策，我可以帮他们尽力去争取。”

“需要我帮忙吗？”

卫筝一愣，随即摇摇头：“这件事回去再说吧，可能还需要校长那边再找找关系。我们学校的贫困指标已经达到上限，不知道能不能再加一个。”

简桐彦夹了只大鸡腿放到她碗里，她不由得抬头看他，才发现他在笑，他说：“奖励你的，卫筝小朋友。”

吃完饭也没办法去散步，大雨一直没停，卫筝和文母忙着将能用的盆和桶都拿到漏雨的地方接着。文母将其中一间房收拾出来，换上了干净的被褥，她有点不好意思：“真的不好意思，家里小，就两间睡觉的房……”

简桐彦看看房间里还有接漏雨的两个盆，并不介意：“没事。我看客厅里有一把躺椅，我可以在那上面休息。”

把东西拿进来放好的卫筝听到这话，马上否决了：“现在晚上凉，睡躺椅上会着凉。”她看到简桐彦好整以暇的眼神，瞪了他一眼，“你瞎想什么。”

简桐彦失笑：“我没有瞎想。”

文母赶紧说：“那我再去抱一床被子，一人一床，一人一床……”

卫筝转身走开了，她怕再和他待下去，她脸红都要到脖子了。

屋子里还在漏水，滴滴答答的。简桐彦还是在躺椅上简单地铺一层被褥就当作床了。文母一直说对不起，可是简桐彦并不介意。因为雨水多，房子有些潮湿，折腾到半夜，卫筝总算迷迷糊糊睡了过去，但睡得不深，所以简桐彦的手机响起来时，她马上就醒了，之后就听到了开门的声音。

雨不知道什么时候停了，居然有一轮清月挂在夜空中，还有满天的星子。修长的身影站在院子里接电话，她并未打扰他，只是看着夜色里的他。

“我知道，明天一早我就回去。骆轻，你要尽最大的努力将事情的影响压到最小，一切等我回去再说。”简桐彦边说边回头，卫筝想躲闪已来不及。她站在那里不好意思地笑笑：“我看你起来了，所以……”

简桐彦简单说了两句就挂了电话，他走过来，见她穿得单薄，叹了口气，将自己的西装外套脱下给她披上：“出来也不知道穿件外套。”

她拢拢外套，觉得十分抱歉，问道：“公司是不是有什么事情？”

简桐彦把屋檐下的一条长凳拿过来，拉着她坐下：“没事，有骆轻在。他跟了我七年，能处理。”

卫筝看着他一脸轻松，不像愁闷的样子，稍微放了心，抬头看到满天的星子，不由得赞叹：“哇，看来明天是个大晴天啊。”

简桐彦也看向满天似乎触手可及的星星：“嗯。在城里已经很少能看到这样好看的星星了。下次有时间的话，可以带简玄出来看看。”

两人坐在长凳上，远处田地里蛙声一片，此起彼伏，呼吸间都是雨水夹杂着泥土的气味，天上的星星似是眨着眼睛，好奇地看着他们。

“那个孩子，被关在那里一定十分害怕。”简桐彦突然说。

卫筝一愣，才明白过来他说的是谁，缓缓说道：“孩子得了自闭症，很多父母会觉得丢脸。我曾经见过有对父母将一个患有自闭症的七岁孩子当作精神疾病患者来治疗，过早用药物干预，导致孩子受到了各方面的伤害。有些父母会将孩子关在房间里，不想看到他和别人不一样，也不想别人看到孩子与他们不同。但是大部分父母还是在努力，想给孩子一个更好的未来。”

“这个世界上是不是有很多这样的孩子？”简桐彦问。

卫筝点点头：“我常年做这一行，见到的这种类型的孩子真的太多了。他们从一生下来就可能没有与生俱来的社交能力，他们沉默，却并不代表内心沉默。他们和一般孩子其实没什么不同，只是不善于表达。而我们要做的就是在他们的沉默里，发现他们所擅长的，让他们长大后可以融入社会，学习社会技能。”她看着星空，声音平静而温柔，“在新加坡的时候，我接触过一个孩子，那个孩子从出生开始就与他人不同，送来中心的时候，已五岁了。在治疗过程中，我的老师发现那个孩子在数字方面极具天赋，甚至有过目不忘的能力，七十幅拼图在他面前打散，他能用最短的时间恢复原样……现在那个孩子应该十五岁了吧。所以我老师说，其实他们都是星星的孩子，被地球遗落的星星……他们是带着光芒的。”

简桐彦不由得看向身边的人，她仰着头，看着天上的星辰，嘴角微勾，显得满足而充满希望。他突然好想摸摸她的头，但最终还是忍住了。

“桐彦，你明天就回去吧。我还得在这里待几天。”

简桐彦吃惊地问：“你待在这里做什么？”

“那个孩子啊……就像你说的，被关在黑暗里，她很害怕。她的母亲都不能帮助她走出来，那就只有我了呀，最起码我得让她慢慢走到阳光底下来……”

“可是……那个孩子太危险了……”简桐彦欲言又止，想到白天发生的意外，他皱着眉，想说服她。

“其实你不知道吧，图加出事后，图尔的心理出了问题，一直看医生。我以为等他长大些，时间长了，他也许就会好。但是后来他天天把自己关在房间里，一开始还和我讲话，也会回应我，但渐渐地，他就不理我了，甚至有一次我看到他竟然企图伤害自己。我这才决定带他出国求医，也是那时候我开始接触患有自闭症的孩子。后来，我有幸在读医夜大的时候碰到了恩师，图尔也渐渐康复，直到现在完全融入社会，参加了工作……我那时候就想，我要像我老师那样，去帮助每一个需要帮助的孩子。”卫筝看向简桐彦，“桐彦啊，她在向我求救。我听到了。”

简桐彦望着她，她神色平静，仿佛说的是一件普通的事。可是他感觉震动无比，此时他似乎才意识到，她已与过去不同。

她不再是当年那个只知道跟着自己的小尾巴，现在的她有了自己想做的事情、要追求的梦想。

“那我回去处理了公司的事，马上就回来接你。”简桐彦终于点头答应，又补充道，“但你一定要注意安全，有什么事，马上打电话给我。”

“好。”卫筝笑了。

又是那个梦。

他被关在黑屋子里不知道有多久，地板是潮湿的，坏掉的水龙头一直滴滴答答地滴着水，他太害怕了，可是他又不能喊叫，只能死死咬着嘴唇。他尽力往角落里缩，可是怎么也触及不到温暖的地方。

紧闭的门被慢慢推开，有人进来了。

他抱着双膝，恐惧地把脸埋进双臂里，终于“呜呜”地哭了出来。

“又哭啊，不是说了不要哭吗？”女人的声音就在耳边，挟裹着刺鼻的香味。他慢慢抬起头，看见了那张恶魔般的脸。

他一下子惊醒过来，却看到床上侧睡的那个人。

窗子上没有窗帘，月光便倾泻下来。他愣愣地看着那张他从不曾忘记的脸。他痛苦地握起手，别开脸。

噩梦从不曾结束。

他却天真地以为，时光可以抚平一切。

Chapter 09

长日尽处，我站在你的面前。你将看到我的疤痕，
知道我曾经受伤，也曾经痊愈。

1

简桐彦第二天便离开了文县，走时又再三叮嘱卫筝务必注意安全。看着车子消失在路的拐弯处，卫筝才转身往文家走。才走到文家门口，她就听到了吵闹声，还夹杂着女人的哭声。她忙跑过去，看到文母抱着一个身材高大的男人的腰，声嘶力竭地喊：“求你啦！不要送她走！她不是精神病呀！孩子是自闭症呀，要治的！”

“治治治，治个屁，治了几年，房子治没了，钱也治没了！老子这条命是不是也要给她搭进去！”男人暴跳如雷，单手抓住文母的手腕将她甩到一边，抬脚就要踹门，面前却突然出现了一个人。

他的脚堪堪停住。

文母的眼泪止不住地流下来：“卫老师，这可怎么办呀，孩子她爸非要送她去精神病院……”

卫筝看着面前这个浑身充满危险气息，明显在暴怒边缘的男人，她没想硬碰硬，但是如果她不站出来，情况只会朝着更糟糕的方向发展。

“文爸爸，我是恒星学校专聘的儿童心理专家，宣宣的情况也许不像你想象的那么糟糕，她更不是精神病……”

“什么狗屁儿童心理专家！你知道她上过多少当吗？上海北京哪个地方没去过？治好了吗？”他指着文母道。

“治疗是需要时间和耐心的，自闭症不单纯是心理疾病，它需要多方面的专家进行诊治。现在孩子才六岁，可以早点治疗，只要大人有信心，就算是无法痊愈，她至少不会在那个屋子里被关一辈子，至少可以融入社会呀。”

男人一下怒了，指着卫筝道：“这病压根没治！还融入社会！你打眼望一下，就连学校都找借口不收这样的孩子。她将来除了榨干我们做父母的血，还能干点啥？你知不知道别人家现在怎么说我们？说我们生养了一个怪物！”

文母竟然被他说得哑口无言。

是啊，别人家的孩子健康聪明，可是自己的孩子怎么就得了这个不明不白的病，还压根无法治。多少个不眠之夜，她也曾问自己是不是上辈子造的孽太多。这些年为了给孩子治病，他们吵过闹过，终究还是坚持着……可总也有动摇的时候，尤其是面对孩子看向自己的冷漠眼神时。

文母捂着脸哭了起来。

文父朝卫筝挥起拳头：“你给老子让开！”

简桐彦打来电话时，卫筝正在上药，文母把药水涂到破皮的伤口上，她疼得倒吸一口冷气，简桐彦立马警觉地问怎么了。

“没事没事。你到了吗？”卫筝忍着疼岔开话题，示意文母不用给自己涂药。

“嗯。你那里怎么样？”简桐彦那边传来倒车的声音，显然是刚到。他大约也想不到，他前脚刚走，这边就出事了。

“我这里还好。”卫筝闻言，鼻子一酸，真是奇怪，一听到他的声音，她心里竟涌起委屈，她想告诉他，刚才那个男人真是太可怕了，若不是赶来的村支书和其他村干部拦住了他，她恐怕就不是手肘擦破皮这样简单了。早几年，再艰难的时候，她都一个人挺过来了，不过是咬咬牙，再不济哭一场，仍旧要面对，要去解决问题。如今他回来了，她才觉得心中有了依靠，才显出了小女生的柔弱来。

可是她转念一想，她又有什么理由去依靠他呢？

简桐彦那边停了一下，之后才道："我忙完就回去接你。"

"好。"

挂了电话，卫筝沉默了一会儿，旁边的文母举着药水，眼泪汪汪地道："对不起啊，我也不知道他怎么突然就回来了。"

"他现在人呢？"

"被村支书拉走了。卫老师，要是孩子真的没法治，那就……算了吧。"文母艰难地说。

卫筝看着她，有些失望："你也动摇了吗？如果连你都放弃她了，那她就真的没法治了。"

"可是……"文母长叹一口气，想说什么，最终还是放下药瓶，站起来，"我去给孩子送午饭。"

卫筝站起来："我去吧。阿姨，如果三天之内我可以让宣宣走出那个房间，你就答应我，让她接受治疗，可以吗？"

文母闻言，眼泪又"唰"地流下来，她用力点点头。

文母听了卫筝的话，没有关上房间里的灯，窗户也打开了，房间里的空气不再那么难闻。卫筝端着饭菜和切好的水果丁走过去。文宣正在玩积木，看到她突然出现，立刻警觉起来。卫筝没有立刻靠近，而是慢慢蹲下来，把餐盘放下："宣宣，我是卫老师，该吃午饭啦。"

文宣有双又大又圆的眼睛，她看了一眼饭食，又看了一眼卫筝，卫筝明白，又退后几步，她才站起身走过来。

她没有用勺子，也没有用筷子，而是用手抓。

她吃饭的时候，卫筝并没有打扰她。等她吃完了，卫筝又将餐盘及时收走，端了水和盆进来，说道："宣宣，我们洗一洗手，我送你一个礼物好不好？"

孩子缩在床角，只是看着她。卫筝笑笑，也不急，把刚才拿进来的纸盒打开，里面是她来之前就准备好的一个公主娃娃。孩子的眼珠转了转，手指也动了动。

“我们先洗手好不好？”卫筝用眼神鼓励着她，“宣宣，过来。”

两人也不知道僵持了多久，房间里十分闷热，开着的窗户偶尔有风透进来，才有了那么一丝凉意。

卫筝靠着墙坐下来，给她唱了一首通俗易懂的数字歌。

这两天实在是没休息好，对于这个孩子，她一点防备心理也没有，所以靠在墙上，加上清风徐徐，竟然就这样睡了过去。醒来的时候，已是黄昏时分，她一睁开眼睛就看到宣宣不知道什么时候到了她面前，抱着那个娃娃，试图摸它的脸，捏它的手，甚至尝试将娃娃歪掉的蝴蝶结扶正……显然试了很多次，但仍然在尝试。

卫筝没有突然坐起来，怕吓到她。

文宣太瘦弱了，穿着贴身T恤，坐在地板上弯着腰，几乎可以看见背上突出的脊椎骨。

就这样，卫筝连续两天都和文宣待在一起。一开始，文宣很抗拒她的接近，渐渐地，她来送饭，文宣会主动过来。卫筝教她用勺子吃饭，教她洗手。

其余时间她都在玩娃娃，有时候甚至抱着娃娃睡觉。待宣宣能够待在自己身边，卫筝便拿出认知卡片，告诉文宣，这是太阳、月亮、星星。

不仅如此，卫筝还希望文母也不要过于在意文宣对自己的冷漠，她鼓励文母尝试与孩子亲近。

简桐彦这边的事情也并不简单。

慕星分公司去年才在海临市立足，当拆迁丑闻被网友放到网上时，慕星遭遇了第一次信任危机。事情是在简桐彦昨天走后不久发生的，城西郊的那块地是他今年回海临市拿下的最大的一个项目，前期开发工作一直交给骆轻在做，如无意外的话，三个月后就可以完成收尾。可是事情远没有他想的那样简单，政府对于拆迁户的补贴一直在增加，却仍然有居户待在拆迁房内不肯搬走。昨天有一个老人忽然爬上屋顶，并且不小心摔下来，被紧急送进了医院。紧接着，又有人效仿老人爬上屋顶示威，其中不乏已经搬迁了的住户，无非是想多拿一点补偿金。

虽然公司在很短的时间内采取了应对措施，但是网络上还是有网友爆出了并不完整的视频。昨晚半夜接到电话的简桐彦让骆轻先找到那位网友拿到完整视频，并且在今晚七点召开了记者见面会，不过他的目的不是澄清，而是道歉。

骆轻点点头："这件事情原本可以私下处理好，但是视频好像被传给夏总了。"

简桐彦一脸平静："知道总比瞒着她好。"

"那会不会影响我们的计划？"

简桐彦看他一眼，那一眼别有深意："骆轻，人算不如天算，我们不能排除所有会影响事情进展的因素，同样，也无须怕。"

"是。"

"下午你和我去一趟工地，见见老人的家属，你先处理赔偿事宜，尽可能满足他们的要求。"

骆轻刚走，简桐彦的手机就响了，看到来电显示，刚才还有所缓和的脸色瞬间变得凝重，几乎是面无表情地接了电话，那头传来女人的声音："事情怎么会变成这样？我把慕星交到你手上，可不是想看到这种事情。"

"不好意思，事情我会处理好，总公司那边不会受影响。"

"最好如此。等那边的事情办完了，让骆轻留在那边就好，你也该回来了。"

挂了电话，简桐彦放松地靠在椅背上。

下午简桐彦便去了事发工地，骆轻将事情处理得不错，再加上公关部那边的操作，视频在四个小时内就悄无声息从网络上消失了，取而代之的是更完整的视频。舆论一下便倒向慕星这边。

城郊一带实在是荒凉，甚至可以称得上是垃圾山，两排老旧的砖房里的人几乎每天都生活在臭气冲天的环境里，后来有厂方看中这块地，在这里建了纸袋厂，环境污染严重到当时还惊动了环保局，后来厂子被迫关闭。一直到去年政府将这一块纳入新城市规划，慕星投标拿到了这块地，前期的拆迁工作也一并划入进来。

所以当拆迁令一下来，几乎家家户户迫不及待地搬入了政府安排的安置区，但总有人觉得不能让别人轻易得逞。

骆轻没想到简桐彦会亲自来这边，不停地叮嘱他小心一些。

他走到那扇生锈的铁门前，便看到一个看起来只有十四五岁的少年正跪在墙边用粉笔画画写写。

骆轻上前问："小朋友，你奶奶在家吗？"

少年回过头，看见生人也不惊讶，面无表情地打量他们两眼，也不搭理他们，又回过头画自己的。

骆轻正要再问，门却打开了，一个老奶奶端着菜盆子出来，看见他们，愣了一下。

"孩子爸妈出去打工好几年啦，除了定期寄钱回来，几乎不怎么回家。去年出事啦，回来过年的路上出了车祸……在这儿住了一辈子啦，爷爷也是怕哟，怕孩子们天黑回来找不着家。迁走了，孩子们怎么找得到家在哪里嘛……"老奶奶听力不好，大声说的话却像一记闷拳打在了简桐彦和骆轻心上。

"孩子怎么不去上学？"骆轻奇怪地问。

"咋个上学？是个傻子呢！他妈妈生他的时候他就差点憋死，长大了就发现问题啦，不会讲话，也不爱理人，连吃饭都不会。"老奶奶叹气，"没哪个学校肯收的。"

远处传来起重机轰隆隆的声音，把老奶奶的叹息都掩盖下去。

简桐彦离开时，将身上的现金都留给了老奶奶。骆轻还帮忙把水缸里的水都换成新鲜的。简桐彦把钱放到老奶奶手里，大声说："政府分的房子都很好，家家户户都有电梯，附近就是公园，老大爷去了那里还能养好身体。孩子还是要读书的，读书了，他爸妈才能安息。”

简桐彦出来时，那个少年已经站在门边，大约已经听到他说的话了吧，手里还捏着粉笔头，黑色的裤子上都是粉笔灰。

简桐彦看了一眼墙上看似杂乱的数字，问道：“喜欢数学？”

少年摇摇头，没说话。

简桐彦笑了下，伸手摸摸他的头，便和骆轻离开了。

上了车，骆轻才问他：“我现在送您回家？”

简桐彦又拨了一次电话，仍然是关机。已经两天了，除了当天通过电话，他当时就察觉出她语气有点奇怪，但并未作他想，但是接下来两天都没有人接电话。

“不了。骆轻，送我回公司取车，我得去个地方。”

骆轻皱眉：“你已经两天没有合眼了。您想去哪里，我送您去。”

简桐彦原本想拒绝，可是想想自己现在确实容易犯困，便道：“好。我们先去学校接简玄。”

“卫老师，卫老师，开门呀。”

卫筝睡得迷迷糊糊的被敲门声惊醒，看看床上的文宣，睡得还很沉，她忙起来披上衣服去开门，发现是文母。

她哈欠连天：“阿姨，大半夜的怎么了？”

“哎呀，先生一定叫我过来喊你。”文母让到一边，对身后的人说，“我也早说了不让她睡这里，可她非得……”

黑暗里的某人走至眼前，借着屋里的灯光，卫筝才看清楚面前的人，以为自己在做梦，张张嘴，好半天才地喊出那个名字：“桐……彦？”

简桐彦紧锁着眉头望着她，似有不悦，见到她也没有笑，只是问：“怎么不接电话？”

卫筝后知后觉地想起来，说：“充电器忘记带过来了。问过了，周围都没有人有苹果充电线。你……怎么来了？”

“骆轻和简玄都来了。”

“……”

大堂里，卫筝端着煮好的两碗面条出来，放到矮桌上，面条上面都铺了一个荷包蛋，汤是肉末汤，文母又炒了自家种的青菜端上来。

已经是晚上十一点了，简桐彦他们肯定还没吃晚饭。

卫筝又去屋内看了一下简玄，他还睡着。再走出来时，两人已经将面条吃完了。

“你们怎么都来了？”卫筝坐下来，“我打算明天就回去的。”

“你怎么回去？”

卫筝想了想，说：“阿姨联系了村里有车的人家，说是可以送我到市里。”她答得有点小心翼翼，因为她看出来，简桐彦从进门到现在脸色都不怎么好看。她看向身边的骆轻，骆轻本就是不苟言笑的人，见卫筝看他，他只摇摇头，表示自己也不清楚。

简桐彦一听她的话，心里的火气“噌”地就冒上来，但他本就不是那种爱发脾气的人，这时房间里传来简玄的梦呓声，她刚要起身，骆轻已经站起来：“我去吧。”

卫筝只好又坐下来，她小心地看了一眼面前的人：“你的事情都忙完了？”

简桐彦点点头，看向她包扎着的手臂：“你的手怎么了？”

“啊。”卫筝用手捂住伤口，想着找什么借口。

文母洗碗出来，忙道：“对不起啊先生，都是我家那位发疯……卫老师为了拦住他不让他发疯……”

“他对你动了手？”他的怒火沉在眼里，仿佛随时会爆发。

卫筝忙摇头：“没没没，就是推了一下，蹭破了皮。他哪里敢对我动手呀……你来了正好，我们明天一早就回海临市。我先去收拾一下东西。”

说着，她忙站起来，手臂却被他拉住了。

他虽然生气，但是眉眼间尽是不放心：“我看下。”

“……好。”

简桐彦看了看她手臂上的伤口，见确实无大碍，才放下心来，但心底仍旧介意：“当时怎么不报警？”

卫筝摇摇头：“就算是报警，也不过是关几天就放出来。这样的人，关几天又出来，只会变本加厉。”

简桐彦皱眉不语。她看不透他的心思，只好宽慰他：“没事啦，只是一点小伤。”

第二天一早，几人吃过早餐便准备出发回城。骆轻把车子开到门口，文母把孩子的东西都收好放上车，又到地里摘了两个大菜瓜一定要给卫筝，卫筝只好收下。

不知道孩子有多久没有见到阳光了，卫筝与文母进去，这次文宣倒是没有做出什么出格的行为，但简桐彦还是随时将卫筝护在一边，一直到孩子慢慢走出房门。

早晨的阳光有些刺眼，孩子却抬起头，看向太阳。

因长期不出门，她的皮肤有些惨白，虽只有六岁，却长得很高，也很瘦弱。本来是微驼着的背，此时却渐渐地直起来。

她并不怕阳光刺眼，只是怕见不到阳光。

卫筝会心一笑：“文宣，以后试着多出来走走好吗？”

文宣看她一眼，那是没有任何杂质的童真的眼神，但她没有说话。然后她便看向了站在简桐彦身边的简玄。

简玄也望着她。

他们是相同的人，在眼神接触的一刹那就明白了。所以文宣微微地扯动了一下嘴角。

车子直驶向城里，文宣开始并不睡觉，而是一直趴在车窗上看着窗外飞逝而过的景色，觉得十分新奇。文母轻声地告诉她每一座山的名字，每一条河流往哪里……骆轻抱着简玄，简玄昨晚认床没睡好，所以一上车就睡着了。

卫筝朝简桐彦笑笑。

简桐彦看她一眼，终于还是忍不住，伸手摸了摸她的头，并竖了个大拇指。

2

渐渐有家长带着孩子来自闭症服务中心，卫筝每天都很忙，开始是忙着招收这方面的专业老师，等老师到位，她又得为个别贫困孩子争取补助，因而每天都在外面跑。最近她一直往儿童医院跑，希望可以得到医疗资助，但是她运气不好，碰到的负责人总是打太极。

她去得勤了，长得白白胖胖的男人眯着一双小眼睛无奈地说："卫小姐，不是我不肯批呀，而是你们院里的名额已经用得差不多啦。现在你一下报上来五个，怎么吃得消？你也算医疗工作者，也知道这负担有多重，尤其是儿科这方面……"

"可是，曾大夫，如果不能全部减免医疗费，哪怕减免百分之八十也行的。"

曾大夫摇摇头，十分为难："你啊，就不要再来了。"

卫筝自知希望渺茫，知道待下去也无用，她刚要转身离开，忽然被对方叫住："卫老师啊，也不是没办法，就看你肯不肯了。"

卫筝眼睛一亮："什么办法？"

"是这样的，最近有一家大公司恰好对自闭症医疗救助这一块挺有兴趣，想做这方面的慈善工作，我们医院最近也一直在争取和他们的负责人见面……可是这都快一个月了，人家还没松口。今天晚上我们这边请了对方吃饭，联络联络感情。我看卫小姐年轻又漂亮，不如也一起去……说不定对方就开窍了。"

卫筝开始还没能明白对方的意思，待明白过来时，一股愤怒从胸腔升起，头一次觉得那张肥得流油的脸很恶心。

"抱歉，我只是一个老师，对你们商人那一套不熟悉。我会另外想办法。"

"你还能想什么办法呀。说实话，国家对这些孩子的补助都已经到位了，如果医疗援助项目能够得到那些有钱人的投资，不是有利于更多家庭吗？”

卫筝愣住了。

“你也知道，自闭症嘛，单靠心理治疗是根本治不好的，最基本的还得靠医生不是？而且不过一顿饭，就是只吃一顿饭，卫小姐你也别想到别处去了。”

回到学校时已是中午，卫筝觉得肚子饿，便转身去了食堂。阿姨正在搞卫生，看见她来，愣了一下，问她：“怎么这会儿才来吃饭？”

“对不起，有点事耽误了。那我出去吃吧。”说罢，她转身就走。

“哎，别走，有人给你留饭了。”阿姨放下手里的工具，走进后厨，端了一份饭菜出来，“一直帮你热着，快吃吧。”

卫筝道了谢，坐下来便开吃。

“那个孩子每天都要给你留一份饭。别看他年纪小，心倒是很细啊。就是最近你太少来吃饭了，知道你没来，也没吃他留的饭，他还很失落呢。”

卫筝喝了一口汤，奇怪地问：“孩子？”

“就是那个长得顶漂亮的混血孩子呀。他每天都让我多打一份。别人都吃完了，他就一直站在那里等着，等饭凉了才走。哎哟，起初也不知道他是什么意思，那天连说带比画，把他逼急了，竟然说‘妈妈吃’，把甄老师激动得差点哭出来……”阿姨脸上满是笑容，“我有时候看着那些孩子呀，真觉得他们可怜又可爱。”

是简玄。

她最近真是太忙了，甚至连教室也不曾进，所以自然也顾不上简玄了。现在园里有十来个孩子，每个老师都带三个孩子，下午就是家长陪同孩子做康复训练的时间，每半个月还有一次家庭讲座。简玄和文宣两人一组，由甄美带着。听甄美说，文宣刚来学校，并不能适应新环境，甚至和其他小朋友有些敌对，却唯独很黏简玄，因此在编组的时候特意将这两个孩子编在一起。

这天是甄美值班，她正趴在讲台上睡觉，小床铺上的孩子们都入睡了，只有一两个孩子坐在自己的床位上静静地玩玩具。

妮妮和恩恩趴在前后门也睡得香甜。听甄美说，最近小朋友们和妮妮、恩恩相处得不错，连互动也多了起来。个别孩子甚至能够拿起飞盘扔远让狗狗去捡，伤心难过了，也会抱着狗狗。她从来没有想过，动物治疗的效果会这么显著。

卫筝悄悄走到简玄床边，发现竟没有人。她转身一找，却在文宣床上找到了他。小小的床居然挤了两个人，文宣缩在简玄背后，手里抱着她送的娃娃，睡得香甜。一进学校，卫筝便带着孩子去剪短了头发，又备了两套衣服，收拾一番后，也是个眉清目秀的小姑娘。简玄侧着身子睡着，真奇怪啊，明明他和简桐彦没有血缘关系，但相处久了，眉眼间竟有些相像。

她看了一会儿就准备走，手却忽然被人拉住了，低头一看，简玄不知道什么时候睁开了眼睛，亮晶晶的眼睛看着她。

卫筝怕吵醒其他小朋友，指指自己的嘴巴："我吃了饭啦。"

简玄笑了。

她看看他身后的文宣，小声问："怎么和文宣睡一张小床呀？"

简玄紧咬着唇，半晌才说了一个字："烦。"

他烦这个小尾巴从那天开始就一直缠着他，睡觉也是，如果他不到她的小床上来，她就会一直哭。为了不让她哭，他才陪着她的。

卫筝忍着笑，摸摸他的头，让他乖乖睡觉，简玄听话地闭上眼睛。

她离开时，甄美已经醒了，正在茶水间边喝水边看电视。

她从冰箱里拿出一瓶矿泉水，一口气喝掉大半瓶。

"那不是简先生吗？"

可不是。

电视里，简桐彦正和一群人在工地上，头上还戴着安全帽，一栋灰色的房子在轰隆隆的声音中倒塌，激起纷扬的尘土。这时，记者的声音插入："慕星集团总经理简桐彦就一个月前发生的老人拒拆坠楼事件做了如下声明，为在拆迁过程中未能进行和平沟通而道歉。日前，所有的拆迁户均已入住安置房，而慕星集团有信心在三年内将它开发成海临市最大的环保商场……”

“厉害啊。”甄美托着下巴看着电视里接受采访的简桐彦说道，“没想到你的简先生这么牛。你看网上的视频了吗？就那个逼得老人跳楼的新闻，刚出来时我多愤怒啊，也参与了骂战……可是没想到事情的真相是那样，听说慕星公司不光负责那个老爷爷的医药费，连搬家都是慕星那边派人帮助搬的……现在有良心的商人太少了。简先生，真是帅啊！”

卫筝笑了笑。最近她忙，他也忙，他们只是偶有联系，根本没有打电话聊天的时间。原本在文家的时候，两人的关系似乎进了一步，一回来，似乎又回到了原点。

“简先生每次来接人的时候都问起你呢。”甄美打了个哈欠，小声说，“你最近在忙什么呢？总是不见人。”

卫筝心里有些烦躁：“还不是因为文宣的医疗补助。”

“唉。”甄美知道有些难，也叹了口气，“那怎么办呀，要不找我爸帮忙？”

卫筝“扑哧”一声笑了，她知道甄美家有钱，光看她开的车就知道，没个一两百万下不来，但小姑娘品性好，从不炫富。

“没事，我能搞定。我待会儿要出门一趟。”

“又出门？”甄美失声道，“待会儿简先生又得找你了，天天跟不见了老婆似的……”

“乱讲。”卫筝打了她一下，“让人听到不好。”

“这有什么不好的？男未婚女未嫁，最重要的是你们还是青梅竹马！”甄美凑过来，“我可是有老公的人了。”

卫筝吃惊地看着她：“你什么时候结婚的？”

甄美打开手机让她看自己的屏保：“我老公哟。”

卫筝看着手机屏幕上那个五官比女孩还要精致的男孩，眼神淡漠，但长得真的很好看。

“尔星晓得吧？最近他挺红的，因为出演国外一部电影突然走红了。

哇，你没见他演的那个自闭症少年，演技真的很棒啊……听说最近有国内的公司签他呢。”

卫筝点点头，没说什么。

“哎，你不觉得他帅吗？”

卫筝想了想，说：“还行吧。”

她们显然没有共同话题。

甄美似乎也只是随口一提，又转了话题：“简玄的恢复情况还不错，现在话明显多了，再加上突然多了条尾巴，文宣简直就是助攻……”

两人在茶水间聊了四十来分钟，听到起床铃响才出来。孩子们陆陆续续起床，老师都在教孩子如何穿衣服。

简玄看着文宣笨手笨脚地把两只脚套进一个裤筒里，皱着眉头道：“笨！”然后伸手帮她。

晚上的饭局定在海临市的湘荣饭店，卫筝谢绝了那位曾大夫来接她的提议，自己打车去了饭店。今天晚上她穿了一条黑色掐腰的平肩连衣裙，化了淡妆，平时素面朝天习惯了，一下穿成这样，她非常不适。但她知道今晚的重要性。

她按照曾大夫给的地址到了饭店，告诉了服务员包厢号。服务员领着她上了三楼，停在了一间包厢门口。

一打开包厢门，烟味先冲了出来，她下意识地掩鼻，便听见曾大夫的声音：“哟哟，才说到咱们卫大美女，这不就来了。快进来快进来，迟到了五分钟哈，罚酒一杯！”

她走进去，里面烟雾缭绕，坐着四五个人，菜还没开始上，一伙人却已经喝过一轮酒了。当她落座时，曾大夫给她倒了满满一杯啤酒，她刚想拒绝，身边一只手便伸过来端走了酒，卫筝只听到那人说：“曾大夫，这可不好，你们个个似狼豺虎豹，别吓着人家姑娘了。”

卫筝吃惊地看着身边的人：“天阳……”

见是她，卫天阳也很吃惊，拉她坐下：“你来这里做什么？”

说来话长，她真不知道从哪里说起。

卫天阳也没有要细问的意思，只说：“等下你不要喝酒，我替你挡。”

卫筝感激地看他一眼。

“啧啧，卫总这就当起护花使者了，但是酒桌规矩不能坏呀。”曾大夫没有眼色，还是费尽心机想让卫筝喝酒。

卫天阳的脸色微有些冷，他看了一眼胖子，曾大夫却被他这一眼看得心里一惊。他是知道卫天阳这个人的，是风筝岛的私人医院的卫小少爷，家大业大，现在在自家医院当医生。虽然接触不多，但他见谁都笑容满面的，本以为挺好糊弄的，不想这一眼像是射出冰剑寒光，哪像平时那个嘻嘻哈哈好说话的人。

这时有人出来打圆场：“咱们卫少说了姑娘不能喝酒就不能喝，老曾你也不厚道，小姑娘喝什么酒，我们几个大老爷们儿喝！”

曾大夫收回酒杯，尴尬地岔开话题：“那咱们唠一会儿，这不人还没到齐嘛。”

卫天阳重新露出笑容，转向卫筝道：“你想吃什么菜？”

卫筝看向四周人的眼色，摇头：“我没关系，随便点吧。”

“那不行。”卫天阳喊服务员拿菜单来，给卫筝介绍了几样招牌菜，卫筝看着上面的价格，一阵心惊肉跳，而那位曾大夫的脸色也不是很好看。

倒是卫天阳笑着问：“曾大夫，不妨再添几个菜，我家这位呀对菜十分挑剔，不上相的菜是不爱吃的。”

这话说得宠溺又暧昧。

曾大夫直点头：“尽管随意，随意。”

卫天阳笑了：“你待会儿乖乖坐在这里吃饭就好，就当是陪我来的。”

他笑着，眉眼里都是温情。卫筝一颗悬着的心渐渐放下，然后点点头。

她尚且不知，风暴还在后面。

大约十分钟后，包厢门又被推开，伴随着一道清朗的声音：“抱歉，来晚了。”

卫天阳正低头和卫筝说悄悄话，也不知道说了什么，卫筝用手掩着嘴轻轻笑了起来，浑然不觉已经进来了人。

进来的某人眼光一扫便看到了她，目光一滞，这边曾大夫已经站起来，十分狗腿地迎过去，拉开了卫筝身边的空椅，客客气气道："来来，简总您坐这儿。服务员，赶紧上菜。"

"卫老师，这就是那天我和你说过的简总。"曾大夫显得十分热络，"我听说两位是故交，也是老乡。这老乡见老乡嘛……"

卫筝闻言回头，顿时愣住了。她心想：原来并非没有目的，曾大夫早就知道他们是旧识，才有了今天这场饭局。

曾大夫端起酒杯，先干为敬，笑得脸上肥肉堆在一起："简总，我们医院和恒星学校一直有医疗合作，帮助孩子们嘛，都是尽点自己的心意。这不，卫老师说是想亲自提前感谢你，希望咱们有机会可以合作……帮助更多的孩子。"说完，他朝卫筝使使眼色。

简桐彦落座后，面前的酒杯立刻被人灌满，简桐彦平时并不碰酒，这次却端起酒杯道："这杯敬各位。"说完一口喝尽，有人立马给他添杯，他用手盖住杯口，笑道，"抱歉，晚上我还有事，只是过来打一声招呼。骆轻，招呼好各位。"

简桐彦站起来，同时牵住了还没反应过来的卫筝，卫筝被他带起来，却又被另外一个人拉住左手。

卫天阳似笑非笑地道："简总是吧，我们上次见过一面。不过今天您这样不好吧，小筝是我的朋友，你怎么可以说带走就带走？"

简桐彦看了看卫天阳拉住卫筝的手，又看了一眼卫筝，神色阴郁地道："卫先生，她是谁的朋友并不要紧，要紧的是她不喜欢这里。"

卫筝心里一动，看向简桐彦，几秒后她轻轻挣脱了卫天阳的手："对不起啊，天阳，我先走了。"

卫天阳愣住了，还想说什么，简桐彦已经将她带离了包厢。

包厢里的人面面相觑，还是骆轻打破了尴尬的局面，端着酒站起来："骆轻敬各位一杯。"

卫筝任由简桐彦牵着手出了包厢，又一路牵到电梯口，进了电梯口都未松开。他的力气很大，捏得她的手有些疼，所以她挣扎了一下，说："桐彦，我……"

简桐彦看她一眼，她立马就不动了。她太了解他了，只凭那冷冷的一眼，就知道他已经在暴怒的边缘。不过他向来是隐忍的性格，且不像别人那样会暴跳如雷。他有着良好的修养和忍耐力。

到了地下车库，上了车，她忍不住看向驾驶座上的简桐彦，怯怯地开口："我知道我不该来……"

"我原以为是我多想了，便想去验证，希望那个人不是你……"

卫筝瞪大眼睛："验证？验证什么？"

简桐彦看向她："验证姓曾的所说是不是真有个年轻漂亮的卫小姐为了达到某种目的而不惜坐在一群男人中间吸引投资方的注意……"

卫筝浑身像被电击了一样，呆呆地望着几乎陌生的简桐彦，她死死咬着牙，一时觉得无地自容。这话直白却并不假，她原本就是抱着这样的目的而来的。

卫筝红着眼睛说："我也想过不来，可是如果有一丝希望可以替孩子们争取到援助，我坐在那里吃顿饭也不是什么不能接受的事情……但是你别那样说，你那样会让我觉得很难堪……特别难堪……我觉得自己做了一件无法原谅的事……"

简桐彦自知刚才的话过分了，张张嘴，却只是握紧方向盘，没有出声。

卫筝看向他，觉得他有些陌生，她觉得难堪，亦觉得无法再和他待下去，便伸手去拉车门，沙哑着声音道："我自己打车回去，你还是先回去吧，别耽误了你的正事。"

可是车门下一秒就被锁了，她红着眼睛回头让他开车门。

"对不起，我刚才说得过分了。我的意思是，你大可以直接来找我，你几乎每天都与我见面，却从来不提这件事，宁愿通过陌生人……阿筝，成人的世界很复杂，酒桌上的推杯换盏更是人心的考验。你这么轻易地相信别人……"

“那我又该信你吗？”卫筝猛地回头。

简桐彦一愣。

“我信你，我信你但凡活着，一定会来找我。我信你，有少年的情分和约定在那儿，你无论如何都会来见我……而不是让我一直等，一直到命运安排我们重逢。不过一直以来都是我自作多情，十年过去了也不曾改变什么，包括初心。但只有我才那么傻……于别人，恐怕才过一两年，当初的诺言和承诺都算不得什么了……”卫筝深呼吸一口气，她一直告诉自己要冷静，要闭嘴，可她就是停不下来，停不下来的还有眼泪，“如今你有了惦记的人，有了更好的人生，我和你早就走上了不同的道路。你明白吗？你又何必突然出现，再堂而皇之地讲些我可以依靠你的话。简桐彦，你如果只是因为身在海临市，自己的恋人不在身边，觉得孤独寂寞，才来找我……”

“卫筝！”简桐彦愤怒地打断了她。

卫筝一下收了声，眼泪却收不住，她一下抹掉眼泪：“简桐彦，最起码我是靠自己在做我想做的事情，这件事哪怕不那么光明正大，但是请你不要再管我的事了。这个，还给你！”她从脖子上拽下那把挂了十年的钥匙扔到他身上，“反正我那串念珠早被你扔到不知何处去了！”

她拉开车门就下了车。

她不习惯穿高跟鞋，踩在地下车库响得心烦，她索性脱掉，提在手里，赤着脚走出了车库。

简桐彦看着她匆匆离去的背影。

自始至终，他都想不明白一个问题——他什么时候朝三暮四了？

卫筝赤着脚走在路上，引来不少人注目，不过大多数人的目光都在她身边那辆 SUV 上。简桐彦的耐心好得很，也不催她上车，就那么不缓不急地跟着她。

好在夜深了，车辆不多，也不算阻碍交通。

卫筝性子倔，他从小就知道，所以他也就不强迫她。比耐心，简桐彦想，卫筝从来比不过他。他手里还握着卫筝刚扔过来的小东西，嘴角带着藏不住的笑。

卫筝突然“哎呀”一声，蹲了下去。他赶紧停车走下来：“怎么了？”

“你离我远点！”

简桐彦被她推得一个趔趄，差点一屁股坐在地上。卫筝看见，条件反射地伸手去扶，伸到半空手又收了回来。

简桐彦顾不上自己，下一秒就看见她脚掌心一片殷红：“流血了。”

卫筝眼睛发红：“不用你管。”

简桐彦叹了口气，也不管她同不同意，拦腰抱起她。卫筝想挣扎，简桐彦低声道：“你要是不介意别人都来围观，大可以闹。”

卫筝这才注意到四周已经有人在看他们，甚至还有人拿出手机想拍视频。她立马安分了，缩了起来。

陈美芝最近很得意，每天打扮得漂漂亮亮地出门，即便是吃了晚饭也要补一下妆。因为最近楼下广场新来了几个年轻小伙子在教拉丁舞，她被美色所惑，爽快地报了名，每天都去学，费用自然是不菲的，但她觉得值。

到了她这把年纪，一切以自己开心为前提。

今天她练完舞，刚走到楼下就看到一辆奔驰越野开了过来，从副驾驶座下来的人她恰好认识，但也是巧，从驾驶座上下来的人，她也认识。

简桐彦扶着卫筝下了车，说：“等下次我再找个时间来看美芝姐，今天太晚了，你先回去休息。”

卫筝刚点头，身后便传来熟悉的大嗓门：“不晚不晚，才八点半！”

简桐彦看到陈美芝，愣了一下。一别十年，陈美芝仿佛没变化。倒是陈美芝走过来，热情大方地抱住他，用力地拍着他的背：“臭小子，回来了这么久也不来看看我！”

客厅里，陈美芝给简桐彦倒上自己珍藏的红酒，又炒了几个菜端上来。

陈美芝端起酒杯，颇有感触地道：“这杯姐敬你，没想到有生之年还能再见一面。”

“姐，对不起，这几年没和你联系。我先干为敬。”说罢便一口喝掉，然后又倒了一杯。卫筝赶紧拦住："这酒度数高，这样喝伤胃。"

简桐彦舒心一笑，听出她话中的关怀之意，也借着一些醉意，说道："没关系。这不是在家里吗？"

陈美芝摇摇头："你不知道这十年，她眼里只有工作。也就你回来后，这丫头才有了一丝人情味……当初她拼了命也要去新加坡，在那里一待就是十年，她以为我不知道她在想什么，无非就是你说要去……"

"姐！"卫筝有些生气。

简桐彦倒是很吃惊。

"你……爸爸……还好吗？"

"我爸挺好的，一直在澳洲疗养院疗养，相比以前，情况好多了……也一直记得大家，但是也忘了一些事情。"至于忘了什么事，简桐彦没有明说。

卫筝的表情一滞。与他再次相逢后，两人几乎是避免谈及以前的事情，如今一提起，她才觉得心尖上的刺被人拨了一下。

陈美芝叹气，眼睛便红了，却不说话，一口气喝掉酒，脸也微红："当年的事，我实在怨不起他来……若是怪他，便要将他定为罪人，可那场意外，谁愿意发生呢……"

酒有些过量了，她的话也有些多。

往事不能回首，回首便全是不舍的告别与痛苦。

"大概都不能回到过去了……"陈美芝睡前叹息道。

卫筝将陈美芝安置好，再出来时，简桐彦正站在客厅电视柜前出神地看着那张旧日合影。那是卫筝、图加与图尔三个人小时候的合影。他愣愣地看着，卫筝好似看到了十年前，他也是这样坐在那里，不过那时的眼里是灰色的、无望的神情。如今，他的眼神平静，像是看一段往事。

卫筝倒了一杯温水递给他，轻声说：今晚你喝了酒，不能开车，就在这里住一晚吧。"

"阿筝。"简桐彦沙哑着声音问，"这些年，你过得好吗？"

卫筝一愣，随即笑道："我很好。你不都看见了吗？"

“可是芝姐说……”

“说我在等你？桐彦，我们小时候那么要好，但后面出了很多事情，我希望你活着……我去新加坡确实是因为你说过要去那里，我甚至有一次在街角看到熟悉的背影还追了上去。但是，后来便淡然了。我想如果你活着，没来找我，那一定是因为你过得很好，或者有不得已的理由。现在看你过得幸福，不止事业有成，还有喜欢的对象……”卫筝说得言不由衷，“挺好的。”

“你是说客厅里那张合影？”简桐彦眼底沉着笑意。

那张合影是众多照片中最不一样的，那是简桐彦与一个长发女人的合影，那个女人眉眼精致，温柔大方地站在简桐彦身边。

“那是我一个大学同学，她……”简桐彦止住话头，又道，“总之，她能同我站在一起拍那张照片，不是因为我，而是照相机后面的人。”

卫筝瞪大眼睛。

简桐彦忽然伸手摸摸她的头，温柔地看着她：“阿筝，她是知道你的。”

卫筝心一跳，原以为他还会说些什么，而他只是将她的短发揉乱，说：“我还是以前的我，从未改变半分。”

第二天一早起来，简桐彦已经离开了，卫筝看着空荡荡的客房发呆。陈美芝顶着鸡窝一样的头发在隔壁房间尖叫：“啊，我居然没有卸妆！卫筝，你给我滚过来！你为什么不叫我卸了妆再睡觉！”

卫筝捂着耳朵去了洗手间，出来时陈美芝已经一脸怨气地坐在餐桌前。

“我家桐彦走了吗？”

“他很忙的，哪像你睡到太阳晒屁股。”卫筝把鸡蛋煎好端出来，又准备泡牛奶。

“啧，这还没开始一起过日子就护起短来了。”

卫筝脸一红。

“你说你是不是傻，怎么半夜爬到我床上来了？”

卫筝震惊地看着陈美芝，怀疑她是不是被酒精糊了脑子，张了半天嘴，知道说也白说，索性闭嘴坐下来吃早餐。

“哎，我跟你说话呢，别装聋作哑成不？”陈美芝推了她一下。

她有些不耐烦：“我什么时候装聋作哑了，我们现在是好朋友，不是你想的那样。而且你心目中的妹夫难道不是卫天阳？”

“天阳是不错啦，但是现在你的青梅竹马回来了，十个天阳也得靠边站不是？哎，他当你是朋友，你当他是朋友吗？你不晓得你看着他的时候，眼里全是小星星，整个一‘迷妹’。”

卫筝吃了一惊：“有……有吗？”

“可不。”陈美芝头头是道地分析着，“不是我说你，你该抓紧些，他现在事业有成，长得又帅，你还扭扭捏捏，小心别人把他抢走了，到时候你就哭去吧。”

卫筝一听就不乐意了，认真地纠正道：“我觉得恋爱是需要两个人心意相通的，除去谈恋爱，我也并非没有事做。与其生怕他逃走，不如细水长流，水到渠成啊。”

陈美芝瞪了她半晌：“你是从哪个朝代穿越来的？这都什么年代了，像我一把年纪了都晓得主动追求自己的幸福才是真理。”

卫筝若有所思地看着面前这个这几天每天早出晚归的女人说：“你这是有情况了啊。”

陈美芝倒也不避讳，直白地道：“总不可能单身一辈子啊。最近我可是天天去学拉丁舞，那个小老师看起来对我有意思呢。”

“这次又交了多少学费？”

“万把块吧，不多。”陈美芝毫不在乎。她现在赚得多，但花起钱来也常常大手大脚。

卫筝震惊了：“陈美芝，你能不能成熟点，那都是骗你们这些心思单纯的人的，一两句话就撩到你们心甘情愿地掏钱了……等下吃完早餐，我陪你去找他们退钱。”

这话显然刺激到了陈美芝，她推开椅子站起来：“退什么退，这钱是我自己赚的，就算被骗了，我也认栽！”

卫筝气得讲不出话，早餐也吃不下了，气呼呼地回了房间。

3

一周后，五个孩子的援助补助项目陆续到位。不过这一次的支援并非来自于卫筝常跑的儿童医院，当对方派人来拜访，卫筝负责接待时，她不可谓不吃惊，倒是穿着一身休闲服装的卫天阳看着她直笑，露出八颗大白牙："卫筝，合作愉快。"

卫筝抬头，又看到从他身后车上下来的简桐彦。

慕星最终选择了卫天阳所在的医院作为合作对象，这算是慕星第一次涉足医疗慈善事业，所以挑选合作对象也是考察许久，撇开前段时间见面的不愉快，这次的合作倒是各方面都合心合意。

最后，三方合同是在卫筝的办公室签的。

公事谈完，卫天阳便又露出一贯的大笑脸，拉着要拿着合同收进保险柜的卫筝说："好啦，大事办成了，你也该休息休息了。怎么样，今天晚上要不要一起去看电影？"

"啊？"卫筝看看窗户边正在接电话的简桐彦，"可是……"

"没什么可是的，最近上映的电影你肯定爱看。"卫天阳凑向她，一张帅脸越靠越近，连气息也扑到她脸上说，"卫筝，以前我觉得你要是还没做好准备，我可以慢慢来。但是现在看来，我要是不直白一些，你就会一直装傻。"

卫筝身子都贴着桌子，退无可退了，结结巴巴道："装……傻？"

卫天阳认真地看着她，端详着她的眼睛、她的眉、她的嘴，她的天然唇色就像涂了唇膏一样，呈现淡淡的绯色，像一瓣桃花。

卫天阳吞了吞口水，不由自主地亲下去，没想却亲到了一只手。

简桐彦皱着眉头收回自己的手，顺势将卫筝拉到身边，抽出桌上的湿巾将自己的手背擦了无数次，才皱眉看向卫天阳："卫先生，你这样未免对女孩子太不尊重了。"

卫天阳抹抹自己的嘴，瞟了简桐彦一眼："简先生，你这样太不友好了，这可是我的初吻。"

简桐彦懒得理他，扭头对卫筝道："快中午了，一起去吃个饭吧，我已经订好位置了。"

卫筝乖乖点点头。

卫天阳瞪大眼睛："喂，你不是吧……哎，我也要去，你们等等！"

简桐彦带她去的是这里新开的一家杭帮菜馆，桃花山庄。白墙黑瓦，内有桃树，山水亭台，极具江南庭园特色。他们算是去得早，又预订了小包厢，所以去了便直接落座。

简桐彦点完卫筝爱吃的菜，看了一眼跟来的卫天阳："卫先生有什么不爱吃的吗？"

卫天阳正撑着下巴对着上碗筷的妹子眯着桃花眼笑，听见简桐彦问他，头也没回，挥挥手："你点就好啦。"

一副关系很好、很随便的样子。

菜上得很快，先是一大碗晶莹剔透的"龙碗"，简桐彦盛了小半碗给卫筝，说道："这是米酒，是以中国酒为基酒调制的花式鸡尾酒，度数不高，喝起来很清爽。"

卫筝喝了一小口，果然爽口，忍不住又喝了一大口，眼睛都眯起来了。她抬头一看，见简桐彦正看着自己，眼里带着笑，里头还有些她看不懂的情绪。

她舔舔嘴唇，有些茫然："怎么了？我嘴上有东西吗？"

简桐彦慌忙移开眼神，端起米酒喝了一大口，放下米酒就看到卫天阳好整以暇地看着自己憋着笑。

"哎哟，简先生，你刚才在想什么？"

"吃你的饭。"

"我们家卫筝就是小白兔一只，您可千万不要吓到她。"

"闭上你的嘴。"

这顿饭是在半吵半闹中结束的，卫筝吃了个饱，心想估计又得重个两斤。简桐彦的胃口一向不大，只喝了一点米酒，吃了小半碗米饭。他这次点的都是比较清爽的菜，看卫筝吃得多，他心里也高兴，她真是太瘦了。

卫天阳吃得叫苦连天，说是太清淡了。

可是没人理他。

吃完饭，卫天阳接了个电话，便告辞了。

而简桐彦下午就要飞往澳洲，听说总公司急召他回去，他将简玄暂时托付给了卫筝，约好三日后就回来。在商场车库出口，简桐彦将要开车离开时，却又放下车窗，对站到一边准备叫车的卫筝说："你过来。"

卫筝不明所以地走过去。

谁知简桐彦突然伸出头，她还没反应过来，就感觉一片温热落在了额头上。

虽然不过两三秒他的唇便移开了，她却像灵魂出了窍。

阳光洒下来，不远处的旋转木马开始旋转，音乐响了起来。

"不许和姓卫的约会。这是我的定金。"他这样说。

等回了学校，她还晕头转向的，一下又笑，一下又想，他这是什么意思？司机不停地从后视镜里看她，心想这姑娘莫不是脑子有问题。

直到甄美急匆匆地走过来，焦急地道："筝姐，出事啦！"

卫筝这才看到校园里停了一辆警车。

"怎么回事？"

"今天不是家长陪同孩子做康复吗？本来应该是文宣妈妈来的，可是没想到文宣爸爸来了，吵着要接文宣走，说学校是骗钱的……可是文宣不走，她爸爸就动了粗，非要带孩子走。我们正劝着，不知道简玄从哪里找到的钢笔，竟然扎到了文宣爸爸的手臂……现在文宣爸爸把文宣和简玄锁在绘画室里，不肯放他们出来……我们也报了警，警察正在和他沟通。"

卫筝心里一凉，话没听完就往里走。

绘画室的门被从里面紧紧地反锁着，警察都守在门外，其中一个正在试图跟对方交涉，只有一扇窗户没有拉上窗帘，半掩着。而文宣爸爸就站在那扇窗户后面，态度极度恶劣："你们都不许进来，这两个孩子在我手上呢！赶紧把那个女人叫过来，不然别怪我不客气。"

"这位先生，我希望你能够理智一点，先放了两个孩子。你现在这样是犯法的知道吧？"

"我犯法？犯法的是那个女人！她跑到我家把我家小孩拐到这里，又怂恿我老婆和我离婚！把那个女人叫出来，我要问问她！"

卫筝明白了，他是在找自己。她走过去，出现在他面前："我在这里。你把孩子放了，我来交换。"

男人笑得都狰狞了："我正想找你！"

身后的警察拉住她："卫老师……"

卫筝轻轻摇摇头："没事的。先把孩子换出来，他的脾气很暴躁，也不知道会对小孩做出什么事情。到时候你们再找机会。教室的窗户全是防盗窗，但是厕所里的窗户不是，完全可以通过一个成年人。"

年轻的警察一愣，随即点头："一定要注意自己的安全。"

最终文父却改变主意，只将简玄放出来，由卫筝代替。卫筝知道，无论如何，他应该还是会念在文宣是自己的孩子的分上有所收敛，便同意了进入了绘画室。简玄出来的时候，轻轻地拉住她的衣角，担忧地看着她。

她摸摸他的头："没事。我会带宣宣安全出来的。"

可是没想到简玄看着她，费力地挤出几个字："我……担……心……你。"

卫筝一愣，眼睛便红了，用力地抱了他一下："我是大人啦，我会保护自己。"

文父没有耐心地骂骂咧咧，她放开简玄，看着他走向警察，她才转身走进绘画室，门"砰"地在她身后关上了，她刚回过头，便被扇了一耳光。

那一耳光打得她眼冒金星，嘴角便有一丝甜腥，紧接着便是腹部一痛，文父像发了疯一样用脚踹她全身。

目睹这一切的文宣大声哭叫起来，哭声中夹着几个模糊的字眼：“不……要……打……呜呜呜……”

警察在外面听到动静，大声喝止，文父才停手，看着缩在地上一动不动的卫筝，道：“怎么？那时候不是说得挺头头是道的吗？我老婆要和我离婚，是不是你怂恿的？”

卫筝慢慢爬起来，靠着墙，费力地道：“这是你们的家事，我不管。”

“你不管？你不管，干吗把我的孩子拐到这里来？你们又骗了那娘们儿多少钱？”

“我们一分学费也没收，前两天还给她争取到了政府的医疗援助……她要和你离婚的真正原因，难道你不知道吗？宣宣是你们唯一的孩子，她生病了，你不仅不让她治病，还像关野兽一样把她关在家里……我也知道你一直对她非打即骂……阿姨要和你离婚，无非是想明白了，做出了一个早就该做出的选择。”

“闭嘴！”文父的拳头又砸过来，但这次堪堪停在了她的鼻尖，“你懂什么？你懂不懂这个赔钱货花了我多少钱，治什么治，反正也死不了！”

“她可是你的孩子啊，你看看她。”卫筝愤怒至极，用尽力气吼道，“她有你这样的父亲，才是最悲哀的。”

文父看向角落里的孩子。

她无数次目睹父亲对母亲的施暴，再大一些，便是对她。她恐惧，也伤心，但她不知道那代表什么。

文父愣愣地望着此时已经被吓得缩在角落里的孩子，突然笑了一声，之后便是大笑。他摇摇晃晃地走向角落里，卫筝一看，心都凉了，他竟然带了半壶汽油。

她不由得看着洗手间虚掩的门，她不知道消防队员是不是准备从那里开始攻破，但是显然情况超出了她的预料。

“我说卫老师啊，你还真是个好人啊……”文父把汽油浇得四处都是，最后把油桶一扔，绝望地说道，“可你说好人怎么就落不下一场好呢，我也不是坏人，我只不过想要个正常的孩子、正常的家庭……”

卫筝这才觉得恐惧，她看着他手上的打火机，全身开始发抖。

文父拿着打火机，最后看了一眼卫筝，又看了一眼文宣："来世我们也不要做父女了吧，找个好胎投。"

当打火机燃起火苗时，卫筝心中的防线在那一刹那彻底崩溃。

她一直不曾忘记那一年，那一年的盛夏，她狂奔在春风镇。她想让自己跑得再快一点，再快一点，那样她说不定就可以救下图加。

生命需要被珍视，可总有人视之如草芥。

她叫不出声音，仿佛有人扼住了她的喉咙，她恐惧地瞪大眼睛，心想，当年图加也是这样吗？那时候她该有多绝望？

"砰"的一声，洗手间的门被打开的一瞬间，正门也被破开，犹如神兵天降的消防员朝她跑过来。

跟在警察身后的人跑向她，一把抱住她，焦灼地喊："卫筝！"

她伏在那人的怀里，听着对方的心脏"怦怦怦怦"有力地跳动。

我以为我的伤，已经消失。

其实，它只是沉睡了。如今又被恶魔唤醒。

Chapter 10

世上所有的情话，都愿意诉之于你。
世上所有的星星，都愿意赠之于你。

1

骆轻来汇报工作的时候，简桐彦又度过了一个不眠之夜，他已经两夜不曾合眼，黑眼圈严重。两人是在安全通道见的面，骆轻将需要签字的文件交给他。

他很少抽烟，此时却连抽了两支，只问：“怎么处理的？”

“你放心吧，他跑不了。他犯的事不止这一桩，找出来桩桩都可以让他多蹲几年。”

简桐彦冷冷地看了骆轻一眼：“不够。我要让他永远出不来。”

骆轻一愣，随即点点头，表示知道了，之后又道：“还有，昨天我们雇的私家侦探已经把我们想要的资料传过来了，其中有些东西，可能需要你过目。”

“先收着。”简桐彦将烟掐灭。

“还有夏总那边……对你这次突然失约很不满，似乎打算近期回海临市。”

简桐彦皱起眉头：“她来做什么？”

“恐怕是为了这次投资医疗项目的事，因为事先没有经过她的同意。”

简桐彦吸完第二支烟，扔到旁边的垃圾桶里，冷笑："我这些年为她赚的黑心钱也不少，帮她做做善事积积德，她竟还不乐意了。你先回去吧，公司的事帮忙盯着，不是大事你自己做主，以后公司就会完全是你的了。"

这是当初为笼络骆轻做的交易。他日事成后，简桐彦会将公司所有资产一并奉上，从一开始，他求的，就不是这些。

骆轻看着他："有时我看不透你，明明是母子，却非要做到这一步。处心积虑整整十年，只是为了卫小姐，这一切值得吗？"

他背负着一切，只为做一个了结。他背负了十年的重任，一面调查，一面又替夏西曼卖命，将公司经营到世界各地……他求的是，让她体会一朝天堂，一朝地狱的痛苦。然而前两天收到那封调查报告，他才发现，他要的不仅仅是这些。

他有更深的目的。

简桐彦走向门口，他得回病房去了，医生说卫筝这几天可能会醒。听到骆轻这样问，他才站住，挺直背脊，却没有回头，他的声音不再如风霜凛人，而像是三月桃花开。

"值。"

卫筝做了一个很长的梦。梦里，她回到了星星之家，它还和儿时一样。她轻轻推开院门，便看见院子的石凳上坐着一个女孩，女孩正在看书，当她认出那是谁时，眼泪轰然落下。

好多年了。她有十多年没看到她了。

女生抬起头看到她，朝她伸出手，笑了："小筝，你过来。"

她走过去，图加拉着她坐下来，仔细地看着她："你长大了呀。"

"你好不好？"她哽咽着道。这个梦太真实了。

"我很好。可是你看起来很累的样子，脸上的伤是怎么来的？"图加心疼地摸着她的伤口。

她摇摇头："不小心摔的。"

"还和小时候一样，喜欢把什么都藏着，只让我们看到你快乐的一面。

小筝，你也需要人保护，需要人疼，把你的脆弱袒露于人前并不丢脸。”图加握着她的手，“你呀，总归比我好，现在还能够去爱自己想爱的人，我却已经做不到啦。”

“对不起。”卫筝难受极了，“如果那天……没有和你分开……”

图加摇摇头：“我很庆幸我们分开了，不然也许出事的就是我们两个人。”

卫筝吃惊地看着她。

“我该走啦，以后怕是不会再来见你了。你和桐彦，你们两个人要好好的。”图加不舍地看着她，“谢谢你这些年一直照顾着图尔。”

“图加……”

“阿筝，阿筝……你听得到我说话吗？”

卫筝迷迷糊糊地睁开眼睛，映入眼帘的是那张她永远都看不厌的脸，此时却胡子拉碴，十分憔悴，担忧地看着她。

“醒了吗？”是陈美芝的声音，紧接着她的脸也凑过来，喜极而泣，“你总算是醒了，我的小祖宗。”

陈美芝从家里带了煮好的粥，简桐彦将床位摇起来，等医生检查过确认无大碍后，才接过陈美芝手里的碗，说：“我来喂吧，芝姐。”

陈美芝暧昧地看他俩一眼，抿嘴一笑：“我先打电话告诉图尔，让他先别回来。”

“你怎么还告诉图尔了？”

“这么大的事，能不说吗？也不知道是不是有心灵感应，他一直打你电话，但你一直没接，我也瞒不住。再说了他最近不也打算回国吗？”

卫筝只能小口喝粥，简桐彦细心地一小勺一小勺喂。喝完粥，她才觉得精神恢复了些，她也不知道自己现在是什么样子，不太敢照镜子。

“我待会儿回公司一趟，下午再过来。你好好休息，想吃什么就发信息告诉我。”简桐彦扶她躺下。

卫筝刚想说他不必来，简桐彦就打断了她：“都这样了，还想逞强？”

他望着她的目光太炙热，炙热到她不敢直视，便轻轻点点头。简桐彦满意地摸摸她的头："这才乖，晚上我再过来看你。"

简桐彦前脚才走，甄美后脚就来了，一进来看到她，就哭哭啼啼地抱着她。

"好啦好啦，你压到我的伤口了。"

甄美赶紧起身："对不起，对不起。我……"

"学校的孩子们还好吗？"

"其他孩子都还好，只文宣的情绪一直不太稳定，不过有叶老师陪着做心理辅导呢，而且简玄也一直陪着。"

"那就好。"卫筝松了口气，"这次的事情，恐怕会给文宣留下心理阴影……"

"没事的。孩子还小，我们有很多时间帮助他们。"甄美献宝似的拿出带来的纸袋，笑笑，"瞧，我去八味珍买了你最爱吃的蛋糕。"

"谢谢。"

"不过我真是被吓到了。那个人也太狠了，竟然想放火。幸好警察和消防员及时冲进去了，而且简先生也来了……"甄美欲言又止。

"怎么了？"

"简先生那样子，我从没见过。他看到你的时候，双眼通红，几乎要渗出血来。但他当时什么也没有说，然后也不管警察在场，冲上去就把文宣爸爸揍了一顿，那是真揍，一拳拳，手上和衣服上都染了血，都把人揍得没有意识了……别人怎么拉都拉不住，还是简玄喊了一声爸爸，似乎才把他的理智唤了回来……然后他就抱着你，怎么也不松手，一路把你抱到了医院。"

卫筝愣住了。

"他真的很在乎你。那种在乎，不是小说或电视剧里演出来的在乎。"甄美歪着头，"我也不知道怎么形容。而且我听说，文宣爸爸这次可能要坐好几年的牢，其中简先生在里面起了一点作用……"

甄美又闲聊了一会儿才走了，甄美前脚刚走，卫天阳就骚包地抱了一大束花来探病，一待就是半天，她以前都没发现他是个话痨。

但是人的热情和快乐可以感染人，饶是心情再沉重的卫筝，此时也露出了笑容。

看到卫筝笑了，卫天阳心里才松了口气。他看似大大咧咧，实则心细如发，一进门就瞧见她看着窗外发呆，显然有心事。他无意触探她的心事，便只能逗她开心了。

卫天阳走后，卫筝才觉得累极了，她靠在床上，睁着眼睛看着天边，那里不时有一道闪电劈开夜空。

卫筝又睡了一觉。这一次倒是没有做梦，醒来就听见雨滴敲打窗子的声音。窗子不知道什么时候被关上了。

秋天要来了啊。她忽然想。

躺得太久了，手上的吊瓶已经被去了，她便披了件外套走出去，这才发现外面套间的沙发上有人。那人面前的笔记本在未开灯的房间里闪着蓝光，他不知道什么时候来的，可能因为太过疲劳，此时已经靠在椅背上，微微歪着头睡过去了。

他睡得并不安稳，眉头紧蹙，好似挣扎在噩梦里。卫筝看到他的手背上有着还未痊愈的伤口。她想伸手触碰，却怕碰疼他，于是将手收回来，起身去柜子里拿了薄毛毯轻轻给他盖上，哪知还是将他惊醒了。

他似乎还在梦中，定定地看了她好一会儿，似乎并没有意识到这是现实。

“桐彦……”

“啊……对不起……一不小心睡着了。”简桐彦坐直，揉揉额头，觉得头痛欲裂，他来时赶上暴雨，估计有些受凉。

“我去给你倒杯水。”卫筝刚要起身，便被他拖到了怀里。简桐彦抱着她，有些贪婪地闻着她身上的气息，“对不起。就抱一下下，好吗？”

其实他已经碰到了她的伤口，但是她咬着牙，点点头，双手环上他的肩，轻轻地拍了拍。

“做噩梦了吗？”

“嗯。”

“桐彦……”卫筝试探着问，“你是不是有什么事瞒着我？”

简桐彦放开她，摇摇头：“能有什么事瞒着你，你别多想。”

“我总觉得你压力很大，睡眠似乎也不太好，上次我在你车上看见了安神的药……”她一直清楚，但一直不敢问，她心里隐隐猜到了什么，却也不敢去证实。但他明显躲闪的目光说明她的直觉没有错。

“公司事多，难免失眠。”他寥寥几字便带了过去，问她，“伤口还疼不疼？医生说你需要多休息。”

“还好。”卫筝笑笑，下一刻就因伤口牵扯疼得倒吸一口凉气。

他赶紧说：“好了。就算是不想让我担心，你也不必这样。以前一直以为，你做的工作适合你。你有耐心，面对孩子，你可以毫不设防。但是现在我发现我错了，当我接到甄老师的电话，说你出事了的时候，你不知道我当时……”他握紧她的手，他是真的被吓到了，手心有些发凉，“总之以后不要冒那样的险……”

卫筝倒是放松地笑笑：“我没有想到事情会失控，但那只是小概率事件。”

简桐彦替她理了理凌乱的头发，声音温柔地问：“你是不是怕火？”

卫筝一愣，随即点点头：“不过你放心，我就是主攻心理这块，不会有太大问题。”

简桐彦看着她明显想避开这个话题的样子，只好暂时放过她，又问：“饿不饿？我去买点吃的。”

卫筝点点头：“一起吃。”

“好。”

2

卫筝休息了一周后重新上班。她先去看了文宣，才走到教室门口，文宣便扑过来一把抱住她。她蹲下来，同样拥抱了她。这个主动的拥抱，对于自闭症孩子来讲，是多么难得。

整个上午她都和孩子们待在一起，陪着他们一起画画。她很享受这样安静闲适的时光。

秋天要来了，她的头发又长了一些，不过她没打算剪。

星梦计划提出，是在入秋的时候。

计划是由卫筝提出来的。星梦计划，是救助孤独症儿童康复训练项目，专为没有享受国家康复救助项目补贴的贫困孤独症儿童提供康复训练费。卫筝在会议上提出这个援助计划时，几乎遭到了一边倒的反对。

“那些有钱人要投资也会投资回报丰厚的项目，星梦计划一看就是钱有去无回那一类。”

“虽然现在有钱人喜欢做一些慈善事业来提升自己的名声，但是有钱人也是挑项目的吧，这个计划可以说是无底洞……再说咱们学校之前不是开展过一次对智障脑瘫儿的资金筹集项目吗，光是咱们校长就自掏腰包砸了二十万，这几年若不是有国家政策支持，孩子们根本享受不到现在的免费康复。”

“说白了，就是穷呗。”

会议结束，校长把卫筝单独留下来，说道：“后天 A 城有一个学术讨论会，这次参加学术会的都是这一行的权威专家，举办方也邀请了不少富豪慈善家，这是个机会。”

卫筝愣了一下：“我去合适吗？”

周校长一笑：“你去是最合适的，一直有个人想见见你。”

“见我？”

“是。”周校长不打算透露太多。

中午的时候，甄美一定要拉着她去吃饭，说是学校附近新开了一家餐厅，味道特别好，而且最近为了宣传，打折优惠力度很大。尤其是菜色相当不错，而且可以手机下单，无须听服务员在旁边不停地推荐。

卫筝看着甄美喜滋滋地翻着手机找优惠券，便凑过去看有什么菜，边看边想，看起来也很符合简桐彦的胃口，等下次他忙完，可以带他来尝尝。

店门再度被推开，进来的女人原本准备往包厢去，却在看到角落里卡座上的人时改变了方向，朝那边走了过去。

“卫筝？”

卫筝抬起头，几乎是一瞬间就认出了对方。曾经很多个瞬间，她感觉到时光力量的强大，但是岁月似乎未在面前的人身上留下痕迹。

人生何处不相逢，但她并不愿意要这份相逢。

倒是夏西曼笑得姿态优雅：“真是很巧，这也能遇见。一起？”

卫筝还没说话，身边的甄美兴奋得眼都直了：“好啊好啊，夏老师，我七岁时去看过你的演奏会……”

夏西曼看了一眼小姑娘，笑得越发妖艳：“今天我请客，不过我想单独和卫筝吃一顿饭。”

甄美一愣，觉得有些尴尬。

卫筝淡淡地说道：“对不起，我和我朋友不是很方便。”

夏西曼意味深长地看她一眼：“几年不见，连脾气都和桐彦有些像了。不过我相信我接下来说的话，会让你很有兴趣和我吃一顿饭。当初我把慕星实权交给桐彦，同意让他来海临市开拓公司市场，可是他这一来，竟然不肯再回去，不仅不回去，竟然还三番五次错过了总公司的决策大会……”

卫筝的脸色有些苍白，让甄美先回去。甄美聪明，话虽听了个一知半解，但也明白当中的复杂程度，所以聪明地打包饭菜离开了，只是临走时回头看了一眼那个女人。

夏西曼并不急着说下去，她拿过菜单点了几样贵菜。身边几桌人都谈笑风生，有亲密的情侣共进午餐，也有带着小孩的三口之家，但是卫筝这一桌的氛围显然不怎么好，菜上齐后，服务员都远远站开。

她们谁也没有动筷。

“我听说你们最近走得很近。”夏西曼打开手机，放到桌面上。

上面的照片像幻灯片一样一张张滑过，全是这段时间她与简桐彦在一起的画面，包括简桐彦吻自己那张。

卫筝指着那张照片道："能不能将这张发给我？"

夏西曼皱眉。

卫筝笑笑："我觉得这张挺好看，拍得挺好的。"她拿出手机将那张照片拍下来，然后收回手机，说道，"夏女士，其实你不喜欢我，我知道。你觉得我不应该在十年前出庭指证简叔叔，你也并不是怕他会坐牢，桐彦会吃苦，你只是担心你的声誉会受影响。如果你真的爱自己的孩子与丈夫，就不会在桐彦小的时候那样苛待他，让桐彦宁愿逃走，也不愿意待在你身边。我不清楚你是使用了什么办法，可以让一切翻篇，但我私心里已经相信，那件事与简叔叔是无关的。现在桐彦帮你工作，他并没有告诉我，一如这十年来他一直活着，却不来找我，但我相信他有不告诉我的理由，不说即是不想伤害。如果你还是像十年前一样想离间我们，那你可能要失望了。"

她脸上没有任何表情，平静得像是面对一个普通人。

夏西曼感到有点挫败，对她来说，卫筝还是十年前那个小姑娘。那双明亮得如同深夜里刺破黑暗的星星一般的眼睛，仍然让她讨厌。

若是没卫筝的出现，一切都还在她的掌控之中。从儿子脱离了她，逃到春风镇，然后遇见卫筝开始，一切就失控了。

夏西曼不屑地笑了："当年既然我能够把他带回我身边，今天自然也有办法让你们再度分开。他有软肋，你应该知道。还有，他是不是经常飞澳洲，你大概不知道为什么吧？因为他父亲的身体状态一直不好。当年因为你的指控，他站上了被告席，精神受到了极大的刺激，一度被关在精神病院，如果不是我找来最好的医疗团队，他恐怕早就没命了。我想，桐彦再次面对你的时候，应该很痛苦吧，不然怎么会一直不来见你？"

这一次，她终于成功地在卫筝脸上看到了变化。

简桐彦接到甄美的电话赶来时，夏西曼已经离开了，卫筝独自坐在卡座上吃饭，满满一桌的菜，她吃得认真，连他在她面前坐下，她也未曾抬头。他倒了一杯温水推到她手边，她才抬起头，笑了："你怎么来啦？"

简桐彦心里一紧："甄美给我打了电话。"

“啊……是吗？速度还挺快。”她又笑了下，然后放下筷子，叫来服务员埋单，简桐彦拦住她的手，拿出钱夹，却听见她平静地说，“这顿饭本来是应该夏女士请的，现在你这个做儿子的请也是一样的。”

简桐彦微微皱眉看向她，她已经站起来离开了。

简桐彦结完账追出去，四下寻找，看到她坐在公交车站的长椅上才松了口气，快步走过去。

卫筝知道此时回学校不好，回家被陈美芝看见也不好，看着公交车过去几趟，也没上车，便坐在那里。

此时是中午时分，站台没有人等车。

一直到身边有人坐下来，她才抬头看去，身边这个人明知道她在生气，却没有出言软语相哄的意思，只是静静地坐着。

“你是在生气吗？对不起，我一直想找机会和你说清楚。”

“没事啊。”卫筝脸上带着笑容，却僵硬无比，“你还是先回去忙吧。我也要回医院了，下午还有课。”说罢便站起来，却被简桐彦一把拉住手。

简桐彦有些恳求地说：“卫筝，我们好好谈一谈。”

“谈什么？”卫筝看着他，打心底觉得难过。他总是把什么都埋在心里，把最痛苦的一面留给自己。

她这样一问，简桐彦竟然不知从何说起，而且这里实在不是谈话的地方，可是她看他的眼神，实在让他难以心安。

此时，简桐彦的手机铃声突然响起，他拿出手机掐掉电话，卫筝已经穿过了马路，走得飞快，最后几乎是跑进了校门。

他将电话拨了出去：“你在哪里？”

夏西曼和卫筝告别后就直接去了慕星，此时正坐在简桐彦的办公室翻看骆轻送过来的公司报告。办公桌上的手机振动起来，她看了一眼来电人，嘴角一挑，接通电话：“儿子啊。”

对面传来冷冰冰的一句：“你在哪里？”

“在你办公室呀。你去哪儿了？”

对方已经挂了电话。

她也不恼，简桐彦对她一向是这样的脾气，从小便是如此。她如此强势的性格也未能让他温顺听话一些。但这也不是没有好处，好处便是他这几年将慕星打理得不错。

也许是年纪大了，觉得只要他还留在自己身边就行，她别的竟也不强求。这十年他算是对她百依百顺，看不出二心，她喜欢绝对的控制。但是自少年时期起，他却让她非常有挫败感。儿子并不会听她的，所以她才使尽手段和心机。他的所有牵绊，都在她的扫除范围之内。

包括卫筝，应该说尤其是卫筝。

简桐彦在二十分钟内抵达公司，夏西曼已经看完了整份资料，颇为赞赏，她培养出来的接班人，自然不会逊色。来之前她对于投资慈善医疗颇有意见，如今一看，却是值得的。商人要有远见，她看见的是未来巨大的利益，而非眼前的小利。

"你为什么要去见卫筝？"

夏西曼合上文件，看了他一眼，他呼吸有些急促，额角出了些汗，可见是跑过来的，她微微有些不悦："巧遇而已，何必紧张。"

简桐彦自然是不信的："我说过，不许你干涉我的私事。"

夏西曼眯起眼睛："母亲干涉儿子的婚姻大事，也不算过分吧？你的身份已不同往日，挑选妻子，可不能这么随便。"

简桐彦心里觉得讽刺："卫筝与我们的事无关，不必把她扯进来。"

"我也没同她讲什么，就是告诉她你父亲的事。"

简桐彦脸上寒霜渐起，他几步走过去，越过桌子逼视着夏西曼："你提父亲做什么？"

"他是你的父亲，也是她曾经的熟人，叙叙旧而已。"

"叙旧？这话你自己信吗？"简桐彦鲜少有这样极度不满的时候，双手握拳，双眼冒火地看着夏西曼，"你最好不要做多余的事……"

夏西曼看他半晌，说道："你果然喜欢那丫头。我看你这十年都不曾提及她，还以为你将她忘了个干净。"

“我从未忘记过她。”简桐彦握紧拳头，“听着，你不许再去找她，否则我不会如你所愿。”

夏西曼警告性地眯了眯眼睛：“桐彦，你说话最好还是过过脑子。为了一个什么也没有的丫头，就连慕星你也不要了？”

“我并不稀罕。”

夏西曼的脸色渐渐难看起来，她慢慢站起来，刚要说话，门被推开，骆轻走进来，对她道：“夏总，记者在会议室等您。”

夏西曼看了简桐彦一眼，说：“今天的话我只当没听见，你最好反省一下。”

等夏西曼离开，简桐彦浑身脱力，骆轻看着他道：“你知道你刚才在做什么吗？竟然说不惜不要慕星？那我们之前所做的一切，岂不是都失去了意义？”

简桐彦捂着额头：“抱歉，有点……失去理智了。”

“其实如果可以，你应该同卫小姐坦白。我想她也能理解，毕竟，这也是她的事。”

简桐彦摇头：“不要再把她卷进来了。我和夏西曼的事，也不止她这一桩。件件算起来，母子情分早就没有了……何况……”他苦笑一下，“我们并无那样的血缘关系。”

他最后一句话说完，声音已经凉透下去。

谁都渴望亲情。他年少时不懂，所以无论她怎么对他，他还是觉得，她是他的母亲，不管她做了什么，他都无条件地原谅她。

一直到父亲出了车祸，他才如梦初醒。若不是那场车祸，大约他还天真地以为是自己不讨母亲的欢喜。

一切都天崩地裂，从此便再无改变的可能。

3

A 城的研讨会，一开便是一周。

卫筝带着星梦计划去了A城，订了离会展中心很近的酒店，每天上午参加一场学术讨论会，也有幸见到了许多自闭症方面的心理学专家，受益匪浅。忙碌的出差生活，让她暂时抛开了感情烦扰，所以她连手机停机了也不知晓，每天开完会回到酒店倒头就睡。

最后一晚，举办方邀请大家到会展中心附近的酒楼共进晚餐。一起共进晚餐的，除了这几日出席会议的人，举办方还特意请了美国儿童心理学专家傅老先生。

只不过傅老先生迟迟没来，卫筝端着果汁敬了一圈酒回到座位。这时包厢门被推开，是傅老先生来了，她赶紧端着果汁站起来，但别人动作远比她要快，她只好站到一边。

这时，有人端了两杯酒过来："卫小姐，你好。"

卫筝抬头，不由得吃惊地瞪大了眼睛。

来人戴了一副眼镜，斯斯文文，说话带一股京味。时光就是那么神奇，仿佛穿越了十年时光，又回到了那个夜晚，他开着车，载着她奔向自己喜欢的人。那时候，他们还没有失去最重要的人，尚且不知道即将面临分离。

"你怎么会在这里？"过了好半天，卫筝才想起来说话。

许长州笑笑，指指被一群人包围着的老教授："跟傅老教授一起来的。傅老教授看过你这几天的视频了，对你很是赞赏。"

其实出席这次会议的大多是年龄较大的学者，卫筝算是这群人里较为年轻的。一开始，这些老者也相当看不起卫筝，原本这场会议该是老校长出席，现在换成了卫筝，其他人对她不免就多了几分轻视，觉得小年轻无非是抱着对学术不认真的态度来凑热闹。但是几场圆桌会议下来，卫筝对于目前儿童自闭症的见解以及提出的康复方案，都十分出人意料，颇得几位老教授的喜欢，都觉得这孩子很不错。

一直未能出席的傅老先生一直有看研讨会的这些视频，加上许长州在他耳边有意无意地提起这个故人，因此也多了几分兴趣。所以在卫筝提出的星梦计划里，他也是第一次出资的人。

"其实之前我看过你关于动物疗法的论文，没记错的话，首发应该是在五年前。当时我就把这篇论文给我的老师看了，就是傅老先生，他当时就想见见你，只可惜那时候老先生身体不适一直在国外休养。现在老先生在北市建立了全国最大的自闭症研究机构，其中动物治疗作为最为重要的项目交由我负责，帮助了不下一百个孩子重返校园。这都得益于你当年的论文。”许长州看着面前的人，她不再是青涩的样子，多了一份干练和沉稳，他接着道，“一眨眼，你已经长这么大了。”

十年了啊。

卫筝当然记得那篇论文，然而现在的她看来，那篇论文算是十分浅薄了，当时带着自己的陈教授也没有过多赞誉。她不由得望向老先生所在的方向，哪知他已经离席了。

“老先生身体不适，先行离席了。”许长州笑了下，“其实来之前他就特意与校长打了招呼，希望能够见你一面。最近几天大家都忙，现在才有空与你打声招呼。”

卫筝这才记起周校长曾说有人想见自己，才举荐了自己来。这几天太忙，晕头转向的，她把这事忘了。

卫筝忙倒掉果汁，换了一杯酒，举到许长州面前说：“谢谢你，长州哥。原本我该去拜谢老先生。”

许长州笑着看她，亲切而温和地道：“你就随意一些。星梦计划启动之后，我们见面的机会自然便多了。今天我们就当友人见面。”

“好。”

聚餐结束，大家都喝得晕晕乎乎的，三三两两地离开了。卫筝喝得不多，只喝了三杯酒，后面都改喝果汁，但她酒量实在差，容易上头，如今看什么都是重影，在许长州返回包厢替她拿包时，她就跌跌撞撞地出去了。

许长州追出来：“卫筝，你住哪家酒店，我送你。”

卫筝迷迷糊糊地看着面前的人，歪着头道：“哎呀，你不能送的……你又不是我男朋友……”

“我们的小朋友原来有男朋友了。”许长州捏捏她还有些婴儿肥的脸，像对待自己的妹妹般说道，“不过我必须保持男人的绅士风度，把你送回酒店。”

“男朋友？”卫筝想了想，露出难过的表情，“我倒是想要男朋友的，可是那个人不肯呀。”

“谁不肯？我替你说他去。”许长州觉得实在好玩，有意套问她的话。

哪知卫筝此时清醒了，睁着一双明明亮亮的眼睛，醉意一下消散了似的，看着他不发一言。

他被盯得莫名其妙。

卫筝甩开他，踉跄着往前走：“桐彦说了，不许我和别人约会……你必须和我保持安全的距离。”

许长州嘴角抽抽，还是跟上去，帮她按了电梯：“那我送你回酒店。”

电梯到了，许长州将卫筝扶进电梯，这是观光电梯，自二十六楼下去，便可将这个城市的夜景收入眼底。

卫筝额头抵着玻璃，不发一言地看着那些灯光犹如星星一般闪烁。

“你知道吗？我小时候见过这世上最美好的星星，是在他的眼睛里。可是现在我看不到了……”

许长州看她一眼，她瘦瘦小小的，一双眼睛却特别大特别明亮，看着人的时候，忽闪忽闪的。她在会议上谈及星梦计划，谈及生病的孩子们，踌躇满志，浑身散发着光芒，那是经过多少岁月磨炼沉淀下来的沉着果断，可是只要下了台，她整个人便敛去了光芒，只身躲在黑暗里。

他看不透，也无法看透。

电梯门打开，许长州刚要伸手扶卫筝，在看到电梯门口的人时便愣住了，继而笑道：“你来了。”

来人上前一步，看了一眼卫筝，将她扶起来，揽在自己怀里，才向许长州道谢：“谢谢你给我打了电话。”

“她当时喝多了，也不肯接电话，我一看来电，便猜是不是你，还真是你。不过……”

他看了一眼卫筝，她整张脸红扑扑的，也不知睡没睡着。许长州心想她是真喝醉了，刚才还要同他保持距离，如今却扑在那个人的怀里，双手紧搂他的腰，一秒也不舍得放开。

“接你电话时你不是在机场吗，别不是中场转机来这里特意追妻的吧？”

简桐彦笑笑：“没办法，她喜欢逃跑，我就只能追了。”

“也不枉她小时候就把你放在心上。”许长州颇有些艳羡，他看看时间，说，“卫小姐似乎很不开心，喝了一点闷酒。很晚了，你先带她回去吧。”

“好。谢谢。”

许长州拍拍他的肩：“下次见面喝一杯。”说罢便离开了。

等许长州走了，卫筝才迷迷糊糊地抬起头，皱眉看了面前的人好一会儿，忽然伸手捏了捏那张脸：“咦，许先生，你怎么一晃就长得和我家简先生一模一样了？可是我不会上当哦……你看我是不是太想他了，都出现幻觉了。”

原本眉头紧锁的简桐彦听到这话，一下舒展开，嘴角微微扬起，一把握住她乱挥的爪子，假装生气道：“卫筝，在外面居然敢喝这么多酒，胆子肥了是不是？”

卫筝歪着脑袋，看着他，嘴巴一撇：“你怎么能叫我卫筝呀……你应该叫我阿筝……阿筝……”她模仿他叫她的语气，小声笑道，“你不知道你叫我阿筝的时候，我恨不得你叫好多遍……”

她喝了酒，平素素净的脸颊此时有一点晕红。她唇色自然，有点小小的唇珠，如今嘴唇微微嘟起，晕黄的灯光打在她的唇上，泛起一层迷人的光泽。

“阿筝……”

她迷迷糊糊地“嗯”了一声。

“我能不能乘人之危一下？”事实上他并不是在征求她的同意，话音刚落，简桐彦便覆唇而上，她喝的是香槟，如今唇齿间都是香甜味，嘴唇带点微凉。

片刻后，简桐彦放开她，看到某人还是一脸迷糊。

但简桐彦到底清楚卫筝的酒品，实在问不出来她到底住哪个酒店，只好带她到自己下榻的酒店。他素来不喜欢闻酒味，此时卫筝酒气冲天，他将她扶到沙发上便去浴室替她放洗澡水。可是她哪里容他走开，拉着他一会儿哭一会儿笑，他也不恼，任由她胡闹。

最终她累了，他才哄着她去洗了个澡。刚开始还能听见她边洗边高声唱儿歌，之后便静了下来，他敲了几次门，不见回应，紧张地推门而入，看到的便是穿着睡袍的某人居然抱着马桶睡着了，一边摸着光溜溜的马桶一边说："桐彦，你是不是没穿衣服？"

他强忍着暴揍她的冲动，替她系好睡袍带子，才将她抱回房间。她的双手挂上他的脖子，鼻息喷在他的脖子里，他感觉有些酥麻的痒意。

"桐彦……"她忽然轻轻开口。

"嗯。"

她用头在他肩窝处拱了拱，满足地叹息："真的是你呀。"

"是我。"他将她放到床上，她却没有松手，就像抱小孩一样。她枕着他的手臂，只开了床头灯，晕黄的灯光让时间都慢了下来，她看着他的脸，恍若身处一场梦中。她的手指轻轻滑过他的眉眼、他的鼻、他的唇，最后停留在他的下巴上，忽然叹息一声，"其实你很恨我是不是？要不然怎么会十年都不和我见面呢？"

"我怎么会恨你。"他心里一疼，抱紧她，"我是有不得已的原因。我想等所有事情都尘埃落定了，再来见你。是我不好。"

她缩在他怀里，眼泪滑了下来："对不起……桐彦……其实我也不想做那件事……可是图加，我的图加太可怜了……你不知道我今天见了谁，是许长州，真好啊，他看起来放下了过去，成了更好的人……"

她哭起来便止不住，像只受伤的小猫。

"阿筝……应该是我和你讲对不起。如果当年我没有去春风镇，就什么都不会发生……"

卫筝的哭声渐小，慢慢从他怀里抬起头："可是我要是没遇见你，我的人生就很无趣了啊……"

“真的？”

她用力点头，揪着他胸前的衣服：“你不知道我有多开心，我告诉你一个秘密哦，我甚至还幻想过我们的婚礼呢。”

喝醉了可真好，什么话都能套得出来。

简桐彦抿唇一笑，轻声问：“那是什么样的婚礼？”

“那场婚礼呀，超级梦幻，那儿有森林，有湖畔，有碧绿的草坪，我们的新婚之夜还可以看到天上的月亮和星星……”她忽然一愣，“我怎么能做这样的梦呢……”

她的眼眶里还盈满了眼泪，在灯光下，显得迷蒙。平日里，卫筝望着他的眼神总是明亮的，像太阳一样，干净纯粹。可是现在这个眼神，有了女人的妩媚，甚至对于简桐彦来讲，有些调情的意味？

简桐彦一动也不敢动，生怕她会做出什么。他也是个男人，面对自己喜欢的女人，他有没有足够的自制力，实在很难说。

所以他忽然伸出手，盖在了那双让人想犯罪的眼睛上，长长的睫毛在掌心像是蝴蝶振翅，最终慢慢地安静下来。

他慢慢挪开手，她已经睡着了，眼角还有一滴未落的泪。

他轻轻地将那滴眼泪吻干：“晚安，我的小太阳。”

卫筝做了一个很美好的梦，梦里不再是不堪回首的往事，亦不是已逝去的人，而是她实实在在地与自己喜欢的那个人手牵着手，走在夕阳下的沙滩上。

醒来时她却觉得头痛欲裂，下一秒就意识到不对劲，这不是自己所住的酒店。她呆滞地望着天花板上那盏梨花灯，猛地坐起来，用力地甩了自己一个耳光，想确认是否在做梦。

“醒了？”门口的人一身黑衣黑裤，面色如常。

卫筝此时却结巴起来：“你……你……”

“早餐已经送来了。我还得赶去开会。”

卫筝回到大厅时，简桐彦正在边喝牛奶边翻手机看新闻，她轻轻地在他对面坐下来。

“你躲我躲到这里来，我自然要来和你说清楚，但是显然现在不是谈话的时候。今天你在酒店好好休息一下，下午我们一起回海临市。”简桐彦收了手机，站起来，又看了卫筝一眼，“此外，我们还要好好地谈一下你在外面喝酒这件事情。”

卫筝不由得缩缩肩膀。

简桐彦严肃起来的时候实在是很有威慑力。加上卫筝在简桐彦面前向来是个胆小鬼，她甚至不敢想象昨天晚上是什么样的情形。她直接喝断片了，不仅如此，她竟然还可耻地梦到他亲了她？

所以，她很没用的。

在简桐彦离开酒店一个小时后，她可耻地逃了，当天改了航班，飞回了海临市。

三个小时后，飞机降落海临市，她直接打车回了服务中心。刚踏进校门，他就看到校门口围了十来个人，可热闹了。卫筝也认出来了，是几个学生的家长。

不知为何，校门一直紧闭，她刚走过去，其中一个学生家长认识她，指着她道：“她就是这个学校的老师，找她！”

所有的家长一下子都围了过来。

“发生了什么事？”

“我们要见张随！”

卫筝看那些家长个个义愤填膺，便知道肯定出什么事了，便拿出手机打电话给张随，但是一直没人接。她又打甄美的电话，响了几声甄美就接了，她还没来得及讲话，甄美便在那边大喊道：“筝姐，你先回家避避吧，咱们学校有家长闹事……”

手机开了免提，卫筝尴尬地看看那些脸色各异的家长，对甄美说道：“我就在学校门外。张随老师呢？”

“她今天压根没来学校，这事一出，她哪还敢出现啊！放家长进来也怕吓着孩子呀。总之你也不要来了，难保里面没有一个像文宣爸爸那样不理智的人……”

卫筝干咳两声：“我现在开着免提呢。”

“……”

挂了电话，家长们你看看我我看看你，其中一个道：“我们也不为难你，我们只想找那个张随当面对质。”

卫筝看看头上，虽然是秋天，但是日头还很毒辣，这些家长顶着烈日站在这里，个个晒得满头大汗，其中不乏上了年纪的老人。她心里一动，走到传达室，对里面说了一番，门才缓缓打开。

卫筝将几位家长都请到了会议室，将空调打开，又让甄美把水果和水都端上来。本来那些家长很愤怒，但是眼见这个女老师这样耐心有礼貌，显然和避着不见的张随不同，喝了几口水后，他们的火气也就渐渐平息下来了。

卫筝这才了解到事情始末。

这竟是缘于几个月前的暴力教学事件。这事原本只是家长在网络上发了帖子，并未引起太大的波澜，再加上校方找了家长沟通此事，张随老师也私下登门拜访道歉，这事也就平息下去了，家长也将帖子撤下。可是没有想到的是，张随并未收敛。张随班级上的孩子都是特殊孩子，受了什么样的对待，大多不会告诉家长。但还是有家长无意发现孩子最近晚上总是做噩梦，还喊着“老师不要”。她心里疑惑，便找到其他几个家长，发现孩子都在不同程度上做噩梦，且拒绝去学校。也不知道是谁想办法调出了学校的监控录像，看到了张随教育孩子的真相。

他们将视频发到网上，并到学校来堵人，哪里知道不仅张随拒不出面，连学校负责人也不露面，还关闭校门。

家长们都愤怒了。

事实上老校长最近都在国外出差，参加美国一个孤独症研讨会，没两个月估计回不来。现在中心的管事人是老校长的侄子，这人卫筝见过几次，油头滑面，顶多开会时来露个面，其他时候基本见不到人。

卫筝沉默了一会儿，才对那些家长说道："你们先回去，这件事情学校一定会给你们一个交代，张随老师今天没有来学校，各位等也是白等。"

其中一个女人红了眼眶："这位小姑娘，我们不要什么交代。我们的孩子虽然不是正常孩子，但是将他送到学校来，也是希望在不久的将来，能够重返社会，能够自力更生……可是哪里想到会出现这种事情，早知道这样，何不把他们留在身边呢？"

"是啊，智障孩子也是孩子啊，不能因为他们不会喊痛，就那样狠心对待啊。"

卫筝听着心里也难受。

家长们也不再为难她，都知道留下来毫无意义。卫筝和甄美送他们到校门口，也是巧，刚好看见大门打开，一辆黑色大众开进来，卫筝一眼认出那是张随的车。

同时认出来的还有那些家长。

卫筝还没来得及喊住他们，他们就呼啦一下围住了车子，张随的第一反应就是把车门锁了，车窗摇上。

"你出来，我们当面说清楚！"

"为什么要这样对待我的孩子！"

"你必须道歉！"

张随坐在车里，不屑地看着那帮家长，非但不害怕，说的话还非常刺激人："道歉？我一向就是主张暴力教学，对待那样的孩子，正常的教育可行吗？他们能接受吗？他们接受得了吗？他们能懂吗？对待傻子，就得用暴力教学！"

此话一出，果然引起众怒。

其中一个男人就地捡起一块砖头，对着车窗猛地砸去。

随着一声尖叫，车窗破裂，张随这才知道自己惹了麻烦，大声叫道："我马上报警！你们这是犯法的！"

其中一个人高声喊道："当你折磨那些孩子的时候，你难道不是在犯法吗？"

车门被打开了，张随被人揪着头发拖下了车。

其他老师也都被惊动了，纷纷跑过来劝架，卫筝挤进去，无论她叫多大声，都无法阻止他们。

卫筝好不容易拉开两人，便看到张随已经被人扇了耳光，狼狈得很，嘴里却还是不饶人："你们这群疯子！难怪只能生出那样的孩子！"

卫筝大喝一声："张老师，你在说什么！"

她的声音带着愤怒，是的，愤怒。她无法相信这竟然是从从事特殊教育的老师嘴里讲出来的话。张随的教育方法她耳闻过几次，但她始终认为，张随看似不友善，但既然能够从事这一行业，必然也有着良善之心。所以就算是耳闻过暴力教学，她也觉得有谣传的成分在里头，更重要的是，她教育的孩子里，有些确实是在她的帮助下回到了正常学校。

可是那句话，仿佛是愤怒的火药。

有人拾起砖头，对着她的后脑拍下去，卫筝尖叫一声，却看见从车里扑出来一个人，那人一愣，来不及收手，砖头就这样拍在了从车里出来的人背上。

张随随即尖叫起来："儿子！"

医院走廊里，卫筝的电话响了几次，甄美走过来提醒她，她才想起接电话，但勉强应付几句便挂了。甄美将手中的热饮递给她，说："要不你先回去吧，我守着等张老师来。"

"派出所那边怎么样了？"

"学校派人过去了，但是可能也要耽误好一会儿吧。"一向活泼开朗的甄美此时也是情绪低落，"我真没想到，张老师的儿子会是……"

卫筝看着虚掩的病房门，那个病房里住着张随的儿子，看起来也就十来岁的少年，那场纷乱因为张随儿子的突然出现戛然而止。大家谁也没有想到，张随车里还有另外一个人，也没有想到他会突然扑出来护住了张随，保护了自己的母亲。

但是立马有人发现了孩子的异样。

“她连自己的孩子都虐待！”

孩子穿着短袖短裤，不光是脸上，身上、腿上都到处是伤口，新伤旧伤都有，实在触目惊心。

张随抱着孩子，大声嘶吼：“快叫救护车！”

警察赶到了，救护车随后也到了。

其他人被带走后，张随拉住卫筝的手，有些难堪，眼里有些泪意：“卫老师，我的儿子……你帮我和医生说一下他伤在哪里，他不知道讲的……拜托你了。”

她当时听到这话还觉得奇怪，可也没时间问更多，马上就和甄美将孩子送到了医院。一路上甄美还怕他哭鼻子，一直安慰着他，可是孩子竟然满不在乎地在救护车里玩闹，一直到救护医生严肃喝止，他才安静下来。

当主治医生看到孩子时，立马变了脸色，马上将孩子抱到了急诊室进行进一步检查，并且抓住卫筝就详细询问一通。

被那块砖拍到的地方只是有点瘀青，并无大碍，但为了保险起见，还是拍了个片。这疼痛程度显然不是一个孩子能承受的。

“孩子有先天性无痛症，是医院的常客。年纪小时，他经常让自己受伤，好几次都进了抢救室。现在大些了，来得少了，但总有受伤的时候……没办法，这病也没法治疗，活到现在也不容易。”老医生言语平淡地告诉卫筝。

卫筝其实并不太了解这个病，后来趁孩子睡着了，她坐在病房门口搜了一些关于这方面的内容，越看越心惊。

这个世界上的病真的是千奇百怪，总会让世人承受各种痛苦。

简桐彦打来电话的时候，她刚把甄美催出去吃晚饭，两人轮流换班，等张随来。她看着手机屏幕上闪现的名字，犹疑再三还是接了电话。

她还没开口，那边已经说话了：“你在几楼？”

卫筝没明白这话的意思，下意识地回答：“我就在急诊楼的一楼……”

已经是傍晚，医院的病人稀少，走廊里传来的脚步声显得尤其重。卫筝站起来，看着走廊尽头站着的人，手机还没挂，是简桐彦先挂了。她反应过来后走向他，起先是走，之后便是跑，一直跑到他跟前，然后一把抱住他。

他们才分别不过八个小时，却像是许久了。听到他胸腔里那有力的心跳声，她才浑身发软地放松下来。

简桐彦抱住她，好一会儿才道：“我已经尽快把事情处理好飞回来了，一飞回来就听说出了事。你还好吗？”

卫筝埋在他怀里，眼里有了一些湿意。出事的时候她并不觉得害怕，她原本就不是个矫情的人，自小习惯了不依赖任何人，但是有的人就是那样神奇，他让你觉得可以依靠，甚至可以撒娇。现在他来了，所有伤心、害怕都一并涌了上来。

等她情绪稍微平复了，简桐彦才牵着她的手带她去医院附近吃东西。她一向食量小，但眼下饿得很，将简桐彦点的一份炒饭再加一碗稀饭都吃了个干净。

简桐彦看她还有食欲，心总算放下来了，端了碗汤给她：“慢点吃，又没人和你抢。”

“我很饿，从下飞机到现在都没有吃东西。”

“我看你逃得那么快，敢情是怕了？”

卫筝脸一红：“我不是经常喝酒的……所以我要是对你做了什么事情，你可千万不要怪我……比如乘人之危什么的……”

简桐彦此时却心虚了，实在不是她做了什么事情，反倒是他乘人之危了。为了掩饰，他以拳掩唇咳嗽一声，问道：“今天的事情是怎么处理的？需不需要我帮忙？”

卫筝摇摇头：“学校已经派人处理了，校长也会在后天赶回来。现在网上到处流传着那段视频，警察也取了证，张随老师这次恐怕完了。”

“为人师者，犯了大错，自然要承担后果。”

“是啊。”卫筝叹了口气，眼前浮现出张随那张憔悴的脸，平时那么强硬的人，在儿子面前却是满脸的挂心，她接着说道，“不过，我今天才知道她有个儿子，还患有先天性无痛症，挺可怜的。”

简桐彦无奈地揉揉她的发顶说：“我觉得你有必要改正一点。”

"什么？"

"你太悲观了。"简桐彦认真地道，"以前你对一切都保持着乐观的态度。但现在，你甚至有些消极。尤其是你现在所在的行业，接触的都是生病的儿童，你需要花费你的精力和时间去应对，如果你长期以这种状态开展你的工作，显然不太合适，迟早有一天你会承受不了。"

卫筝认真地听他讲话。

简桐彦又说道："还记得慕星老人坠楼事件的新闻吗？那户人家只留有一对老人和一个十四岁的孩子，父母都去世了，由老人抚养，住在棚屋里不肯走……孩子十四岁了还不曾上过学，不是不能上，是无法上，因为他有自闭症，但他属于典型的学者症候群。"

卫筝有点吃惊："你从来没有和我讲过。"

"和你讲了，你又会想尽办法去帮助对方。"

"你是在说我经常多管闲事？"

"不。我只是想尽我所能替你解决你想解决的问题。"简桐彦很有耐心地解释，"目前那个孩子与自己的爷爷奶奶搬到了新家，生活暂时无忧，如果你想帮他，那你需要调整好自己的心态……等你准备好了，我就带你去见见孩子，他需要你的帮助。"简桐彦顿了一下，又道，"还有，我一直忍着，是怕吓着你，也发现你和我生分。我克制自己，一点点靠近你，去了解个中缘由，但是那并不代表你就可以不吭一声地逃走。你不知道这些天我给你身边的人打过多少电话……"

"对不起，我只是想一个人冷静一下。"卫筝看向面前的男人，他的五官已经完全长开了。简桐彦天生就一副薄情脸孔，悲喜不轻易表露，说什么做什么都云淡风轻。事实上他做事雷厉风行，但于她而言，他与记忆里那个人并无什么不同。

但其实已经不同了。

简桐彦见她忽然这样望着他，也不说话，却又揣摩不了她的心思。这几日他几乎天天打她的电话，又给陈美芝打了几个电话，后来还是甄美告诉他说她去了A市。恰好曾经在澳洲见过的好友打来电话，约他前去叙旧，就是那么巧，那人就是许长州，他苦打卫筝电话不通，帮她续了话费再打，结果接电话的人恰好是许长州。

原本将事情办完，下午可以和她好好谈一谈，哪里知道等他回到酒店，人影都不见了，好似她压根就没来过。

他生气，却又不知道这气从何而起。她素来只知道逃跑，这次又是一样。

谁想到他一回到海临市，就听闻出事了。

他只为了见她一面，确定她无恙才好。他已经不想再经历十年前明知道她有难，却无能为力被迫离她越来越远的事了。这十年，他如此努力，不过就是想在她需要他的时候，时刻都在。有太多事情，他都难于启齿，不过是为了等一个适合的时机。

这样想着，他有些颓然。十年来，他如此克制地布置一切，克制着自己不去寻找她。他原本想等一切尘埃落定再出现在她面前，但是显然命运从来不遂人意。

卫筝认真地道："桐彦，我这几天想了很多，一直努力告诉自己，这十年来我们都有了各自的人生轨迹，每个人都有选择的权利。但是当我从夏西曼嘴里知道你其实一直在她身边的时候，我很震惊，也很难过，甚至有些愤怒……我知道你有多么想远离她……我也无数次告诉自己你有你的理由……但是这件事我确实没办法理解。还有，简叔叔的事情，我很抱歉……我不知道当年我的举动，给你们造成了多大的伤害……"

"关于我爸，你只是做了你应该做的事，无须愧疚……图加于你是最重要的家人，你不曾说谎，倒是我……"简桐彦有些难堪，"那时竟然要求你说谎……"

那时离开庭还有些时日，他去见过卫筝。那大约是他们最后一次讲话。

——能不能为我，再说一次谎？

柔弱的少女，短短时间内瘦了不少，不敢置信地望着他。他便觉得自己实在是龌龊极了。

自此之后，他一直反问自己为何要她去做那样的事情。自私的从来是他。一场灾难，最终断了所有和她的联系。他也辗转打听过她的下落，知道她过得好，便渐渐心安，但心总是念着她的。

“阿筝，你必须要明白，我从未觉得再遇见你是痛苦，对我来讲，是幸运。”

又是那样的眼神。

她被那样的目光和这样赤裸的话激得满脸通红，说话也结巴起来：“我……我……”

简桐彦被她的样子逗笑了，隔着桌子刮了一下她的鼻子，认真地道：“有一点你讲错了，父母才有知情权，但是她并非我的母亲。当然，她也一直未把我当作儿子，只是当作赚钱的工具。”

卫筝大吃一惊：“你从没告诉我。”

简桐彦苦笑一下：“在和父亲去春风镇之前，我就知道了。那年我父亲发生了车祸，急需输血，那时候才知道以他们两个人的血型不可能生下我这种血型的孩子……那时候我认为这件事比任何事情都要让人觉得羞耻。当年我离开春风镇去投奔我大伯的时候，是提前偷偷离开的，结果还是在机场被她截住。她一向知道我的软肋在哪儿，那就是我的父亲。她答应给我父亲最好的治疗，那时我的父亲情况太糟糕了，因为我和她的拉锯战，他的精神高度紧张，如果再不治疗，后果我不敢想象。甚至，她拿你的未来胁迫于我，那个时候的我太弱小了，不足以保护你。如果离开你就可以保护你，那这个选择就太容易做了。”

过去很难堪，但如今的他已然不是那个惧怕她甚至是对未来感到迷茫的人。经过将近十年的磨砺，他已经知道自己要的是什么，需要做的是什么……眼前的人，他也不想再远离。他如今已经拥有足够的能力去护她周全了。

“与之交换的是，我必须待在她的身边。她一生从不相信任何人，包括我。但因为她十分清楚我的软肋在哪里，所以她相信她绝对能掌控我。所以你的存在，让她察觉到了危险……因为她知道，你对我的重要性高于一切……”

最后一句，实在太有杀伤力。卫筝脑子已经处于死机状态。

他望着她，年少时他不敢对她有过多的想法，如今，他对她的爱意明显汹涌而出。

“还有，乘人之危的不是你，是我……”在卫筝吃惊地瞪大眼睛时，他已经站起来，隔着窄桌吻了上去。

等唇上的温热离开后，她才反应过来发生了什么，她又被偷袭了。

简桐彦看着她窘迫的样子，很是满意：“走吧。我送你回医院。”结果卫筝一把扯住他的领带，往面前一拉，亲了上去。

简桐彦哪里想得到卫筝会来这一招，不过几秒后，他就低声一笑，伸手按住她的后脑，闭上眼睛，化被动为主动。

吃完饭出门，凉风习习，甄美发短信告诉她可以直接回家了，张随到了医院。简桐彦没找到附近的停车位，就将车停到了斜对面的商场地下停车场。

两人慢慢地走着。

迎面走来的都是手牵手的情侣，还有一对小情侣在路灯下拥吻。简桐彦伸手牵住她在秋风里有些微凉的手。卫筝愣了一下，看向身边的人，自然得似乎早应该如此。

她甜甜地笑了，轻轻地小心地回握住那只温暖的大手。

如果这条路再长一点。

再长一点，就能够和你走到白头。

Chapter 11

我听见回声，来自山谷和心间。

一

我听见回声，来自山谷和心间，以寂寞的镰刀收割空旷的灵魂，不断地重复决绝，又重复幸福，终有绿洲摇曳在沙漠。——泰戈尔

1

张随事件在一周之后随着张随发表道歉声明，以及学校将她辞退而渐渐平息。卫筝知道，不久之后，这事就会如同雨滴融入大海，悄无声息地从所有人的记忆里消失。永远有更新鲜的热点事件吸引大众的注意力。

张随走的那天，没有人去送她，她在学校的人缘并不好，与孩子们的关系也一直很紧张。卫筝刚好要开车出门去市场上买孩子们的学习用具，看到张随抱着纸箱子站在路边打车，连个送别的人都没有。

卫筝和她的交情算是白水一样寡淡，当初她也瞧不上卫筝带来的动物疗法。虽然两人在学校抬头不见低头见，但显然张随并不喜欢她。她不明原因，也不愿意深究，毕竟自己不是人民币。

她想了想，还是将车开到张随身边，降下车窗打招呼：“张老师，我

送送你？”

张随愣了愣，有些难堪。卫筝以为她不会上车，没想到她却拉开车门坐了上来。

“你说下地址，我开导航。”卫筝打开手机导航。

“市三医院。”

卫筝一愣。

张随也不隐瞒：“我儿子住院了。”

“生病了吗？”

可是张随久久没有回答的意思，卫筝也没有窥探别人隐私的喜好，去医院的路她知道，也不用导航。

“这次他用水果刀切掉了自己半个小指头。”张随忽然说，声音凉凉的，表情甚至没有变化。

卫筝看着前方的车流，竟一时不知道用什么话回应。显然说什么都是不合适的，她要的也不是安慰。

“其实他就是觉得好玩。小一点的时候他会特意从床上跳下来，或者拿尖锐的东西刺伤自己，再大一点去读书，摔跤了也不会觉得疼。每一次都是死里逃生。后来渐渐好了许多，也渐渐会保护自己了……”张随停了一下，才倍感艰难地说道，“可是最近一年里，他越来越不爱讲话，有时候明明知道那样会让自己受伤，也会刻意去做……”

卫筝皱紧眉，出于职业敏感，她没有贸然开口。

学校距离医院不远，也就二十分钟的车程。卫筝将车停在医院门口，此时医院门口人流涌动，这个世界上总是有那么多生病的人。

她不喜欢来医院，所以看着张随拿着东西下车，在车门关上前，她还是说道：“张老师，我知道这样说我有点多管闲事，但我想，你也许应该带孩子去看看心理医生。”

张随一愣。

“再见。”卫筝笑了笑，将车重新驶入车道，留下张随一个人愣愣地站在那里。

下午她给小朋友上完手工课回办公室的时候，简桐彦已经来了，坐在她的办公桌前翻看备课本，看见她来，笑了笑，招手让她过来。待她走到面前他便拉住她的手，轻声问道："晚上吃过饭，能不能托美芝姐照顾一下简玄？"

最近他闲了很多，因为他把大部分的工作都移交给了骆轻来处理，他乐得清闲，空出了很多时间。有时候他会整个下午陪着简玄一起上手工课或者绘画课。有时他早早来等着，接她和简玄去吃饭，大多时候是去陈美芝那儿蹭饭吃，三个大人，一个小孩，其乐融融，像一个完完整整的家。

再过一个月，简玄和文宣就该去正规学校入读了，这才是一个小小的开始，他们将来还要面对更难的路。对这两个孩子，最近卫筝重点培训他们普通的社交礼仪。

"怎么了？"

"带你去见一个人。"

卫筝想了想，便点点头，低头给陈美芝发了一条微信。

她刚收了手机，就见甄美咋咋呼呼地从外面跑进来："啊啊啊，筝姐，我的老公要回国啦！"

卫筝下意识地想抽回被简桐彦握着的手，却被简桐彦握得更紧。甄美进来一眼看到他们相握的手，坏笑一下："嘿嘿，看来我来得不是时候。"

卫筝甩开简桐彦的手，为避免尴尬，随意地收拾起桌上的书本，说道："甄老师，我等下提前下班，有事你给我打电话。"

"约会嘛，我懂的。去吧去吧，没啥大事。"甄美说完就捧着手机美滋滋地翻看着，卫筝凑过去一看，一愣。

甄美笑嘻嘻地对卫筝道："筝姐，我下周五一定要请一天假，我得去接机。"

卫筝默默地拍拍她的肩，心想小女孩追星可真够疯狂的。

晚上他们在陈美芝那儿吃晚饭，简玄已经和陈美芝熟悉了，自然也不抗拒留下来。陈美芝可会讨好小孩子了，她也打心眼里喜欢简玄，所以简玄每次去，她都必准备他最爱吃的，前不久还给他买了一套昂贵的电子游戏设备，简玄自然更是乐意留下来。她甚至还重操旧业，变着花样做蛋糕。

简桐彦开车带她去的是一个安置房小区，看着就知道是这几年新建的，旁边还有工地在施工。简桐彦熟门熟路地开车绕进去，找了一个停车位停好，又给卫筝拉开车门，然后从尾箱里提了一个大纸盒出来。

卫筝有一肚子疑问，但也知道简桐彦到时候自会讲，便跟在他身后，看他按响了一楼的门铃。

不一会儿门就开了，门口立着一个少年，一看到简桐彦，眼睛都笑得眯起来，看到卫筝也不打招呼，只是向简桐彦伸手，不由分说道："你买了围棋。"

"给你。"简桐彦将手里的箱子递给少年，然后牵过卫筝的手，一起走进去，问道，"爷爷奶奶呢？"

"散步去了。"少年径直走进去，客厅里收拾得非常干净，少年根本没有招待他们的打算，独自坐到一边的地板上，开始拆封。

卫筝这才发现，那竟是一副围棋。

少年看着简桐彦，眼里闪着光芒："你黑我白。"

"好。"简桐彦竟也就这样坐下来和他下起棋来。

卫筝看不懂，但是不消一会儿，简桐彦就输了，可是少年也没有赢得开心，指着光溜溜的棋面道："再来。"

简桐彦摇摇头，笑道："下次再来。我给你介绍个人。这位是卫筝，你可以叫她卫老师。"

少年看她一眼，问简桐彦："会下棋吗？"

"大概不会。"

少年有些失望："不喜欢。"

卫筝笑了，并不觉得尴尬，她似乎看到了多年前在新加坡遇到的少年，心无旁物，在他眼中，世间万物不过是物件，唯有自己心中有一点光亮。

不一会儿，两位老人散步回来，简桐彦又向他们介绍了卫筝。

大人们坐下来聊天的时候，那个叫陈寒的少年一直坐在棋盘边。

老婆婆端来洗好的水果，说道：“我们能住这么好的房子多亏了简先生，孩子过段时间就能上学了，这也多亏了简先生啊，还一直说自己的女朋友是这方面的专家，会帮助孩子……真的不知道该如何感谢他……”

卫筝吃惊地看向身边的简桐彦。

从陈家出来，回去的路上，卫筝一直看着车窗外出神。已经是晚间八九点，车流量很少，但简桐彦依然开得很慢，车窗开着。

“想不想去风筝岛看看？”他忽然问。

她愣了愣，看向身边的人。他温柔地看着她，万千星光似乎都聚集在他的眼底，耀眼得让人移不开目光。

“好。”

她从来没有在晚上去过风筝岛，那儿一直是她逃避的地方。那里承载了她许多痛苦，但也埋葬了她美好的青春与回忆。但这一次，车子慢慢地开到海边，停下来，海风灌进来，吹散她的发。她趴在车窗上，看着远处的沙滩，仍然有恋人在散步，有一家人在嬉戏，甚至不远处还摆了一个心形蜡烛造型，有人跪在中间，应该是在求婚。

一切都显得那么美好。

简桐彦把车停好，牵着她的手一路走到海滩边。

“我打算今年年底在海临市成立一个专门治疗自闭症的专家团队，一切已经在筹备中，地址也选好了。你也知道儿科在国内本来就是弱项，所以想将儿童自闭症这块单独做起来还是有些难度，所以我和老校长之前谈过这个问题，恒星的自闭症治疗机构独立辟到这边来，团队会从国外聘请两位资深教授。你觉得怎么样？”

卫筝吃惊地看着简桐彦：“你怎么会往这方面想？”

简桐彦看着前方，缓缓说道：“人生在世，总要做一点有意义的事。”

“你现在做的事没有意义吗？”

简桐彦微愣，笑道：“有。不过于我而言，并非全部的意义。”

卫筝听得不是太懂。

简桐彦揽过她的肩，和她一起慢慢走着：“我准备从慕星辞职。从此两不相欠，也不算亏。不过，在这之前我还需要回澳洲和她去处理一些事情，这一次时间可能会有些久，到时候不管发生任何事情，你只要相信我就好。”

卫筝心里泛起些不安，停住脚步，担心地问：“是不是和她脱离关系很困难？”

有些话到嘴边了，简桐彦还是选择了没说，只摸摸她的头：“别多想。只是自从夏西曼上次找过你之后，我怕她再来找你，说一些无聊的事。”

“那倒不用担心。”卫筝松了口气，宽慰道，“我不见她，她来了，我就当作没看见，她和我讲话，我当作听不见就好了。我只信你。”

简桐彦摸摸她的头发，笑道：“从此以后我就不是公司老总了，怕是要你养我了。”

“我看你吃得也不多，比简玄吃得还少，应该还养得起。”卫筝竟然真的算起来，“不过我还可以考虑去做一份兼职，这样至少我们可以吃得好一点。”

“……”

卫筝和简桐彦谈恋爱的事被甄美知道后，甄美狠狠地敲了卫筝一顿好吃的，吃完了还打包了一堆回学校给小朋友们吃，大大小小的人围着吃得满嘴是油。卫筝不爱吃这些重口味的东西，也觉得小孩不吃最好，但是看他们都很开心，也就由着他们一次吧。简玄也不爱吃，但他乐于多抢一些，全部堆在文宣面前，托着下巴看着文宣吃。文宣有一双大大的眼睛，其实长得很可爱，她只对简玄笑，笑起来可爱极了，对其他人，她的笑容是比较吝啬的。

卫筝坐在一边给他们拍了些照片，传到了微信上，又发了些照片给简桐彦。

他走了已经有一周左右了，两人倒是天天微信聊天，有时候晚上打电话，也能煲一个小时的电话粥。他看起来很忙，但只要有空，他总是会第一时间回电话过来。不过她倒是事多，除了学校的事，她每天还要跑一趟陈家，去见陈寒。

陈寒的案例比较特殊，她有些拿不定主意，便将陈寒的资料悉数寄给了远在新加坡的恩师陈教授，想听听他的意见。

卫天阳来过一趟，找她谈风筝岛筹建自闭症中心的具体事宜。那时她才知道，在这一次的合作中，卫天阳被简桐彦挖了墙脚，眼下卫天阳不仅从自家医院辞职了，前几天还跑了几次国外，专门见了自闭症儿童研究领域的权威医学家。

这不，他一回国就立马领赏来了，央着卫筝请他吃一顿杭帮菜。

看着卫筝把菜品包括他这个人也拍进去发给简桐彦，卫天阳抚额叹息："见过'妻管严'，没见过'夫管严'。"

卫筝收了手机，说道："明知道会造成误会就要避免，我不喜欢误会。"

"太理智了。"卫天阳竖起大拇指，又说道，"但是吧，你这样倒不像是谈恋爱。"

卫筝一愣："谈恋爱应该是怎样的？"

"要不要我教教你？免费的哟。"

卫筝一脚踢过去："少来！"

卫天阳躲开，正经地道："小筝，我一直觉得你太懂事了，连谈个恋爱也是这样，你是不是怕给桐彦添麻烦？"

卫筝微怔。

"瞧，被我说中了吧。因为怕给他添麻烦，知道他事多，所以无论他做什么事，说什么话，你都说好。小筝，你不差，并非配不上简桐彦，所以不需要这样低声下气。这场恋爱你会谈得很累。"卫天阳点到即止，他站起来，喊来服务员埋单，又说道，"小筝，如果我是简桐彦，我并不希望你什么事情都自己处理，我猜，你身体的事也没和他讲是不是？"

"我不希望他担心，何况，也没有什么大问题。"

卫天阳无奈地道："我这时候真是庆幸我们是朋友，最起码我对你的事有知情权，但是他没有。"

“……”

卫天阳将她送到学校便开车走了，说是下午有美国专家团队来，他得去接机，晚上再接她一起去吃个饭，大家混个脸熟。

2

海临机场是前年新建的，航班不多，图尔回来的话得转两趟机。卫筝打着哈欠，她一早就过来接机，哪里知道航班竟然晚点两个小时。为了给手机省点电量，她接连喝了两杯咖啡，估摸着时间到了，才往接机口走。

她赶得巧，刚好碰到飞机降落，她看着乘客都一脸倦容，在那堆倦容中她一眼看到了那个将帽檐压得特别低，穿着黑衣黑裤低着头，尽量避免和人接触的人。而另一边出口，一堆小姑娘举着尔星的牌子翘首以盼，卫筝并没有在人群中看到甄美。

她的肩膀忽然被人搂住，并且一把带走。

光是闻到身边人身上那种熟悉的木香味，卫筝便知道是谁，被动地跟着他走，轻笑：“现在的‘流量小鲜肉’不得了，简直就是祸害小姑娘。”

“这得托某人的福。”身边的人讲话清清冷冷，声音却又格外好听，等上了去停车场的电梯，身边的人才松开她，却立刻又将她抱住，“姐，好久不见！”

卫筝笑了，拍拍他的肩：“好了好了，都多大的人了还撒娇呢？”

图尔放开她，面孔如玉，眼如星辰，杂志或是电视上那个冷漠的贵公子不见了，此时他就是一只小绵羊，温顺地揽着卫筝问道：“姐，你在这边过得好吗？”

“好呀。”卫筝拉着他的手，“走吧，美芝姐还在等我们吃饭呢。”

“她还在生我的气吗？”

“你啊，这么长时间不回来，她能不生气吗？”

“抱歉。”

卫筝站住，认真地看着面前的弟弟：“等下见了美芝姐，自然些，热络些，你同她客气疏离，比扎了她十几刀还让她难受。”

图尔想了想，说：“我有带礼物。”

“你就是最好的礼物。”卫筝踮起脚想摸他的头，但他的个子真的蹿得飞快，已经比她高上一个头了。

出了电梯，图尔跟上来：“陈教授说你上个月和他讲，打算长期留在海临市。”

卫筝找到自己的车子，上了车，才答道：“嗯，确实递交了申请。教授那边不是还有师兄师姐他们帮忙吗？海临市这边也需要人手……”

“陈教授说你谈恋爱了，所以不舍得回。”

“……”卫筝真不知道该不该吐槽一下都快七十的老教授的八卦精神，但显然图尔不太好糊弄，边倒车出来，边想什么时，忽然就愣了一下，堪堪踩了刹车。

安全带来不及系的图尔吓了一跳：“怎么了？”

她从后视镜里看了一眼，那辆并不眼熟的车已经消失了。

“没事，我感觉看到了一个熟人。”

车子一路畅通无阻地开到家，门还没开，就听到陈美芝扯着她独有的尖嗓子在唱什么，图尔奇怪地问：“美芝姐在干吗？”

卫筝无奈地摇摇头，她在陈美芝的威逼利诱下甚至下载了红极一时的唱歌软件，然后每天都可以收到陈美芝唱歌的推送，一水的山歌。后来卫筝索性关了手机推送，可是陈美芝的热情并没有减，时不时单独把链接发到她的微信，或者转到朋友圈。

陈美芝正号到高音处，一扭头看到卫筝身后的人，猛地收了音。

图尔把行李提进来，乖乖巧巧地站在门边喊：“美芝姐。”

陈美芝没应，站那儿也没动，像不认识似的上上下下把他看了个遍，然后问卫筝：“卫筝，你那几年怎么带他的？好好一个男孩怎么变得娘里娘气的……”

“……”

其实图尔原本就好看，长得有七分像图加。小时候在星星之家始终还是不如普通家庭对小孩照顾周到，再加上后来发生的事情，所以他一直以来都是瘦弱且营养不良的样子。初到新加坡时因为水土不服，他总是生病，光是因为半夜发高烧，卫筝就不知道背着他跑了多少次医院。

如今他长得高高大大的，面容清俊。在卫筝离开时，图尔其实已经是一名偶像练习生了，这件事自然得瞒着陈美芝。当年图尔考上医大，陈美芝不知道多开心，后来图尔不曾回来，陈美芝还以为他留在新加坡是为将来成为医生做准备，所以即便他没回来，陈美芝也没有过多怨责，卫筝自然也是这样欺骗她的。

娱乐圈这条路，图尔走得相当艰难。他不懂人情世故，圈里复杂，没有人提携，走得不会顺畅。他磕磕碰碰的，加之待人处事都清清淡淡的，遇到不喜欢的人，连脸色也懒得摆，更遑论与别人处好关系了。卫筝知道这都是由于年少时期的心理病症，导致他不愿与人过多交谈，但在这一行，左右逢源多么重要啊。

图尔懂，但是他不愿迎合。他深信只要留在这一行，就能达到他的目的。

“你为什么一定要做这一行呢？”卫筝在一次给当替身受伤的图尔贴膏药时问。他不红，所以经常跑龙套，受伤是常有的事，有时候脸上没伤，脱掉衣服，便到处是青紫。

“为了钱。”

“你将来成为医生，也能赚钱啊。”

“姐，总有一天我会红的。”

图尔红了。在一部自闭症题材的电影里，他饰演一个自闭症少年，展现出出色的表演功底，影片一经上映，他就蹿红了，然后迅速有人挖出了他的国籍。

而他本身清冷但又极爱钱的反差人设，居然让他大火。

如今被签回中国公司，他也是乐意的，因为对方给的钱多。

卫筝不会和他说什么做人要往前看，忘掉不开心的往事。她知道，这种安慰还不如支持他来得有用。

陈美芝准备了一桌好饭好菜。

图尔望着一桌子菜，又看了看墙上挂着的旧时合影，倒了一杯冰啤，走到照片前说："姐，我回来了。"说完一饮而尽。

陈美芝眼角微红，但是下一秒便笑了："瞧我们家最小的也有出息了。"

"大姐，对不起，这杯我敬您。"图尔又倒了一杯，敬了陈美芝一杯。

最后他又倒了一杯，对卫筝道："姐，这辈子你都是我姐，谁要是欺负你了，我就帮你揍谁，谁要是让你哭了，我就让谁哭……"

卫筝笑着拉他坐下："行了行了，矫情什么呀，一家人嘛，互相照顾是应该的。"

吃完饭，图尔把陈美芝叫到房间里，卫筝有好几次担心陈美芝会暴走，可是房间里始终异常安静。

半个小时后，两人才走出来。卫筝赶紧站起来，看向陈美芝，可是她的脸色并无太大变化，双眼倒是有些红，像是哭过。

身后的图尔朝她眨眨眼，表示没问题。

一会儿保姆车便开到楼下接走了图尔，他晚上还有一个综艺节目要录。作为新晋明星，显然将来他会更忙，恐怕回来的时间会很少，但陈美芝还是将空了许久的房间收拾出来，换了新被褥，这才安心地打开电话准备看图尔的直播节目。

已经是深秋，卫筝洗完澡出来，披着毛毯坐到阳台的摇椅上。这个城市是看不见星星的，只有迷迷蒙蒙的一片，她无端想起几年前去文县，与他一起坐在夜空下看星星，那于她是一份难得的美好回忆。

简桐彦打来电话的时候，卫筝喝了点果酒，正歪在躺椅上将睡未睡。

"睡了吗？"在寂静的深夜里，简桐彦的声音带了一丝性感的沙哑。

"没有。"她裹紧毛毯，看看客厅墙上的石英钟，刚巧指向十二点，简桐彦那边应该是午夜两点了，她问他，"你怎么这么晚还没有睡觉？"

"刚忙完，一时还睡不着。"

"你睡眠好些了吗？今天同事说有个辅助睡眠的好方子，等你回来，就试一下。”

简桐彦在那边轻笑一声，答道：“好。那你等我回来。现在这么晚了，你在做什么？”

“图尔今天回国了。桐彦，我现在还不确定我不干涉图尔的选择是否正确。”

简桐彦沉默了一会儿，才道：“作为姐姐替他未来忧虑，甚至想让他走你认为正确的路，这都无可厚非。不过，我看过图尔主演的电影。”

卫筝很吃惊：“你看过？”

“是，特意去看了。如果你不知道自己是否该干涉他的选择，也许应该去看看他的电影。”

“好吧。这么看来，你是站在图尔那边了。”

简桐彦轻笑：“错，我只是讲出你心里所想的。阿筝，人总有做错选择的时候。”

“那你有做错过选择吗？”卫筝忽然问。

“我有。”简桐彦静默了一下，缓缓说道，“但是我希望能够及时弥补这个错误的选择，并为此一直在努力。”

卫筝想问那是什么样的错误，但她最终选择了沉默。

她知道有些话不应问，有些事不应过多打听。

“等我回去，我带你去看我们的中心选址。名字我都想好了，就叫星星之家怎么样？”

卫筝一愣，随即道：“嗯，到时候我们一起去看看。”

“阿筝。”

“嗯？”

“我很想你。”

简桐彦轻易不会说这样的话，但是面对卫筝，在平时的他看来略嫌甜腻的话，他还是讲了出来。

这四个字，就这样缓慢而郑重地讲出来，顺着电流钻进她的耳朵，又落到她的心里，心便“咚咚咚”地跳起来。

“我等你回来。”

“好。”

第二天卫筝起来，却感冒了。昨天晚上她与简桐彦聊得太久，挂了电话又在阳台上睡了半宿，最后是被晚归的图尔抱回房的，但她还是不可避免地被深夜的秋风吹出了病。

卫筝是怕冷的体质，冬天还没到，她的四肢便是冰冷的，又加上海临市天气变化无常，换季时，卫筝就感冒了。原本想挺挺就过去了，但还是怕传染给小孩子，她便独自去医院挂了号。

好在只是普通感冒，拿了些药，医生又叮嘱她好好休息，她才从医院离开。刚走出医院大厅，迎面便看见了她最不想见的人，她正想从偏门离开，夏西曼却一眼看到了她：“卫筝。”

她只好站住。

“怎么？生病了吗？”那满脸假意的关怀，让卫筝觉得她不应该停下来。

见她不答话，夏西曼也不恼，拉过身边的人说：“正巧我们也来医院做体检，我们舒桐每年都要来做一次体检。”

卫筝这才发现她身边站着一个漂亮的女孩。看到那个女孩时，卫筝心里一惊。

女孩妆容精致，五官带些混血的味道，穿了一套灰蓝色长裙，光是立在那里盈盈一笑，就足以让人移不开眼睛。

此时卫筝穿的是一件长毛线衫，人又生病了，估计脸色也不太好看，如此一比，难免有自惭形秽感。

“卫小姐，你好。”长发齐腰的舒桐微微一笑，朝她伸出手。

她温雅而有礼貌，卫筝对这样的人讨厌不起来，不过她也没有打算在此逗留。

“我一直想认识你，没想到今天巧遇了，下次如果有机会，我和桐彦一起请你吃个饭，我们做个朋友好吗？”

卫筝忽然觉得天气变得太冷了，哪怕她穿了一件毛线衫也有些受不了。她不由得拢拢衣服，勉强地笑笑：“下次再说吧，我还有事，就先走了。”

“对了，等下舒桐你把桐彦的体检报告也一并拿回去给他吧，这孩子天天只知道忙，自己的事总要你操心。”

这话说得暧昧至极。

“阿姨……回头桐彦又要讲我了。”舒桐娇嗔，又道，“卫小姐，下午我们有一个聚会，桐彦也在，你也来吧？”

卫筝身子一震。所以，昨天在地下车库所见，并不是她的错觉？

夏西曼笑了：“舒桐啊，你先去周医生那儿，我和卫小姐聊两句。”

“好。”

卫筝并不愿意和夏西曼再说什么，她在心里不断告诉自己，简桐彦离开前，她也再三保证，绝对不会听旁人讲半句无用的话，哪怕刚才那些话像一记记闷棍朝她打过来。

“我们没有什么好聊的。”她的声音又轻又飘，她轻轻扶着手边凉凉的柱子。

“卫筝，桐彦确实同我表了决心说要和你在一起，他甚至跑来说要辞职，但是当我问他是不是要放弃慕星的一半股份时，他犹豫了。卫筝，作为过来人，我想劝你一句，男人都是一样的，都靠不住，你这样的小女孩就是将爱情看得太重。可对于现在的桐彦来讲，每一样东西，每一步，他都是计算好了得失的，包括他的婚姻。”

“你说完了吗？”卫筝冷冷地看着她，“你不需要来这里对我表明桐彦的决心。他要是想和我撇清关系，自己会来和我说，不需要借他人之口。我倒是很奇怪，为什么你不希望我和桐彦走太近，你是不是有不可告人的秘密？”

夏西曼脸色一变：“卫筝，我和你讲话已经够客气。我是在礼貌地劝你离桐彦远一点。作为插足的第三者，你不觉得太丢脸了吗？作为未来的婆婆，我不希望有你这种心机重的媳妇。”

卫筝失笑：“第一，我是不是第三者，你心里比谁都清楚。第二，我从来没有想认你做婆婆。这么多年你把桐彦捆在身边，无非是为了满足自己的控制欲……你曾经对桐彦做的事，桩桩件件算起来，曝光给媒体，应该都是话题十足。我不知道为什么桐彦不肯离开慕星，但总有一天，我会让他离你远远的，永不相见。”

夏西曼的脸色彻底变得惨白，被激怒的她扬起手，眼看就要扇下来，却被人抓住手腕。

“你干什么！”

卫筝慢慢睁开眼睛，看到身边的人，心里一松：“图尔，你怎么来了？”

“要不是我刚好陪经纪人来看病，是不是你就任由这个老太太欺负你？”虽然戴着口罩和鸭舌帽，大半容貌被遮住，但光是看着那双清冷的眼眸，就知道他有多生气。

夏西曼用力甩开手，正要开口说话，等了许久不见夏西曼过去的舒桐已经找过来，看到图尔时微微一愣，扶住夏西曼：“阿姨，怎么了？”

这边图尔扶着摇摇欲坠的卫筝，转头对舒桐道：“这位小姐，麻烦你把她带走，我这人是个暴脾气，天生护短，见不得让我不爽快的人。”

舒桐显然吓了一跳，再看卫筝脸色似乎真的不太好，整个人几乎靠在图尔身上，便扶着夏西曼说：“阿姨，医生在等我们了，我们赶紧过去吧。”

看着夏西曼和舒桐一前一后离开，卫筝觉得一下子失去了力气，图尔一把搂住她，一摸她的额头，烫得吓人。

3

卫筝这一病，就是一周。连续两天高烧退不下去，她整个人都烧得迷迷糊糊的。陈美芝吓得没了主意，打电话给卫天阳，这才让图尔将她直接带到了卫天阳家的医院。

卫筝醒来时，已经是一天后。

卫天阳坐在床前给她削苹果，果盘里堆了三四个削好的苹果。见她醒来，他闷声替她从微波炉里端来温热的稀饭。

她靠着床坐着，打量着这个堪称豪华的病房说：“这辈子还没住过这么好的病房。”

“再豪华我也不欢迎你来住。”卫天阳瞪她一眼，看了下体温计，松了口气，“烧总算退了。”

“难怪我觉得舒服些了。”卫筝笑。她确实舒服很多了，好像睡了很长的一觉。看到卫天阳放在床头的粥，她端过便开始吃。

“你怎么打算？一直瞒着？”

卫筝喝了一口粥，不明白他的意思。

“美芝姐和图尔都知道了，手不手术还得看你的意思。”

原本还清甜的粥，一下失了味道，她放到一边，已有些动怒：“为什么擅自……”

“你不知道你被送来医院的时候，几乎已经没有意识了。我若再瞒着他们，就太过分了吧？他们是你的家人，有知情权。如果决定手术，我可以马上安排。”

“对不起。”卫筝看着自己素白的手指纠缠于白色床单之间，脸色又苍白了几分，“但现在还不是时候。”

卫天阳被她气得够呛，拿出手机，说道：“看来没人能劝得动你，除了那个人。”

“不要告诉他。”她哀求似的看着卫天阳，按住他的手，“他现在肯定很忙，有很多事要处理。”

“忙？忙着和那位舒小姐约会？”

卫筝有些难堪：“谁说的？”

“图尔说的，他一五一十全告诉我了，我也一五一十全告诉他了。”卫天阳坐下来，待自己情绪平复些，才道，“卫筝，我知道你喜欢他，他或许也喜欢你。当初我也是看你们两情相悦才坦然放手的，若是他对你不住，我也不必顾着朋友情面了。”

卫筝听闻，忽然笑了：“真奇怪，朋友之间可以这样坦诚相待，相互喜欢的人为什么反而不坦诚了？”

“因为无法信任。”卫天阳道。

卫筝沉默了一会儿，才道：“天阳，你还记得我年少时曾失去的那个人吗？那个人就是桐彦。”

卫天阳一愣。他确实没有想到。

“年少时就对他有一份真心，可他突然的离开让我觉得这世上再无值得依赖和期盼的人，直到他再次出现。”卫筝忍住眼里的酸意，“可是真正和他在一起，已经不是十年前。和他在一起，我没有足够的自信。尽管他一次次告诉我，让我相信他……但是当舒桐跟我说那些话的时候，我才发现，我自始至终并不是完全信任他的。这让我觉得难过。”

她太难受了，因为发现了自己的软弱。

“对不起啊，我实在是……”卫筝无力地捂住脸，再也说不下去。

卫天阳等卫筝再度睡下，才退出病房，忽然看见不知道在门外站了多久的图尔。初次相见，是在避难所，瘦小的孩子一脸防备，如今他长大成人，光是立在那里便浑身是拒人千里之外的清冷。

卫天阳走过去坐下来，图尔摘下口罩，问道：“严重吗？”

“即使不严重，像她这样一直拖下去，也会变得严重，且她头晕的状况越来越频繁。只不过一场手术而已，但是她似乎很排斥手术，甚至连这话题也避开。”

“那是因为我姐姐。”

卫天阳抬起头，他对他们的过往其实知道得不多，所以并不知道他还有一个姐姐。

“因为一场火灾，我亲姐姐没能救回来。当时把她送进了医院，可是即便进行了抢救，她还是……”图尔深吸一口气，接着道，“从那以后，卫筝姐就非常讨厌也恐惧医院……她怕自己醒不过来，她怕自己像我姐一样，进去了就出不来……”

“那怎么办？”

图尔摇摇头，戴上口罩站起来：“我会想办法。”

卫天阳点点头，看着他转身离去，不知道为什么，心里总有些不安。

简桐彦打来电话的时候，护士刚把输液瓶撤下，因为明天还要输液，所以她手上的留置针没有取出。上午甄美带着简玄和文宣过来了，两个小孩一人抱了一袋子从树上摘的水果陪她坐了好久。

孩子实在是开心果，让她的心情放松了许多。

其实并不是多严重的病，但是她确实缺少面对的勇气。她生性怯弱，始终忘不了那年图加进了手术室就再也没有出来的残酷。

这世上还有太多她留恋的东西，她不舍得一一告别。

“你的声音听起来不太好，最近很累吗？”

“我还好。”卫筝强打起精神，问道，“你什么时候回来？”

“可能还要过一段时间。”

卫筝沉默下来。

“简玄最近听话吗？”

“他挺听话的，之前我带他去过学校进行模拟上课了，适应能力好像还不错呢。”卫筝看着窗户上倒映的自己的模糊影子，纵然模糊，也还是看出了其中的不堪与勉强。

“那么就是你不太好？”简桐彦敏锐地听出来了。

卫筝看着自己手上的留置针，最终还是说：“桐彦，我生病了。”

“什么？”

“感冒啦。”卫筝笑，“已经打过针，退了烧。不过就是想告诉你。”

简桐彦的声音却一点也没有放松的意味：“我现在打电话给天阳。”

“我现在就在天阳家的医院。其实没事的，就是……想告诉你。”

“那你按时吃药，好好休息。我忙完马上赶回去好不好？”

“好。”

第二天卫筝便出了院，图尔独自开车来接。自她病后，图尔便很少同她讲话，似乎是在和谁生气一样。他们回到家时，陈美芝刚好带着简玄从菜市场回来。陈美芝的眼睛有些红肿，见了她就把脸别过去，将菜拿进厨房，说：“你去睡一觉，饭好了我叫你。”

卫筝让图尔带着简玄去客厅玩，自己跟进厨房，默默地站在一边帮陈美芝择菜。

“姐，你不用担心，也不是多严重的病，其实在我去新加坡的第三年就检查出来啦，医生说只要它没有继续长大就没有关系，而且也不建议手术。我知道你很担心，也肯定气我瞒着你……我只是想悄无声息把这个问题解决掉。”

陈美芝将手中的菜往水里一扔，双眼通红地看着她：“悄无声息？卫筝，你做人是不是过于自私了？你把自己当作无亲无故的孤儿吗？你所谓的不想让我们担心，不就是因为觉得我们靠不住？你从小就是这样，口口声声说把星星之家当成家，把我们当成家人，但真正需要家人的时候，你总是拒人千里之外……别人想帮你，你总是理智地拒绝别人。包括当年去新加坡，你一意孤行，又何曾想过我孤身一人在这里担心你们姐弟到整夜失眠？”

“姐。”卫筝的眼睛一酸。

“你生病了，就要医治，哪能拖这么久。哪怕是小毛病，拖上几年，也是大毛病了，何况是脑袋里长了个瘤这么严重的事情……”陈美芝说不下去了，捂住嘴，眼泪忍不住掉下来，“你叫我姐，叫了二十几年，可曾真正把我当姐姐呀？”

“我怕。”卫筝沙哑着声音道，“我真的好怕。我也想过手术，可是我怕到时候我根本下不了手术台……”

“天阳都说了，尽早手术，成功率在百分之九十以上。桐彦知道吗？”

卫筝摇摇头。

陈美芝握住她微凉的手，说：“阿筝，你就不能试着依靠一下自己爱的人吗？”

卫筝实在是没有什么精神，与陈美芝聊过便回房间去睡了。在家里睡终究是自在一些，一沾枕头她便睡了过去。

她是被某人吻醒的，温柔的触感落在自己的额头、脸颊上，她慢慢睁开眼睛，看见眼前人，还以为自己没睡醒。

“醒了？”简桐彦眼里浮起笑意。

“你怎么回来了？”她坐起来，简桐彦拿过外套给她披上，她有些难为情，“其实你不用回来……”

简桐彦无奈地笑了，伸手摸摸她的乱发：“一直希望你能够任性一些，好让我的纵容有地方使。这次你能告诉我，我很高兴，一定要回来看你一眼才放心。”

此时她脸色苍白，一看便知这并非小小的感冒。他在床边坐了半个小时。她一直沉睡着，就连睡着了也紧紧皱着眉，他试探性地伸手去触摸，却被她一把抓住，紧紧地抱着。

她缺乏安全感，他努力给予，但好像总是不够，又或者她总是拒绝。这样的感觉让他心生不安，不顾骆轻的阻止，还是飞回来了。

她的脸原本是有些婴儿肥的，一个月不见，便瘦得脱了形，他看着就心疼。

“阿筝，你是不是见过舒桐了？”

卫筝神情一震，马上反应过来是谁透的风。

“图尔都告诉我了。”简桐彦看着她，眼底满是笑意，“我很开心你介意这件事。”

“嗯？”

“我的女朋友从来不麻烦她的男朋友，好不容易看到她吃醋一回，我难道不应该高兴？”

“啊？”

“陈舒桐是慕星股东陈建国的女儿，夏西曼与陈建国股份持平，也一直交好，当然是有那方面的心思，人总是贪心的。而且我和陈舒桐又曾是同学。但是我与她也是因为公事才有所接触，在我刚回海临市时接触过的一项六一一工程，进行到一半，夏西曼为了讨好陈建国，将项目给了对方。我和舒桐谈不上有什么交情。倒是她突然回国，有点出乎我的意料，没想到她一直没有放弃。”

卫筝心里有点不是滋味。

简桐彦看她吃醋的样子，不知道多舒坦，但还是继续道：“前些日子你是不是见过长州了？他这些年其实一直在澳洲，最近才回了国。他回国，一来是工作原因，二来是因为那位舒桐小姐。我与长州在澳洲的时候就是朋友，那时舒桐喜欢他，总是跟在他身后，追了他许多年……但是你知道，长州心里一直放着图加，所以舒桐喜欢他，自然就辛苦了些。我倒是觉得，舒桐与我有些相像，认准一个人，就从不轻易放弃。只不过落花有意，流水无情……这不，许长州刚回国，舒桐就追回来了。”

卫筝一直保持沉默，表情也相当精彩：“可她说那样的话……”

“你若还不信，我约她出来。”

“什么？”卫筝愕然，简桐彦已经俯首下来，这次吻的是她的唇，加深的吻让她有些喘不过气。

“你怎么动不动就亲人啊！”她推开他，有些生气。

简桐彦低笑：“怎么办啊，我的女朋友这么漂亮，一看到我就想亲。”说完又亲了她嘴角一下，“阿筝，我是不是从来没有告诉过你，你有一双世上最漂亮的眼睛。”

“……”

这时，门突然被推开，突然闯入的图尔端着一盘子的肉猛地转身：“不好意思不好意思，我来得是不是不是时候？本打算叫她起床吃饺子。”说完迅速闪人。

卫筝整张脸都烫得不行，有些生气地推简桐彦。

他捏捏她的鼻子，笑得格外温暖：“起来吧。去吃饭。”

她红着脸点点头。

卫筝换好衣服出来，陈美芝正想着办法让简玄吃鸡蛋，可是简玄脾气倔，闭着嘴巴，急死了陈美芝，笑道：“你瞧你儿子和你小时候是不是一个德行……”

简桐彦把卫筝拉到身边坐下，给她盛了一碗汤，轻飘飘地说道：“不爱吃的东西，就不吃吧。”

陈美芝不乐意了：“哎，这可是我好不容易学会的，特意蒸给你儿子吃。”

图尔端了过来：“我来吃。”

“那不一样。”陈美芝又抢回来，“咱们小玄身体弱，要补补。”

图尔郁闷地埋头吃饭，打算装个哑巴算了。他开始考虑搬回家来住是不是明智。

碗里陡然多了一只大鸡腿，竟是简玄给他夹的，他眨着大眼睛看着他：“你吃。”

图尔几乎被这样的简玄萌化，把鸡腿还给他：“我不爱吃，你吃。”

简桐彦把鸡腿夹走，放到卫筝碗里：“最需要补身体的在这里。”

简玄一脸受伤。

卫筝看着一大桌子人，热热闹闹，每个人脸上洋溢着笑容，身边的简桐彦在桌下握住她的手，一刻也不曾松开。

一生如此，别无所求了吧。

吃完饭，图尔被保姆车接走，陈美芝送简玄去上跆拳道班。卫筝送走图尔，回头才发现简桐彦已经将她的外套拿出来，还替她拎了包，手里拿着车钥匙。

简桐彦带卫筝去的是一家茶室，开到目的地不过二十分钟。

卫筝精神不济，靠着车窗小睡了一会儿，迷迷糊糊中觉得被人抱了起来，她慌忙睁开眼一看，吓了一跳，自己竟然被简桐彦抱下了车。

“我自己走。”她脸色通红，不敢见人。

简桐彦放下她扶稳：“看你睡得熟，茶室里有休息的地方……”

“那也不用抱呀。”她几乎不敢瞧周围，其实地下车库哪来的人。

简桐彦拉过她的手，低头亲亲她的手背，柔声道：“那就走吧，带你去见一个人。”

当卫筝见到简桐彦带她去见的人时，立在门口，不知该进还是退，包厢里明显等了好一会儿的人也很吃惊，慢慢站起来：“桐彦？卫小姐？”

“抱歉，刚才阿筝在车上睡了一会儿。”简桐彦将卫筝拉到身边，“阿筝，这是舒桐。舒桐，这是我的女朋友，也是我将来要结婚的对象，卫筝。我听说你们见过面了，并且有了一点误解。”

舒桐有些尴尬：“你约我来，就是为了这件事？”

“是的。”简桐彦握紧卫筝的手，“舒桐，我不愿意卫筝为我们的未来担忧，所以才带她来说清楚。”

舒桐定定地站着，忽然就笑了：“怪不得你们是朋友，认准的人至死也不肯放下。”

简桐彦一愣，看向卫筝：“图加是她的姐姐。”

舒桐吃惊不已。

其间简桐彦借故离开，留下两个女人面对面坐着。

舒桐一笑：“你姐姐的事，我很遗憾。”

卫筝摇摇头：“都已经十年了。”

“我初到澳洲的时候，因为英文不太好，总是被别人嘲笑。那时候我父亲托付长州帮我，他不是很情愿，我看得出来。我也知道不该喜欢上这样一个心如死水的人。可我也是个认死理的人，我始终不相信，桐彦心里的你是活生生的，但是长州心里那个人已经不在这世上……于是我向他求婚了，哪知道他竟然当了‘逃兵’……”舒桐苦笑一下，“大约是我太傻了吧，在他为了避开我，逃回中国时，我就追了过来，他却避而不见。所以我才明白，长州并非因为你姐姐而不接受我，而是因为……他并不爱我。卫小姐，你真的很幸运，遇到了世间最重情的人，能够彼此相爱，这大约是世界上最难成就的事。那天也许是出于女人最卑鄙的嫉妒，我故意讲了些话去刺激你，非常抱歉。”

卫筝摇摇头，表示没有关系。事到如今，她也不知如何宽慰她。

此时简桐彦回来了，舒桐拿起包正欲离开，卫筝忽然说道：“也许他逃跑并不是因为不爱你，而是害怕吧。”

舒桐有些意外。

卫筝看着面前漂亮而精致的女人：“害怕自己得到的，不过又是一场虚幻之影，因为无法承受再次失去。”

舒桐忽然笑了，仿佛明白了什么。她感激地朝卫筝说了声谢谢。

离开时，她在门口站住，对简桐彦说道：“你很幸运。”

“是的。”简桐彦笑了。

“但是桐彦，我想提醒你一句，即便是为了卫小姐，你也要知道收敛。因为你所做的一切，并不是天衣无缝。那个人，不会允许你这么做的……你最近还是要小心一点。”

简桐彦的脸色微微一变，沉默下来。

舒桐离开了，她处理得如此妥当又体面，可是卫筝还是看到她眼底的隐痛。

卫筝有些替舒桐难过：“舒小姐真的很喜欢长州哥哥吧。”

简桐彦摸摸她有些乱的短发：“他们两个人的事，就让他们自己去解决吧。我只要负责你开心就好了。”

这话说得卫筝像喝了蜜糖似的。

这一周大约是卫筝最为幸福的几天，两个人整天腻在一起，连下厨切菜，简桐彦也可以悄无声息地出现在身后将她圈在怀里，吃饭的时候也总是握着她的手，一刻也不想放开。

每天无论多忙，他总会去接卫筝下班，然后两人手牵着手带着简玄去逛菜市场。

图尔看了两天就表示不会再来“吃狗粮”了。后来连简玄也不愿意吃他们的“狗粮”，天天黏着陈美芝，宁愿和她去跳广场舞，也不愿意当电灯泡。

图尔吃了几天“狗粮”后终于开口问：“你们这样腻歪，到底什么时候结婚啊？”

所有人都一愣。

这天是周末，卫筝将文宣也接来了家里，此时文宣和简玄正在一边玩上周才买的新迷宫。听到这话，简玄抬头问：“什么是，结婚？”

众人一时竟不知如何解释。

“你是新郎，我是新娘。结婚。”说话的是文宣。

“……”众人无声地笑了。

卫筝反应过来后用力踢了图尔一脚。

简桐彦将剥好的龙眼放进碟子里，笑道：“正在准备，不过就怕你姐姐不答应。”

卫筝吃惊地看着他。

简桐彦笑着望向她：“你只是想和我谈恋爱，没有想过嫁给我？”

这要她怎么回答？最好的回答就是拿一颗剥好的龙眼堵住他的嘴。

“哎，你就放心吧，我姐不知道有多恨嫁，从小时候见到你就想嫁了！”

这次卫筝将口无遮拦的图尔揍得满屋子跑。

只有端着洗好的水果出来的陈美芝看着卫筝，叹了一口气。

骆轻找来的时候，卫筝正收拾东西，准备带两个孩子去游乐场，下楼时才看见骆轻等在那里。看到他们，骆轻才站直身体，看向简桐彦。

卫筝一惊。多日不见，骆轻就像变了个模样，连胡子都没刮，人也瘦了一圈。

显然简桐彦也有些吃惊，他让卫筝带孩子去车上等着，自己与骆轻走到一边。也不知道说了什么，骆轻的情绪显然很激动，简桐彦一直冷静地站在一边，看着骆轻有些焦躁地来回走。一直到简桐彦说了句什么，骆轻才勉强平静下来点点头。

简桐彦转身走回车子这边，抱歉地道：“我现在要回公司一趟，你一个人有问题吗？”

“嗯。没事，你先去忙。”

“好。”简桐彦将要走时，又转身，示意卫筝摇下车窗，卫筝不明所以，摇下车窗，简桐彦命令两个小鬼，“闭上眼睛。”

待两个小孩闭上眼睛，他快速吻了她的嘴角。一路上，卫筝嘴角的笑藏也藏不住，那颗心就像少女时代那样。他仅仅是望了她一眼，就可以让她雀跃半天。

卫筝先是带孩子们去了游乐场，中午直接回学校食堂吃午餐，两个小家伙也累了，回到学校自己爬到小床上就睡着了。

因为第二天是周末，等到下午的绘画课结束，文宣便由妈妈接回家小住两天。文宣最近和妈妈亲密了不少，文母为了配合文宣的治疗，特意在海临市租了房子，还找了一份环卫工的工作，辛是辛苦了些，但是母女俩的生活比之前要平静许多。

文母买了些水果，硬是要给卫筝，感激地说道："要不是您当初那样帮我们，我都不敢想象现在会变成什么样。"

卫筝将水果重新放回到她手里："这些水果留给宣宣吃。您放心，我们会尽全力帮助她，让她以最好的状态回到学校。"

送文宣母女离开后，卫筝忽然心里一动，回头招呼自文宣走后情绪有些低落的简玄："玄玄，我们去接爸爸好不好？"

卫筝没有去过简桐彦的公司，在城西科技园，不到下班高峰期，驱车过去也要半个小时。

前台显然认识简玄，问也没问便将他们带到电梯口，按了十六楼，说道："简总现在在开会，您可以去办公室等。"

"谢谢。"卫筝牵着简玄走进电梯。

她是第一次来慕星，心里不免担心突然出现会不会不太好，可是简玄显然没有考虑这么多，拉着她，轻车熟路就走到了简桐彦的办公室。

在经过会议室时，她听见里面传来说话的声音。

"你想没想过，如果这件事情曝光，我们的损失有多大？"

"骆轻，你早就置身其中，不可能全身而退。"简桐彦的声音十分冷清，那不是卫筝记忆中的声音，那样的声音过于冷酷，不带半点情感，让她不由得停住脚步。透过未拉严实的卷帘，她看到了简桐彦。

他穿的不是出门时的休闲装，此时着了正装，脸色非常冷，握笔的手指一下一下敲着纯木会议桌。

骆轻被这句话激怒了："你自然不怕，从你在二十三岁那年杀伐果断地替夏西曼解决心腹大患赢得她的信任开始，你就已经变得和夏西曼一样了。”

简桐彦看了骆轻一眼：“若不变成这样，怎么可能达到自己的目的？骆轻，你跟着我的时候，我就已经和你说过我是什么样的人。我现在做出这样的决定，你还觉得意外？”

骆轻久久没有说话，之后颓然地坐下来：“桐彦，我只是被你吓到了。你做出那样的事，难道不应该和我说一下？你这样会毁了慕星。”

“你放心，这件事不会波及慕星。何况我并不想你被牵连其中，慕星将来还是要交到你手上的。那件事由我做，最好不过。”

骆轻一愣，明白他话里的意思，他知道只能如此，但是非但没觉得有多开心，反倒有一种被排除在外的感觉。

他颇有些挫败地笑道：“桐彦，这世上，有你能信任的人吗？”

简桐彦愣了一下，一时竟不知如何回答。站在外面的卫筝不由得慢慢握紧拳头，一直到身边的简玄摇摇她的手，她才反应过来，牵着他轻轻走开。

“我跟了你十年，我跟着你一步步把慕星做大，如今又眼睁睁看着你一点点将慕星架空。有时候我觉得你比夏西曼更可怕，你似乎只是享受将一切毁灭的快感。”骆轻站起来，神情十分疲惫，“关于十年前的那起案件的资料，我一直放在你办公室，你有空看看吧。”

简桐彦本想说什么，最终还是点点头：“好，我知道了。谢谢。”

简桐彦办公室里，简玄自己拿了 iPad（平板电脑）开始看动画片。

偌大的办公室气派而冰冷，办公桌上收拾得干净妥帖，只有茶杯空了，卫筝站起来去茶水间将杯子洗干净，又泡上了新茶放上桌。她想她今天也许不该来，她正想叫简玄同自己回去，却看到未关严实的抽屉里有让她在意的东西。

她知道不该窥探别人的隐私，哪怕这个人是自己的男朋友。

但她还是拉开了抽屉，拿出了那份文件，她不用打开，也知道上面写的是什么。她不知道简桐彦为什么会有这样的东西，又或者他一直在调查这件事……十年前的案子并非悬案，如今却被重新翻出来，像是旧伤又被人狠狠地用刀割开。

简桐彦留在桌上的手机忽然响起短信提示音。

“我已经想起来了，桐彦。”

发信人是“爸爸”。

我从不探究真相。

是因为真相，从来不如世人所愿。

Chapter 12

从未彼此信任，从未彼此坦诚。

十年后再相遇的相爱，不过是因为年少时的情缘未竟。

1

在澳洲生活的第七年，简舟山失落的记忆回来了。他在某个深夜惊醒，想不起来自己为何置身于这样陌生的地方。好几次午夜梦回，梦中片断却再次遗失，如此反复。

所有的记忆犹如散落的拼图，他这十年努力地拼凑，却总是缺少最重要的那一块，一直到第十年，他才找到了最重要的那块拼图。

但是他没有等来简桐彦。

他等来的是站在面前的这个容颜素净、身材高瘦，也似曾相识的年轻姑娘，她提着行李，风尘仆仆。

此时他刚好被护工推出来散步，他在这里住了差不多九年，每天过着如同钟摆一样的生活。他是不见客的，除了简桐彦。当然也没有人来看他。

他习惯了清静的日子，也习惯了沉默。

他看了半晌，才终于从蒙尘的记忆里找寻到关于她的信息。

“简叔叔，我是卫筝。”卫筝终于开口。

时隔十年，她终于见到了简舟山。面前的人坐在轮椅上，有些精瘦，穿着素灰色的常服，眼神清明，带着探究的意味。

面前的这个人于她显然是陌生的。这不是十年前那个会朝她微笑，找她要糖吃的病人。

简舟山的神色松了些，他想了想说："你长大了，我快认不出来了。桐彦没空来吗？"

卫筝笑笑，蹲下来将快滑落的毛毯重新拉好，说道："叔叔，我推你去散散步？"

"你是为了图加来的吧？"

卫筝浑身一震，捏紧手上的扶把，答道："是。"

"你别怪桐彦，他也是不得已啊。"简舟山叹息一声，"当年那件事，我也是最近才想起来……只怕桐彦早就先我一步知道真相了吧。"

"叔叔……什么真相？"

"我记得当时我和图加两个人在地下室找玩具，夏西曼突然来了，她逼迫我签一份协议。我不知道那是份什么样的协议，但是我确实明确地拒绝了，因为我知道不应该签。其间起了冲突，图加想阻止，结果被夏西曼反锁在地下室。在争吵中，不知道碰到了什么引起了火灾，夏西曼慌张离开，我想去找图加……但是我突然忘了图加在哪里……"

简舟山坐在夕阳里，声音带着忏悔与自责，这样的回忆让他觉得痛苦。

"对不起啊，是我害了图加……"

卫筝听着心里直发凉："桐彦知道？"

"他其实一早就怀疑。事情发生后不久，简桐彦去见过夏西曼，他回来只问了我一句，当时在场的是不是还有其他人。你不知道他那疯狂的样子……他逼问我，甚至指责我伤害了他的朋友，伤害了他最喜欢的人……"简舟山的表情痛苦而扭曲，他抱住头，"可是我真的不是故意的……我只是忘记了……我后来劝他离开夏西曼，离开慕星，但是他不肯……"

"这么重要的事……怎么能忘记……"卫筝深深地呼吸，拼命压下自己的情绪，"所以他就算知道了，也还是一直瞒着我，甚至一直待在夏西曼身边。他这么做是为了什么？为了钱？"

"小筝啊，是我们一家人对不起你们，但桐彦，无论他做什么，本质都是不想伤害你。”

卫筝苦笑一下：“明知道凶手是谁，却一直瞒着我……他哪里不想伤害我，他是想一击致命。”

这话过分了，也偏激了。

她也知道。

当她再想问什么时，简舟山已经抱着头痛苦地蜷缩起身子，她扶着他的肩膀：“叔叔，如果能够翻案，你能不能出庭做证？叔叔……叔叔……”

简舟山慢慢抬起头，一脸疑惑地看着她：“你是谁啊？”

旁边的护士走过来提醒道：“他的病情经常反复，他该吃药了，您先回去吧。”

卫筝颓然地松开手，看着护工将简舟山推走，她慢慢蹲下来，捡起滑落在地上的毛毯。

卫筝在澳洲待了三天，其间她常去陪着简舟山。简舟山时而清醒，时而迷糊。在离开那天，她遇见了许长州。他手里提着一些营养品和水果，显然是经常来，所以简舟山看到他分外高兴。许长州看到她不是不意外，但是很快敛去了情绪，转而将水果挑出来：“叔叔，我今天买了你最爱吃的。”

“好啊。”简舟山对卫筝说道，“阿筝，这是长州，也是桐彦这么些年来唯一的好朋友了。”

许长州笑着对她点点头，同简舟山聊了几句，才和卫筝一并走出来。

“桐彦不在的这段时间，都是我来看叔叔。”许长州笑道，“没想到你也来了。”

天气晴好，微风拂面。

许长州慢慢道：“命运大概就是这样奇怪吧。我原以为离开了中国就和一切有关联的人永远不会再见面了……毕竟我也并不想见。哪里知道，那年我刚好留校，新一届的学弟里面，竟看到了他。他也读建筑系，言语不多，当时只知道没日没夜地接外单，自大二开始，因成绩斐然，深受几位教授的喜欢，他们一直想将他揽入门下。后来大三的时候，他就已经很少来学校了，那时大家才知道他竟然是慕星老板的儿子，将来是要子承母业的……毕业那天，他少见地喝了酒。那时我才知道，他父亲一直生病，母亲待他不亲，而且慕星曾是他父亲的产业。”

走至院外，许长州站住，望着面前的女孩：“桐彦知道你来这里吗？”

卫筝摇摇头：“我骗他，说要出差，但是并没有说要来这里。”

“你喝醉酒那天，一直喊他的名字。”

卫筝笑了笑，可是笑得很勉强。接二连三的事情真相砸向她，她并没能好好消化。

“他或许并不喜欢对人讲自己的事，但待你，他是情真意切的。真是羡慕。”

卫筝笑笑，看看他无名指上的戒指说：“我还没来得及恭喜你呢，想来舒桐小姐是得偿所愿了。”

许长州闻言一怔，继而大笑：“我就说她怎么像变了一个人似的，原来是见过你了，看来简桐彦对你无话不讲。”

“大约也是无话可讲。”

许长州再度审视着面前这个女孩，她与其他女孩不同，讲话永远不疾不徐，从不急于去争辩什么，眼神总是波澜不惊。只有提起简桐彦时，她的眼神才微有波动。

他想起那晚，问道：“卫筝，你说曾经在那个人的眼里看到过最好看的星星，如今却看不到了。你知道为什么吗？因为他一直负重前行。他一直不快乐，似乎心里藏着很多秘密，一个人心里如果藏了太多秘密，并不是不能说，而是不知道如何说……如果连卫小姐也不能解开他身上的枷锁，这世上大概没有人能拯救他了。”

“……”

卫筝在许长州的挽留下，多逗留了一天。在最后一天，许长州带她游览了简桐彦曾经就读的大学，告诉她简桐彦最喜欢待在图书馆，最喜欢坐在哪个位置，曾经在哪个教室自习，曾经为了一个课题一周不休，曾经在教室哪个位置被女生告白……告诉了她许许多多她不知道的，他在这个城市生活了十年，这于她而言，是陌生而遥远的。她发现，她与他之间一直有着不曾跨越的鸿沟。

第五天，卫筝告别了许长州与简舟山，回了海临市。她的手机并非全球通用，所以在那边都是全程关机，一落地开机，就收到了无数的未接来电的短信，大部分是简桐彦的，还有陈教授的。

她先回了陈教授的电话。

“我看了那个孩子的档案，非常有价值。我们这边刚好组建了一个专门针对这种类型的孩子的研究团队，如果方便的话，可以将他带来这边。你可以和他家长沟通，不收取任何费用。”陈教授的声音里带着兴奋。

卫筝心里的阴霾总算扫除了一些，说：“老师您放心，孩子我负责带过去。”

陈教授一愣：“你只要将他送上飞机，我这边会安排接机，不需要你特意跑一趟。”

“老师，我想申请回新加坡。”没等陈教授回话，她又马上欲盖弥彰地解释道，“陈寒的案例特殊，我也跟着你研究这个课题……”

“好吧，你好好和老周沟通，也要他肯放人才行。”

“我知道。”卫筝挂了电话，提起脚边的行李转过身，却一下愣住了。

简桐彦就站在身后不远处，此时已经是深秋，他里面穿了黑色衬衫，外面套了一件黑色的风衣，也不知道等了多久，站在那里，犹如一株青松。原本沉静温柔的人，此时脸上却罩了一层寒霜，不过片刻就退去了寒霜。他朝她走过来，只是从提着的纸袋里取了一件外套给她披上，然后摸摸她的头，声音温柔地说：“终于舍得回来了？”

“是长州哥哥告诉你的？”

“我是神算子，掐指一算你今天此时就该回来了。”简桐彦神情轻松，难得开玩笑。

卫筝却笑不出来，她望着这张令她不舍、令她沉迷的脸。

简桐彦却十分享受她这样看着自己，她对他，向来是将感情微微地收着，从来没有这样明目张胆地看过他。

他牵着她的手，紧握着带她离开："你离开这几天，我正好和天阳把星星之家的事情忙完，过段时间就可以带你去参观了。"

"桐彦……"她颇有些心不在焉。

上了车，他又细心替她系好安全带，说："我已经预订好座位了，我们先去吃饭，吃完饭去接简玄一起看电影。"

"你不回公司吗？"

"不用。你回来了，我陪陪你。"

卫筝看着车子渐渐驶出地下车库，眼前渐渐透亮起来，她终于开口道："桐彦，能先不去接简玄吗？今天就我们单独吃一顿饭。"

简桐彦微愣，随即点头："好。"

他们去的仍是上次去的桃花山庄，他记得她喜欢喝"龙碗"，于是先给她点了一碗。

"你怎么不问我为什么去澳洲？"卫筝看着对面的人。

简桐彦替她盛好美味的甜酒，放到她面前："比起那个，我更想知道你为什么想回新加坡。"

原来他听到了。

"因为是时候离开了。"卫筝将手机里她与简舟山的合影调出来，递到简桐彦面前。如她所料，简桐彦的脸色并无变化，想来许长州已经一五一十地说了，她甚至怀疑，许长州那么碰巧在医院撞见自己，也是因为简桐彦的安排。

他对一切的掌控，向来滴水不漏。

"很抱歉那天在你的办公室偷看了叔叔发给你的短信，也抱歉看到了你抽屉里的那份关于十年前那场火灾的调查资料。这么多年来，我一直很感谢你，感谢你把图加从火场里带出来。我也一直很愧疚，愧疚我当年指证叔叔、冤枉叔叔，害你们被迫离开春风镇这唯一的庇护所。带着这份感激与愧疚，我一直等了九年，可是我发现我这份爱不过是个笑话。你可以坦然地面对曾经失去亲人的我，隐瞒你母亲是凶手的真相，你可以对我温柔，可以抱我亲我，但就是不告诉我真相。就算你每年都去祭奠图加，也弥补不了什么……我自小就没有父母，但我得到的爱，并不比正常孩子少，甚至我的童年生活也是很幸福的，后来遇到你，我也觉得是我人生一大幸事。直到后来……我失去了我最亲的人，爷爷也去世了，我想这世上至少还有你啊。事实上，十年前，我就失去你了。”卫筝努力稳住自己的情绪，努力让自己的声音保持平静，双手死死交握，说道，“桐彦，我们分手吧。”

简桐彦一愣，慢慢抬起头，他虽然有点意外，却很平静。卫筝心里有些失落，她可耻地想，她期待看到简桐彦什么反应呢？

这才是简桐彦该有的反应。

服务员开始上菜，谁也没有动筷。

最后是简桐彦给她夹了些菜，他淡淡地道：“先吃饭吧。”

她有些失望：“桐彦，你刚才有听到我说什么吗？”

简桐彦终于认真地望向她，这一次他的眼底才有了情绪的波动，但是太细微，细微到卫筝终于失望了。他甚至连挽留也没有，连为什么也不问，只是这样望着她，就好像她在耍小脾气，他甚至微微皱了皱眉。

但事实上，她早已不是小姑娘，她自小也没有被允许胡闹、任性的权利与资格，她说的话、做的事，都是经过深思熟虑的。

她拿好自己的包，慢慢站起来，站起来的那一瞬间却感到一阵眩晕，简桐彦马上站起来想扶她，却被她抬手拒绝。她淡淡地看着他：“从此你我就是路人，不需要你多余的关心了。”

这话带了伤人的刺，连带冷漠的目光都是如此。

“你不舒服？”简桐彦关心的是另一个问题。

她确实不太舒服，头痛欲裂，但她还是固执地挥开简桐彦的手，决绝地从他身边走过。她出了门，往左拐，走到路边打了一辆出租车离开。

在离开时，她终于忍不住回头。

落地窗前，她深爱的那个男人仍旧坐在那里，他看着已经空掉的座位，不知道在想什么。

但一切都不重要了。

他们从未彼此信任，从未彼此坦诚。

十年后再相遇的相爱，不过是因为年少时的情缘未竟。

卫筝回新加坡辅助陈教授完成新课题的决定，遭到了所有人的反对。第一个反对的是图尔："我不好容易跟着你回到海临市，现在你又要回新加坡？"

然后是陈美芝，她看着卫筝，认真地问道："桐彦知道吗？"

卫筝沉默了一会儿，才道："我们分手了。"

陈美芝很吃惊："出什么事了？怎么会突然分手？"她忽然又想起什么，问道，"你这几天并不是出差，到底去哪儿了？"

卫筝看着陈美芝："我去见简叔叔了。"

陈美芝彻底愣住，甚至不知道该说什么，片刻后才道："怎么突然去见他……"

卫筝不想解释，也不知从何解释起，所以干脆保持沉默。

"那我现在给公司打电话，我要解约，然后和你一起回新加坡。"图尔说着就要去打电话，为什么分手，发生了什么，均不在他关心的范围内。

卫筝一把按住他拿手机的手，皱眉："图尔，出尔反尔不是一个成年人应该做的。何况，你在这边发展得挺好，现在的公司对你也不薄，也没有逼你接一堆烂戏，反而对剧本诸多挑剔，也大力培养你……这儿的资源，要比那边好太多。"

"可你一个人回去，我不放心。"

"我回去直接就跟在陈教授身边，新课题一开始便要花上大半年的时间，恐怕也没有时间去伤春悲秋，有什么不放心的？"

"谁信。你看你的黑眼圈……"图尔无奈地叹了口气，看向陈美芝，"美芝姐，你也劝劝。"

"谁能劝得了？"陈美芝看向卫筝，"你要走可以，但走之前，先把病治好。"

卫筝点点头："我也是这么想的。"

陈美芝知道再劝也毫无意义，便不再多说，但家里的气氛明显压抑了。

再之后便是简玄，他跟着卫筝进进出出，但就是不讲话。卫筝将衣服放进衣柜，才转身对站在门口的简玄招招手，叫他过来。

简玄乖乖走过来，大大的眼睛有些难受地看着她："你要走吗？"

卫筝一愣，心里泛起无限酸楚，她摸摸他的头："明天图尔叔叔送你去爸爸那里，现在爸爸没那么忙了，可以经常陪着你。"

"可是我想要你陪。"

卫筝无法直视那样的目光，将他抱进怀里："玄玄，天下没有不散的筵席。不过呢，我会经常给你打电话，发视频……"

"你生病了吗？"

原来他听到了他们的谈话。

她回新加坡的唯一条件就是接受手术。

"是。"

"会好吗？"

卫筝一愣，随即点头："会好。"

简玄往她的怀里钻了钻，不再说话。这一点，和简桐彦太相似，都不擅长挽留。

一想到简桐彦，她的心口便隐隐作痛。有时半夜醒来，想起两人再无瓜葛，她便心痛得快要窒息。她只有坐起来，有时一坐就是天亮，有时迷迷糊糊地睡了又醒。

最近头疼也越来越频繁，加之睡不好，她整个人都恹恹的。

次日一早，她便把简玄的东西收拾好。简玄在这里住的时间越来越多，东西也总是次次要拿一些过来，久了，就也塞了满满一车。陈美芝帮忙把玩具提上车，十分不舍："就不能让他住在这里由我来照顾他吗？我是真不舍得他。你不知道他真的特别懂事，又特别黏人……我……"

"姐，"卫筝把简玄的玩具一样一样放到尾箱，看了不远处的图尔和简玄一眼，"我也舍不得。可是你的服装店马上要开张，我也走了，再把简玄留在身边并不合适，你没有精力照顾他。”

“你和桐彦到底怎么了？最近他打你电话你也没接，打我们电话，你又不允许接，到底发生了什么事？和你叔叔有关？”

卫筝看着陈美芝，她真的老了，虽然比同年龄的女人要显年轻，但眼角已经有皱纹。当年图加去世时，陈美芝在医院哭晕过几次。她从小看着她们长大，可以说在卫筝还是婴儿的时候，就曾把她抱在怀里喂过奶粉。

那是哺育之恩。

她现在更不可能告诉陈美芝关于当年案件的真相。若是陈美芝知道了，几乎想象不到她会做出什么样的事来。

“性格不合嘛。”

“谁信？你的脾气不好倒是真的，但是桐彦，我看得出来，他是宠着你，让着你的。前段时间你生病了，他更是连夜飞回来，连鞋都没来得及换就要去看你……喜欢一个人，是藏不住的。吵架是常有的事，但别总提分手，闹小脾气不好。”

陈美芝的话像是在她心上又狠狠扎了几刀。

卫筝盖上尾箱，将她推进车里：“好了好了，不要再讲了。你快去快回，别落东西在车里。”

“你不去，我怎么知道他家在哪里？再说了，我下午还要去店里守着。”

“……”

2

这是她第二次来简桐彦的家，后来简玄总在陈美芝那儿小住，怕有时候落了东西要回来拿，所以简桐彦索性给了卫筝一把钥匙，好方便她进出。但自那之后，她一次也没来过。

房间仍然是干净清冷的，只有打开一半的杂志放在沙发上，她到底没忍住，将杂志收好放到茶几上摆放整齐，才将行李都送进简玄原先住的屋子。

她没有停留太久，不过十五分钟便离开了。

等电梯停在眼前时，她埋头想进去，却被出来的人拦住，她抬头，看清来人，倒吸一口气，一时愣在那里，不知该进还是退。

倒是面前的人看到她有些吃惊。

“我来送简玄的行李，晚上你过去接他回家吧。”她解释道，说着便让到一边，等简桐彦走出来，她也不管电梯是上行还是下行，便想进电梯，却被简桐彦拦住。

“阿筝。”他的声音有些沙哑。卫筝不由得抬头，才发现他满脸倦色。

她别开眼，看着他握着自己手腕的手，他的手腕上始终戴着那串珠子，但这又能说明什么呢？两人都对过去有执念，她不也曾戴着绿屋的那枚钥匙许多年吗？

“我有点累，我们进去坐着谈好吗？”

卫筝看他实在是很累，不忍心拒绝，也知道简桐彦不是纠缠的人，便听话地随他进了屋。

简桐彦先打开冰箱，没找出什么东西，只找到一份速冻饺子。卫筝坐在沙发上看着他把水烧开，将饺子扔进去，煮了七八分钟。

在这段时间里，两个人都保持着静默。

“怎么现在这个点还没有吃饭？”卫筝看着他揭开锅盖将水饺捞出来，但下一秒，简桐彦连同锅盖都扔了，开锅太猛，蒸气灼到了手，卫筝立马站起来，跑到他身边拉他离那锅开水远一点，要是不小心打翻了一锅开水，那时就不只是手遭殃了。她看着被蒸气烫红的手，又生气又心疼，将他拉到水池边开了冷水，一边冲洗一边道，“你这是怎么回事，这么大个人不知道要注意安全吗？还敢把锅盖那样一扔……我记得我给简玄带来的药箱里有烫伤药，你等等。”说着就风风火火冲进了简玄的房间。

她左翻右翻，才找到了那瓶药膏，站起来刚要出去，却被不知何时跟进来的简桐彦堵住。

他的眼神很深，带着汹涌的情绪，卫筝不由得退后一步，把药膏往他手里一丢：“你自己涂，小心些。我要走了。”

但她还是被拉了回去，因他用力过猛，她失去了重心，身子一下撞到墙上，原本后脑也是要遭殃的，可是某人的手心适时地挡在她的后脑上。

她还没来得及发怒，简桐彦就粗暴地吻了下来。

这次不同以往，他没有耐心，忘记优雅，有的只是粗暴和急不可耐。

卫筝不喜欢被这样对待，她努力推开他，他却一次比一次抱得更紧。独属于他的气味，瞬间包裹了她。

他的头发大概有段时间没有剪了，有些长，还有些刺手，胡须也有些刺激皮肤，让原本沉迷于其中的她一个激灵，猛地推开他。

简桐彦被推得踉跄着后退两步，他的眼神渐渐清明起来，但他没有说话，只是沉默地看着她。

“简桐彦，我希望这样的事不会再发生了。”卫筝急于逃离这里，可是简桐彦这座人肉墙挡在那里，她只能贴着墙壁一动不动。

“我不敢保证。”简桐彦深深地望着她，“阿筝，关于那件事，我不是故意瞒着你……”

“如果不是故意，早在七年前，你找到真相的时候，就应该向我坦陈的，不是吗？还是说你为了维护你的母亲，无论她做什么，你都会选择隐瞒和原谅？”

简桐彦的脸色冷峻起来：“我与她没有那种情分，不需要替她隐瞒。”

“那为什么图加死得那么惨，她却还活得越来越好！”卫筝冲他吼道，眼泪盈满了眼眶，她失望地看着他，“到现在你还试图骗我，还不肯吐半句实话。简桐彦，我是喜欢你，喜欢得不得了，我就算同你分手了也还是喜欢你，但那不代表我可以原谅你，原谅你们一家人！我知道我现在无能为力，我甚至没办法替图加翻案，但那不代表我什么也不能做！”

情绪过于激动，导致她的头忽然一阵剧痛，眼前也一黑，她慌忙扶住墙壁，不让简桐彦看出异样。

“再给我一点时间，好吗？”简桐彦欲言又止地看着她，道，“马上就可以了。”

“桐彦。”她望着他，难过，不舍，都抵不过此时的疲惫，“我们都放手吧。其实我们没必须勉强在一起。你也不必因为年少时的情分就必须爱我，护我……”她痛苦地闭闭眼睛，才继续说道，“我希望你去爱一个和你没有任何过去的人……那样你才能够轻松地面对未来。我也是。”

“你要去爱别人吗？”简桐彦眼里的失望一点点地漫上来。

她不敢直视他的眼睛，别过脸道：“是。你将来会爱上别人，我当然也会。”

简桐彦沉默下来。

此时手机响起，他看了眼来电显示，终究还是接了，电话里传来骆轻愤怒的声音：“简桐彦，你开着会居然中途跑了，知不知道今天是股东大会！”

“抱歉，我马上回去。”简桐彦挂掉电话，看向门口，哪里还有人。

刚被蒸气灼伤的手，此时才觉得隐隐作痛，他看了一眼，也没有上药的打算，拿上外套出了门。

一周之后，卫筝将工作的事情都交接完毕，之后提着新买的衣服和水果去了陈家。陈寒待她始终很冷淡，并且认为她的棋艺太差，不肯再与她下棋。卫筝将事情同两位老人说清楚，征询他们的意见。

两位老人相互看了一眼，老太太叹了口气，不舍地看了一眼还在琢磨棋盘的陈寒：“我们都是一只脚进了棺材的人，只要是对孩子好的，我们都支持……孩子就托付给你啦，老师。”

“你和简先生简直是这个孩子的再生父母。”老先生眼角湿润了，感激地道，“旁人都说这孩子傻，唯独你们说这孩子聪明，将来能成大器。”

“这孩子虽然与其他孩子不同，但是他的未来，也不是普通人能够走到的。能走多远，还得靠他自己。我们只是略尽绵薄之力。”卫筝站起来，从包里抽出五百元放到桌上，“半个月后我来接孩子，好吗？”

从陈家出来，外面下着雨，她没带伞，陈家离地铁站不过几分钟的距离，她便打算走过去。经过中央广场时，电子屏幕上正播放一档采访节目。她知道这一块的房产均属于慕星，所以在那个节目中看到他，也在情理之中。

她站在细雨中，恍恍惚惚地看着那块电子屏幕上接受采访的男人，她才发现，他就像天生的明星，浑身散发着耀眼的光芒。

他的眉眼，他的眼神，他的所有，她都要告别了。

两天后，卫筝住进了风筝岛的医院。对于卫筝突然提出手术，卫天阳很讶异，但还是很快地安排卫筝住进了医院。手术安排在下个月一号，医生告诉她得住院观察几天。

每天上午陈美芝会来医院给她送午饭，现在图尔特别忙，但也会抽空和她视频聊天。她还是觉得无聊，便出来走走，哪知遇到了熟人。

张随显然也没有想到会在这里遇到她，看到她身上的病服，又看看她住的科室，便有些吃惊。

两个人坐在医院的天台上。快入冬了，已有些凉意，卫筝拢了拢身上的外套，张随将手里的热饮递了一杯给她。

“你儿子怎么样？”

张随笑笑，声音里带着一丝苦涩：“现在正在住院治疗，抑郁症。不过情况很好，他也很懂事。正好我现在也不用上班，可以专心照顾他。”

“钱还够用吗？”卫筝知道她的丈夫年纪轻轻便去世了，在丈夫在世时其实她对待孩子温柔有耐心，丈夫去世后，她的性格才突然改变的。这一切不过是因为失去了最爱的人。

张随愣住了，片刻后笑了，她看着卫筝苍白的脸色：“你……的病很严重吗？”

卫筝摇头，轻描淡写地说：“脑袋里面长了个小东西，七八年未长大，最近有点不听话，所以打算动手术。”

她说得轻松，张随却听得心惊肉跳。

卫筝见张随担心的样子，反倒宽慰她：“一场手术而已，摘了也好，省得像个定时炸弹一样。”

“那服务中心那边？”

“暂时交给甄美，还有老校长帮忙盯着，问题不大。做完手术，我决定回新加坡休养，一直带我的教授正好有一个新课题，是关于儿童抑郁症的，如果你到时候有需要，可以随时找我。”

张随愣了半晌，感激地点点头，看看时间，到带孩子吃药的点了，便站起来。临走时她又站住，看着女孩瘦削的背影，忍不住说道：“卫老师，这次你生病，那位先生知道吗？”

卫筝一愣，随即反应过来她说的是简桐彦，便轻轻摇摇头：“其实我们已经分手了。”

张随笑了笑，说：“还记得当初文宣父亲来闹事吗？现在文宣的爸爸估计要在牢里蹲上十几年，我听说，是那位先生出力搜集了他犯的其他事的罪证。”

卫筝吃惊：“同他有关？”

“那天你被送进医院，我刚好不小心听到那位先生和他秘书的对话……他好像一直有难言的苦衷，很辛苦的样子，具体什么事，我也没听到，但好像都是因为你……”张随看到卫筝脸色不太好看，忙道，“抱歉，我有点多管闲事了。只是我觉得，你别像我一样，失去了才懂得珍惜。”

张随说完便走了，留下卫筝独自一人愣愣地坐着。

3

知道慕星易主这新闻，是在手术这一天。

卫筝正给跑来看她的文宣绑小辫子，小丫头的头发又长长了，还不肯剪，文宣妈妈又不太会绑，她就总是央着卫筝绑出好看的麻花辫。简玄坐在一边玩手机，看了一眼她们，拿出手机拍了两张。

出去买早餐的甄美大惊小怪地跑进来，结结巴巴地说：“出事了！出事了！”

“大惊小怪什么啊，把孩子都吓着了。”

“慕星出事了。”

卫筝索性抢过手机翻看，一看便愣住了。网页新闻里密密麻麻的文字。

“我记得简先生就是慕星的小老板吧？慕星不是做正当生意的吗？这

爆的料什么偷税漏税，什么房地产黑幕都被挖出来了……甚至当年肮脏的发家史都被挖出来了……还爆出慕星一些违法行为的视频证据……现在网络上的脏水全往他身上泼……总之现在简先生的处境很不好。”

卫筝没说话，把手机还给甄美，强撑着笑容说道：“网友嘛，都是一些键盘侠，根本不知道事情的真相。”

“是……吗？”甄美半信半疑，又拉着卫筝道，“我一个朋友在慕星上班，说简先生还被卷入一起刑事案件，现在人已失踪了。总之现在慕星乱成一团，我朋友都考虑要辞职了……大老板夏西曼下午还会召开记者发布会……”

卫筝心里一寒，慢慢站起来，复又坐下，像是宽慰甄美，又像是宽慰自己：“没事的，他做事那么稳重，肯定是其中出了什么岔子。”

肯定是的。

等甄美带着文宣和简玄离开病房，卫筝终于拿出手机给简桐彦打电话，可是一直无人接听，到后来再打，就是无法接通。她捏着手机，坐在病床边看着外面光秃秃的树干，脑子里不停地搜索可能有的一切线索。最后，她给卫天阳打了个电话。

卫天阳倒是很快便接了电话：“卫筝。”

“桐彦有给你打电话吗？”

“没有。你也看到新闻了？”

“嗯。”卫筝死死地握住手机，问道，“天阳，手术能延期吗？”

“你别开玩笑了，不能再拖下去。”卫天阳生气地叫道。

“抱歉，今天我不能手术。”卫筝不由分说地挂了电话，然后猛地站起来，突如其来的头晕让她慌忙扶住床栏，等缓过来，她才去换衣服。

可是上哪儿去找他呢？她去他家，按了许久的门铃，也没有人来开门，最后还是邻居打开门说他已经好几天没回来了，订的牛奶他都帮忙取了好几回。

她又去了陈家，得知这几日他也没有去过。慕星公司则大门紧闭，玻璃大门内一片狼藉。

不过几天之间，一切都天崩地裂。她越想心里越发寒，才猛然想起，他那天对她说，再给他一点时间。

那时候慕星就已经出事了？那时候他看起来很累，是一直在处理这些事情，所以想让她再给他一点时间？

她站在喧闹的街头，满心焦灼。

桐彦，你在哪里啊？

这一整晚，卫筝怎么也睡不好，总是梦里套一个梦，怎么也醒不过来。梦到小时候，梦醒了，又回到了在新加坡求学的日子，在某日街头看到梦里出现了无数次的背影，她不顾一切追上去，却追到了春风镇的海边，看到海边站了一个人影，她认出来，心中惊喜，大声叫着那个人的名字，却被急促的手机铃声惊醒。

是一个陌生号码。

在快要挂断时，她接通了。

“卫小姐吗？我是夏西曼，方便出来见一面吗？”

她没有说话。

“卫小姐，你不想见一见桐彦吗？”

夏西曼永远知道她的软肋。

十年前也是夏西曼私下来找她，出了一大笔的钱，让她从图加事件里抽身，那些钱对于她的诱惑是巨大的，却抵偿不了半分失去亲人的痛苦。自此她看清了这个女人，觉得离得越远越好。

如今，在凌晨三点，卫筝将车开出车库，驶上空无一人的街道，应夏西曼之约。

夏西曼发的共享位置，是海临市一个比较偏的地方，她跟着导航开了差不多一个小时。天色仍然偏暗，这几天一直下雨，路面湿滑，她又开得慢，半点神也分不得。她忽然想起十年前，她也是这样向他奔去。

她即便如此小心翼翼，还是在一个分岔口，即将抵达目的地时，因为避让突然开出来的卡车而急转弯，车子彻底失去控制。

在最后一秒，车子直接冲向路边的树。

“砰”的一声。

卫筝整个身体都往前弹，安全气囊很好地保护了她，但巨大的震荡让她眼前一黑，头剧烈地疼痛起来。

这一次的疼，不似以往。这一次，她有强烈的呕吐感。

卫筝不知道自己哪里受伤了，只觉得全身都疼，或者哪里已经出血了，她摸到了一手黏稠的东西。

她想去开车门，但是手使不上半分力气，手机掉在脚边，开始振动，消停一阵之后，再次振动起来。她微微低眉，终于看到了来电显示。那一刻，她所有的担心，所有的害怕，在一瞬间退却了。

她真的太没出息了。即便只是看到他的名字，她就会觉得温暖和安全。

她徒劳地动了动手指，手机屏幕黑下去，又亮起，像她的希望，明了灭，灭了明。

她心里想着自己不会要死在这里吧，可是她真的很后悔啊，后悔对他说分手……

头上渐渐有血流下来，她所见之处都模糊不清，但她还是看到夜空中开始飘落雪花。

夜雪中走来一个人，拉开了车门。

卫筝醒来的第一感觉就是冷，像是在寒冬腊月泡在水里一样冷。她慢慢睁开眼睛，面前是一间陌生而简陋的房子，窗子掩着，但还是能听见外面寒风呼啸。床头柜上摆了一个急救包，她摸摸自己的头，缠了厚厚一层纱布。

她慢慢下床，正欲打开门，却听见外面传来夏西曼的声音。

“卫小姐在我这里，我很欢迎你来接她回家。她出了一点小车祸，受了点伤。”夏西曼笑了，“放心。妈妈知道你没有事，我也很开心，所以急于想见见你。我们好久没有叙旧聊天了不是吗？”

夏西曼挂断电话，站在落地窗前，看着外面漆黑的夜，不知道在想什么，然后便看到了站在身后面色淡漠的卫筝。

夏西曼转过身，看她半晌，那样的眼神，卫筝一时无法读懂。

“坐吧，你受伤了。我已经替你包扎了，也叫医生来看过，没什么大问题。”

卫筝走到沙发边坐下来，夏西曼看她很冷的样子，便将室内空调温度调高了些。

“我不喜欢你。”夏西曼说。

卫筝扯扯嘴角：“真巧，我也不喜欢你，因为你害死了我的姐姐。”

夏西曼很意外，也很吃惊，但很快敛去情绪说：“那只是个意外。”

卫筝冷笑：“意外？这真是你的台词。当初你把她锁在地下室，不就是想要造成这种意外吗？”

“当年我去找简舟山，不过是想让他给我属于我的财产。他从未把我当作妻子，明明都变成那样子了，却还想着把一切留给自己的儿子，一分也不留给我。我跟了他那么多年，最美好的年华都给了他……他凭什么要让我一无所有！他不给，我只有靠自己的手段夺取。他既然把所有一切都给他儿子，那我就把他的儿子也夺过来。可是那个丫头跑出来了，她指责我太自私，说我不配为人母亲……”夏西曼回忆起往事，仿佛看到那个神情倔强的丫头拦在害怕得发抖的简舟山面前，大声指责她自私、残忍，她接着道，“和你一样，不是个让人喜欢的小姑娘。当时我只是想把她关起来，让她安静一点……”

但意外起火了。

因为简舟山抢了她的钥匙要去救图加，撞翻了灶台上燃着的蜡烛，她拿图加威胁他，看着火势蔓延，简舟山要把门打开，却被夏西曼拉开。

火势已经起来了。

“你走不走？”

“我要救她！图加！救图加！”火光中的男人大声哭泣着，绝望地看着火渐渐蔓延成一小片火海。

隔着火，隔着门，他听到了图加的呼救声，他也听到了绝望的声音。

而夏西曼慌张地逃走了，那份合同也化作了灰烬。

卫筝几乎听不下去，她浑身都在发抖，她愤怒地看着面前这个人面色平静地讲述她曾经犯下的罪孽，她在她脸上看不到一丝悔恨。

这尤其让人愤怒。

“你从未把他看作自己的孩子，如果有一刻你把他看作自己的孩子，都不会伤他半分……”卫筝想到简桐彦，心揪了起来，她想起了年少时，她在浴室里看到那个小小少年的身上每寸皮肤都爬满了可怕的伤痕，那是长年累月的伤害造成的，她质问道，“既然当年你得到了一切，又为什么一定要把他捆在身边？”

夏西曼惊异地看着卫筝，仿佛嘲笑她的天真：“你未免也太不了解他了吧？我现在倒是后悔出于一丝善念将他留在我身边，倘若那时我对他有一丝怀疑，我都不会让他留下来……否则我现在也不至于一无所有……”

卫筝愕然。

“当年在机场我允诺可以给他父亲最好的治疗，只要他随我去澳洲，在二十岁那年签订财产转让协议。他心比天高，我想他大概会拒绝，但他没有。不仅没拒绝，他还随我去澳洲，等到二十岁时，他爽快地签了慕星股份转让协议。很意外是不是？可现在想起来，那只是他计划的一部分。”夏西曼眼底漫过危险的气息，“他先将慕星拱手让出，然后提出要去慕星上班。我对他也不是毫无防备之心，只肯让他参与一些一般的工程，但是不可否认，他在这方面是个天才，让几个将死的项目起死回生，我对他产生了信任。他花了十年来做这个局，到今天他又如十年前那样架空慕星。这一次，他自己将退路堵死，连自己背负脏水也毫不在意。现在的慕星已经不可能东山再起，饶是他简桐彦再能干也无力回天。我才明白，从一开始，他的目标就不是慕星……他只是想毁灭我所拥有的。他和我很像，不是吗？”

卫筝被她的目光盯得背后直冒冷汗：“桐彦不像你，他一点也不像你这样冷酷无情。”

“他当然无情。不然就算是念在这些年我对他的栽培上，他也不应该亲手将我送进监狱吧。”夏西曼拿过沙发上的包，从里面抽出一摞文件甩在桌上，“这十年来，他不仅算计我的公司，还在算计要让我坐多久的牢。”

那份文件赫然就是星星之家纵火案的资料。

卫筝倒吸一口冷气。

门铃乍响，在这寂静的冬夜里显得格外刺耳。

夏西曼走过去打开门，不无得意地说：“没想到你来得这么快……你……是谁？”

卫筝奇怪地看向门口。

门口立着的人戴了一顶鸭舌帽，遮住了半张脸。

他立在门口，但光是周身那股危险的气息，就让夏西曼立刻退开两步，皱眉厉声问道：“你是谁？”

那个人慢慢抬起头，乍然出现在灯光下的脸，苍白而精致。他盯着夏西曼，那目光有着嗜血的危险，让夏西曼一时竟僵立在当场。

罪人会伏法。

爱会让人白头。但是，世上一切因缘际会，都有因果。

终章

你是我一生所爱。你是我一生所得。
你是我，今生来世的生命。

一

1

卫筝不由得站起来，却觉得头晕得厉害，她扶着椅子，不可置信地道：“图尔……你怎么来了……”

“我拍完戏去医院找你，却发现你人不在，所有人都在找你。我搜了你的定位。”图尔边说边看向她，瞳孔一缩，一把推开夏西曼，紧张地问，“你受伤了？”

“车子打滑……不要紧……”

图尔看向夏西曼，目光冷了下来，问卫筝：“刚才你说的都是真的？是她把姐姐锁在地下室的？是她……让姐姐没有……逃出来？”他说到最后，每一个字几乎是咬着牙说出来的。

到此刻，卫筝其实还想瞒着图尔，她也不确定图尔听到了多少，因此一时不知道怎么回答。

夏西曼却被他的神情吓到，她有点心虚地退后两步：“我说了那是个意外，谁也不希望发生的……”

“可是你逃走了。”图尔站起来，“你把我的姐姐关在阴暗潮湿的地下室，让她活活窒息而死……”

他的话让夏西曼全身发冷，她强迫自己保持镇定：“刚才不过是我一时胡扯。”

图尔忽然冷笑一声，继而大笑。他边笑边指着夏西曼，却半个字也讲不出来。他好似听了一个天大的笑话。

卫筝很害怕看见这样的图尔，她试图站起来去触碰他的手，却发现他的手冰得吓人，她连忙握住他的手：“图尔，你不要这样。她犯了罪，自有法律会制裁她的！”

图尔不敢置信地看向她：“你怎么到现在还在相信这种鬼话？你没看见她这十年里比我们任何一个人都过得好吗？她杀了一个人，却连噩梦也没有做，一点代价也没有付出。”

“我知道……我知道……真相来迟了……可是……”卫筝紧握着他的手，却发现语言如此苍白无力。

可是什么呢？可是现在无论做什么，都无法让图加活过来，让这伤痕永远成为过去。

“法律？你们也太天真了，法律现在也讲究证据，连法律也证明不了我有罪。”夏西曼慢悠悠地走到沙发边拿起自己的包，轻轻地说道，“行了，我不等桐彦了，我马上就要离开这个让人糟心的城市，永远也不会回来了！”

她最后高傲地看了一眼卫筝，说：“小姑娘，我劝你一句，做人要往前看。”可是在她刚握住门把手时，被人用力地拽回去扔到一边。

那力道极大，她几乎来不及反抗便被甩到一边。

“你……”夏西曼噤声，因为她看到了图尔凶狠的目光。

图尔居高临下地看着她，声音凉薄：“应该没有人知道你在这里吧？”

“什么……”夏西曼被图尔抓起来，推搡着进了小房间，她慌了，“你开门！你想干什么！”

图尔面无表情地锁上门。

“图尔，你这是做什么？”卫筝担心地看着他。

“慕星的老板犯了多条商业罪，同时还涉嫌十年前一起少女遇害案，出于后悔自责，引火自杀……这个结局怎么样？”

门内一时噤声，下一秒就听到夏西曼尖叫起来：“放我出去！你们疯了吗！卫筝，你知不知道你们在做什么？！”

卫筝呆立当场，反应过来的时候就扑上去拦阻图尔，图尔一把扼住她的手腕，看着她的眼睛道：“姐，你当真要救她吗？她将我们平静的生活搞得一团糟，她害死了我们的亲人，她甚至还害了桐彦哥哥……她这样的人，活在世上还有意义吗？我们是孤儿，就要被这样残忍对待吗？”

“图尔……”卫筝的眼泪掉下来，她很快把眼泪擦干，握着他的手，她想用尽全力让他的手暖和些，“你听我说图尔，我恨这个女人，我无比地恨……可是我们，不能成为和她一样的人啊……我们报警，我们一定会有证据的。听我说，桐彦也一直在调查她……”

图尔看她半晌，忽然意味深长地笑了：“我姐死了之后，我一直在想，为什么死的那个人不是我，为什么不是任何一个人，而是我的姐姐……如果只是意外，我认命，但是她原本是不用死的……”

“图尔，你不要这样！”卫筝哀求他。

图尔久久地看着卫筝，忽然笑了，这一笑，时光仿佛回到了十年前，那时还年幼的他跟在她的身后，扯着她的衣角，乖巧地喊她姐姐。

卫筝头痛欲裂，忽然一片黑暗袭来，她想抓住什么，却什么也抓不住。

卫筝知道图加姐弟并不像她，也并不像福利院大多数孩子一样，是被父母遗弃的。

图加来到福利院那年，已经十二岁了，正好是冬天，她抱着小小的团子跟在她爷爷身后走进了星星之家。

她淡漠地看着这周遭陌生的一切，却唯独看向怀里熟睡的孩子时，眼睛里才有一丝的温度，更多的是与年龄不符的痛苦。

她原本也拥有一个普通的家庭。他们的父亲为了给他们的母亲一个生日惊喜，开车载上一家四口去度假，原本是完美的全家旅行，却因为一场车祸，终结了所有的幸福。

那时候图尔尚小，没有记忆。但是图加记得，警察和救护人员赶到时，正是才十二岁的图加把才一岁多的弟弟拖出了车子，坐在路边看着车里没有生息的父母一直哭。

她无能为力，恐惧又绝望，可是她知道，她必须保护自己的弟弟。

院长爷爷第一次见到姐弟俩时，图加对谁都很淡漠，只对弟弟好，只想时刻守着弟弟，甚至不允许任何人靠近图尔。在福利院的第二年，图尔早上起来，坐在床上笑眯眯地看着图加，张嘴喊了一声："姐姐。抱。"

那时候，图加笑了。

那是一年多来，图加第一次笑。

一切，都是值得的。她当时一定想着，为了这一声姐姐，她得护着他，陪着他，一辈子，或许还有来生。

可是她的一生太短暂，短暂到图尔来不及长大。

卫筝睁开眼睛看到的便是漫天飞舞的雪花，在夜空里，犹如精灵。此刻她被人抱在怀里，身上盖着大衣。

她看着面前这张脸，只觉得是幻觉，不由得抓紧他的衣服，声音已有些嘶哑："你来了？"

她有种不确定的感觉，怕是幻觉。

"我来了。"简桐彦俯身吻了吻她冰凉的鼻尖，"抱歉，我来晚了。"

她猛地想起图尔："图尔……"

"图尔没有事，不过他暂时被警察带去问话了。"简桐彦抱紧她，继续往前走，"你放心，他不会有事。他没有做任何伤害那个人的事。"

他赶到时，卫筝已经晕倒了，图尔抱着卫筝不知所措，正在打电话联系救护车。而夏西曼，已经被吓晕了。

卫筝听罢，才松了一口气。

外面风雪很大，凛冽的寒风分外刺骨，雪花飘在他的脸上迅速融成水。他低头看着怀里的人，不远处停着警车，有警察朝他们这个方向走来。

卫筝靠在他怀里，听着他的心跳。

“阿筝，你觉得森林怎么样？”

“什么？”

“下雪的时候在森林里举行婚礼，喜欢吗？”

“桐彦……”卫筝的眼泪一下子掉了下来。

所有的车灯打开，照在他们身上。

简桐彦终于将她放下，确定她站稳了，才松开手。

有警察走过来，给他戴上手铐。

他每走一步，都觉得背上轻松了一些。

他明白，那些禁锢他的、她的、他们所有人的枷锁，在这个冰冷的冬夜里，渐渐消失了。

2

骆轻刚结束一场冗长的会议，两个小时的会议里，连喝水的工夫也没有。慕星经此一难，走了大批人，经过大的动荡，要让其安定下来，不是一件容易的事。

所幸的是他跟了简桐彦那么多年，收拾起烂摊子虽然费力，但是一切还算顺利，得力干将们也都一一归位，位于澳洲的慕星总部重新迁回海临市。他甚至还亲自到外面跑业务，跑工地，没多久就晒得和非洲人无二。

现在的慕星就是一家不足二百人的小公司，但这个小公司即便再困难，也依然支持着当初简桐彦还在时的一个项目，并且重金砸入专门针对儿童自闭症的医疗慈善机构。在此后的一年时间里，慕星帮助了不下两百个孩子的事被媒体曝光，公司才重新赢得声誉，并且真正起死回生。

会议结束，骆轻头重脚轻地走出会议室，心想今天晚上一定要好好睡一觉，不然在简桐彦回来之前，他可能就已经过劳死了。他刚回办公室，秘书打内线进来说有位卫小姐等了他很久。

卫小姐？

一年不见，他还是一眼就认出她来。

一开始是因为简桐彦房间里始终有一张少女的照片，再之后他便见了真人。

慕星楼下的咖啡厅里，卫筝只要了一杯开水，骆轻什么也没要。如今她瘦了许多，头发过肩，看上去很精神，看来身体是恢复了。

当年夏西曼事件之后，她也因为生病被送进了医院，那时候他们才知道，她生病了，且必须马上动手术。之后的事，他便不知道了，毕竟，当时慕星出了那么大的乱子，所有股东纷纷撤资，他实在分不出心思关心其他的。再加上当时为了帮助简桐彦，还他清白，也费了他一些精力。

“卫小姐什么时候回国的？”

“昨天。”卫筝顿了一下，才问，“他没有回来吗？”

骆轻一愣，摇头：“好像从你手术后，转去了新加坡，他去了不久之后再回来，只见过我一次。但他也没有说去哪儿。此后就没有消息了。”

卫筝有些失望，但她掩饰得很好，问道：“慕星现在怎么样？”

“一个头两个大。”骆轻难得幽默一下，“不过相比一年前要好很多。相信有一天他回来，我交上的答卷不会太糟糕。”

话题还是绕到简桐彦身上去了。

“他没有和你联系过吗？”说起来他都不信，简桐彦有多在乎卫筝，他是看在眼里的。当年就因为旁人一个电话，说了一句“卫筝去你家送东西”，他就抛下所有股东赶回家，怎么可能忍住不联系她？除非他确实被什么事情绊住了。可他想了半天，也想不出所以然。

卫筝摇摇头：“我醒来的时候，手术已经做完了。他已经离开了。”

当时她被紧急送往医院，原本身体状况就堪忧，再加上车祸对头部的撞击，她当时已经陷入了重度昏迷，情况相当危急。据陈美芝说当时确实马上进行了手术。原本手术是成功的，但是她没有如期醒来，反而陷入了重度昏迷。

那时候简桐彦被频繁传唤上庭，却总是抽空来医院陪着她。

事情的局面真的不太好。

在此期间，夏西曼的判决下来了，商业罪，再加上简桐彦提交的十年前星星之家纵火案的证据，夏西曼终于尝到了自己酿的恶果。一切都尘埃落定。

后来卫筝的病情恶化，卫天阳做主联系了新加坡的医院，刚好美国著名脑科教授在新加坡学习，于是简桐彦、图尔和陈美芝又陪着她一起转院到了新加坡，经历了第二次大手术。

她醒来的时候，简桐彦正好搭乘飞机离开新加坡。

他一走就是一年，毫无音信。她打过电话，从无人接听到空号。

她的心仿佛也空了。

一年后她身体康复了，陈教授也将陈寒接到了新加坡，亲自带在身边照顾，而她恐怕暂时无法分心去跟课题了。陈美芝就做主把她带回了海临市养病。

简桐彦曾经住的房子也退了。她甚至试着去找过骆天奇，找过卫天阳。她甚至还专门打电话到澳洲简舟山那里，都一无所获。

她竟然不知从何找起。

他与她的交集真的太少，所以她只能来找骆轻，然而骆轻也没有见过他。

回到家，陈美芝刚好炒好菜端出来，见她回来，便吩咐她摆碗筷。图尔还要晚一点才回来。最近他有新戏上映，忙得不可开交。

半年前，图尔选了一套不错的公寓，独门独户的小公寓，也适合居家，周遭环境也不错。最重要的是，这一块的安保很不错，闲杂人等一律不得入内。图尔住在这里，也免去了被狗仔和粉丝跟踪的麻烦。

陈美芝一看到她垂头丧气的，手在围裙上擦了两下，把她拉过来在桌前坐下，说道："瞧我给你做了什么好吃的，没有什么坏心情是美食治愈不了的。"

卫筝不想扫她的兴，笑笑："那我晚上可以多吃一点吗？"

"我还打包了一些鸡翅，你不是说明天要去看甄美吗？拿去给她。"

"嗯。"卫筝点头应允。她其实没什么胃口，可实在不想让陈美芝担心，勉强吃了一碗饭。

“我和你说啊，你好好在家给我休息一年，其间别打什么主意想去上班。”

“那能不能做做义工啊，时间很灵活的。”

“不行！”陈美芝拒绝得干脆利落，“阿筝，你不只是为了桐彦而活，你更要为了自己而活。你要保重自己，护着自己，爱自己。”

卫筝看着一脸郑重的陈美芝。她回了海临市后，陈美芝的服装店已经因为生意不好关门了，现在又盘了一家店面打算开蛋糕店，这原本就是陈美芝年轻时擅长的，如今拾起来，也不算难事。

“那我时不时去你店里帮下忙可以吗？”

陈美芝看着她一脸哀求的模样，想着再拒绝也太不近人情了，只好点头应允。

吃过饭，卫筝和陈美芝两人出门去店里，过两天就要开张，店里还一团糟，只有晚上再过去收拾下。图尔打来电话的时候，车子正好堵在路上，最近他完全不顾自己的明星形象，还说开张那天要来“站台”。

“你那个暴躁的经纪人会把我撕了的！”陈美芝想起那个看起来小小一只，但是爆发力异常恐怖的女经纪人，不由得缩缩肩膀，“你就别来凑热闹了。”

“那我晚上来，留一个最好吃的蛋糕给我。”图尔还想说些什么，那边传来气吞山河的声音：“尔星，你居然又在工作时间打电话！”

电话一下挂断了。

陈美芝和卫筝对视一眼，忍不住哈哈大笑。自从今年换了个经纪人，图尔就过着水深火热的日子。那个经纪人年纪比图尔还要小，人也很娇小，脾气却不好，每天都吼图尔。依图尔的性格，应该早就换人了，可奇怪的是，他一直没提出要把这个暴躁的经纪人换掉。

“下雪了哎。”陈美芝忽然惊叹道。

可不是，今年的雪来得迟了些，已经一月份了，都快过年了，才下第一场雪。卫筝降下车窗，冷风灌进来，她伸出手，任由雪花落在她的掌心。

街上许多行人都止了步，满心欢喜地看着这场迟来的雪。

卫筝的目光忽然定住，在那些行色匆匆的行人中，那个站在街角的人影熟悉得让她浑身一震，等她反应过来的时候，她已经不顾陈美芝的惊叫声开门下车，绿灯亮起，因为她突然的出现，刺耳的喇叭声此起彼伏。

在街角被卫筝拉住的那个男人皱眉看着她：“小姐，你没事吧？”

卫筝堪堪松开手，陈美芝追上来，不好意思地道歉，等人走了，陈美芝才气道：“你这是干什么？谁给你的胆子？你这是要成魔了吗？”

下一秒，陈美芝就愣住了。

卫筝泪流满面，她难过又伤心，有些不知所措。

“我真的……好想他啊……”

3

往年过年，陈美芝都有些得过且过的意思。如果卫筝愿意回来，那也是两个人的年夜饭；有时候卫筝不回来，她便和自己的姐妹过。去年卫筝生病，一直昏迷，年都是在病房过的。

但是今年，她愿意张罗一番，因为难得图尔和卫筝都在。虽然只有三个人，但好歹算是一家团圆了。

这个年卫筝过得尤其忙碌，不是卫天阳找过来去找各位前辈朋友拜年，就是甄美来拉着她出门逛街喝茶。陆天奇在这年冬天做了父亲，特意抱着小团子来拜年，卫筝看着喜欢，抱了好久不舍得放开。小孩眼睛亮晶晶地看着她，她心里的不愉快通通抛到九霄云外去了。

今天甄美又全副武装地出现在家门口，说是孩子们都来中心拜年，卫筝作为前任领导，应该参加。

“去吧去吧，反正你待在家里也只知道吃和睡，不运动一下会变成死胖子的。”

卫筝看了看假装在厨房里忙的陈美芝，心里知道她肯定是怕自己太闲，又胡思乱想。

大雪过后，路不好走，卫筝不信任甄美的开车技术，选择自己开车。

“对了，你要不要年后过来上班呀？”甄美突然问。

卫筝苦着脸：“我也想啊，但美芝姐不让，让我至少再休息半年。”

“可我看你不上班挺没精神的，而且我说的不是在咱们这里上班。年末的时候，我们办公室来了个新人，是资深的儿童心理导师，还带了一个大项目。咱们那个地方挺小的，现在孩子多了，也容不下，老校长正愁着下个学期要是再来孩子就不好办了，正好海临市有一个叫风林镇的地方，那儿再往北有一个超级大的林场，还没有开发。谁知道那儿两年前被一位老板看中，将其开发出来……有钱老板的心思真难猜，开发出来竟啥也不干，居然说可以免费给孩子们用。”

“天下哪有免费的午餐呀。”卫筝笑着摇摇头。

“可不是，我当时就不信，可是校长和其他老师还有学生家长去实地考察了，远是远了点，但那真是个好地方。要我一辈子住那里，我也愿意。”

“这么好？”

车子拐了个弯，车流量少了些。

“所以我才推荐你去呀。那儿环境好，打开窗就可以看见大片的森林，你不仅可以上班，还可以养身体。”甄美调出内部流传的资料放到卫筝面前，“喏，就是这家。老板的资料几乎没有，不过听说还有专门的医疗团队。名字还挺很好听，叫星星之家，那些天生患有自闭症的孩子，可不就是遗落在地球上的星星吗？看不出来现在的有钱人还挺有心的……”

卫筝忽然一个急刹车。

甄美一个不防，差点一头撞上挡风玻璃，好在系了安全带。手机被卫筝抢了过去，甄美吓得不轻：“筝姐，你这是干吗呀？筝姐……”

她怎么就把最重要的事情忘记了？

卫筝脸色苍白，她颤抖着把手机界面后面的地址发到自己微信上，才把手机还给甄美：“甄美，你自己走回去吧。”

“啊？”

“我有点急事。”

甄美看她的脸色不好，有些担心：“你这样子开车不行的，我开车带你去。”

“不不。”卫筝努力扯出微笑，“我会注意安全。我只能一个人去。”

“……”甄美带着满脑袋的问号下了车，看着卫筝开车离开。

而卫筝之所以这样，是因为突然想起一些小时候的事情。

“等将来长大了，我要成为设计师，给爷爷、给院里的小朋友设计一栋最漂亮的星星之家。”

“什么样的？”

“躺在床上可以看见星星、月亮，还有云，打开窗户可以看见森林，看见森林里飞翔的小鸟。”

“嗯。”

车子驶上高速，四十分钟后，手机导航提示下高速，驶入一条乡间小道，窗外是成排成排望不尽的杉树，经过大片大片的茶园，还有水色清澈隐于青山之中的水库，星星之家，就出现在这森林深处。

十分钟后，两栋木色独立建筑便出现在卫筝眼前。

卫筝握紧方向盘，慢慢将车开进敞开的大门。

这座森林之屋静谧得让她有梦幻的感觉，她拾级而上，伸手轻轻推开那扇雕刻着星星的大门。

每一层有六个房间，还有独立的观景庭院，整面墙都是落地窗，阳光、月光都可以倾泻而入。其中偌大的一间游乐园屋顶是坡型，切出的线条足以将光线引入，白天是阳光树影，晚间仰头便可以看见星空。

卫筝赤着脚，怕这个梦被惊醒。

当她走到楼顶的露台时，一下止住脚步。墙上挂着许多照片。

她还记得他们。

那都是从星星之家离开的孩子，每个人都有两张照片，一张是年少时的，另一张便是现如今的生活状态。有的结婚生子，有的出国留学，有的还在奋斗，但是每个人的脸上都挂着幸福的笑容。

看到最后一张照片时，她愣住了。

那是一张合影，是她与简桐彦的，她并不记得几时拍的。上面简桐彦在给她讲功课，少年低垂着眉眼，那时她才十三四岁，托着下巴望着他，嘴角微扬，笑容如同春天的杏花。

另一张照片，却是那天在办公室里，简桐彦拉着她的手问她能否跟她去一个地方，她正低头给陈美芝发信息，却被人拍了下来。那时简桐彦微微抬头看着她，那样温柔的目光，她竟然没有注意到。

卫筝捂着嘴笑了，又哭了。

她也不知道自己待了多久，直到下面传来喇叭的声音。

“我和你说，你要是再说我智商不够，小心我把你扔到森林里去喂狼。你还不知道吧，这森林里有狼！”是卫天阳的声音。

“卫叔叔，这里没有狼。”竟是简玄的声音。

“有！你爸不就是一头大灰狼？！”

“他不是！”

“他能不是大灰狼吗？故意躲起来不见人……啧啧，还要搞什么大惊喜求婚，就没见过求个婚搞了一年的，就他这个速度，别人早就跑了。”卫天阳上了阁楼，声音戛然而止，他吃惊地看着面前的人，“你怎么来了？”

“嗯？”

他身后探出一颗圆圆的脑袋，下一刻，简玄的眼睛就亮了，他几乎是飞奔着跑过来，硬生生将卫筝扑了个踉跄。

一年不见，简玄长高了不少，他看见卫筝，欢喜得眼圈都红了。

卫天阳反倒有些不知所措。

“他在哪里？”

卫天阳指指楼下。卫筝便放开简玄，飞奔下楼。

森林里空气格外好，简桐彦实在懒得往城里跑，可是简玄执意要他去，他就只好依了。等进了一圈货回来，两个人又不帮忙，只留了他一个人把东西一点点搬下来，说什么这是他自己作的，让他自己看着办。

听见身后响起脚步声，他才颇有些不爽地说：“再不帮忙的话，晚上就别想吃饭了。”

递出去的东西久久没人接，简桐彦疑惑地将东西移开，才看清来人是谁。

“……”

好半天，简桐彦才想起来说什么，可是卫筝哪会等他开口，红着眼睛转身走了。

“阿筝……”他把手里的东西一扔，箱子里彩带什么的全掉了出来，他也顾不上了，追上卫筝。卫筝用力地甩开，狠狠地瞪着他，他竟一时有些却步。

他实在是没有料到她会找到这里来。

他也不知道如何处理这个情况，这和预想的不一样啊。他预想的应该是半个月后，卫天阳想办法将卫筝骗来，而他会在他花了一年时间亲手建造的星星之家里向她求婚。

卫筝走了几步又站住，一跺脚，又几步走回来，站在他面前，指着他的鼻子气急败坏地说：“简桐彦，你就是个骗子！你说了要和我结婚，结果你却躲到这里来！要不是我来找你，你是不是就要和别人结婚了？”

“……”他怎么敢？

“你说啊，你躲我一年，你为什么要躲？你是不是真的想和别人结婚了？”

“不知道是谁当初说让我去喜欢别人，自己也要去喜欢别人……”看到她发脾气的样子，他就起了捉弄的心思。

卫筝竟一下被堵住，这确实是她曾经讲过的话，哪里知道他居然当了真。她用力推了一下简桐彦，转身就走，却被人拉进怀里。她抬头还欲再说，但是某人已经用最好的办法堵住了她的嘴。

跟着跑下来的卫天阳看到那两人，赶紧用手捂住简玄的眼睛：“少儿不宜少儿不宜。”

简玄挣扎：“我不怕！”

在这一年里，简桐彦的厨艺大有长进，不再只会煮速冻饺子。毕竟身处深山，凡事都要自己动手，卫天阳来了之后，还经常去打些野味，改善一下伙食。

此时四人围着火炉坐着，中间的火锅咕嘟咕嘟翻滚着，香气四溢。小小的桌上摆满了配菜。

卫天阳给三个大人倒上酒，给简玄倒上果汁，举杯道："老实讲，老简当初选择这里，我是完全不同意的。尤其是他把自己画的图纸拿出来给我看的时候，我觉得他就是在做梦。不过，因为是朋友嘛，总不能让他一个人去发疯吧……"

简桐彦看了身边的卫筝一眼，没说话。

"是他威胁我，不让我说的。这个闷骚货说要等你病好了之后，给你建一栋星星之家，举行什么森林婚礼。"卫天阳觉得自己很冤枉，"我也忍得很辛苦啊。你不知道那天带你去拜年，我多想把你带到他面前，让你揍他一顿。"

简桐彦把烫好的青菜夹到卫筝面前的碟子里，才发现她一直看着他，问："怎么了？"

卫筝摇摇头，主动握住他的手，她有许多话、许多疑问，甚至有许多情绪，但是在见到他的那一刻，通通不见了。她的眼里只有他，没有别人，也没有别的事物。

她忽然明白，就算是他消失一年，或者两年，甚至是十年，再看到他，她都会没出息地觉得所有的等待都是值得的。

她就是爱这个人。

因为太晚了，卫天阳和简桐彦都喝了酒不能开车回海临市，所以只能暂时在这里借宿一晚。房子建成不久，只收拾出了两间睡觉的房间，平时卫天阳也常来借宿，所以分房成了个难题。

卫天阳很不讲义气地把简玄带去了一楼的房间，简桐彦则带卫筝去了二楼自己的房间，从壁柜里拿出新的被褥换上。卫筝洗完澡穿好浴袍出来，刚好看到简桐彦准备离开。

“你去哪儿睡？”

“楼下客厅。”简桐彦将床头灯打开，说道，“晚上怕黑的话，就把这灯一直开着。我一直在下面。我去下面给你拿瓶水。”

简桐彦说完转身就走，衣角却被人拉住。

他回头一看，卫筝的眼睛很亮，眼底里有些东西正渐渐弥漫上来。他这才注意到她没有穿鞋，赤着脚踩在光滑的地板上，浴袍是他的，有些大，长到小腿肚那里。她的脸微红，甚至……连浴袍也没有穿好，领口开得有些大了。

“你喝酒了？”他反应过来，皱眉，“你病才好，怎么能喝酒？我去叫天阳来。”

卫筝没有松手。

他知道她的酒品，不过相比担心她胡闹，更怕酒精对她身体不好，所以就像哄小孩一样，抱了抱她：“乖，听话，你先在床上躺一下，我去找天阳拿点醒酒的药。”

卫筝却像树懒一样缠上来，脑袋在他胸前拱啊拱，有点撒娇的意味，声音带着一些性感的沙哑：“桐彦，我不想看见别人。”

他的鼻息间全是属于女人的香气，如果不想接下来发生什么，他必须推开她：“阿筝……”

卫筝在他怀里微微仰起脸，她爱的这个男人，如今真切地在自己身边，他们中间再无过去，也无隔阂。她望着他，并不想离开他半分。如此想着，她就抱得更紧一些。

“桐彦，我确实喝了一点酒，不过我是想壮胆。”

简桐彦觉得好笑：“你胆子还不够大吗？”

“我只会在你面前醉啊……我想让自己乘人之危呀。”卫筝的眼神有点迷离，她的手柔若无骨地游上来，竟然一点点地开始解他的衣扣。

他一把捉住她不安分的手，努力保持着最后一丝理智说：“卫筝，你知道你在做什么吗？”

卫筝笑了，微微踮起脚，凑上去吻了一下他的唇，满意地点头：“我愿意啊。”说完竟又凑上来。

她的唇有些凉，她吻得有些笨拙，又有些急迫。

“阿筝……”简桐彦在黑暗里呼唤她的名字。

卫筝全身战栗着，下意识地抱紧了他，犹如在翻起巨浪的海上终于寻到一块浮木，她用尽力气拥抱着，脑子里一片空白。

她看着半透明的玻璃屋顶。

冬天快结束的夜幕上，有流星陡然划过。

我希望，永远不要再分开了。她在心底默默许愿，主动吻上面前的人。

4

简桐彦与卫筝的婚礼最终定在三月，草长莺飞的时节。

婚礼前的一个月是最累的，婚房他们直接选了星星之家，但之后还要选酒店，定婚纱礼服，还要确定婚礼的各种礼节，总之就是很忙。卫筝倒是想婚礼从简，她素来嫌麻烦。简桐彦不肯，对他来说，爱一个女人，就必须给她一场正式的婚礼。

在婚礼前一周，简桐彦去见了夏西曼。

她卸下浓妆艳抹，穿着灰色囚服，整个人也消瘦不堪，但是眼里没有了曾经的戾气。看到来者是简桐彦她倒是有些讶异，但也只是挑挑眉，一直到简桐彦拿起话筒，她才拿过来。

“听说你要结婚了？”她开口道，“恭喜你。”

简桐彦看着面前的人，沉默半晌，才道：“谢谢。”

接着，两人便沉默以对。

他们母子俩针锋相对了半辈子，如今，尘埃落定，却发现过往不过是过眼云烟。夏西曼突然想，她以前争的到底是什么？

他长大了，不再是那个被关在地下室只会哭哭啼啼的小男孩，不再是那个看见她就惊惧的少年。如今他有着宽厚的肩膀、深沉如海的眼睛，他也有了自己想要保护的人。

不，十年前，在他还是少年时，他就有了想保护的人。所以这十年他忍辱负重，不过是想扫除所有的障碍。

她仍然记得第一次出手打他的时候，她首次尝到了报复的快感。那个女人夺走了她一生所爱，夺走了原本女人该有的柔情，只余阴狠。

只要稍微犯一点错，她就将他扔到小黑屋里，一关就是一天。他的背上全是藤条抽出来的伤痕……

后来，这个孩子开始逃离她。

“你虽不是我的亲生儿子，但你不知道你寡情的样子和我实在像。你如此厌恶我，却还是不可避免地变得像我。其实血缘有那么重要吗？不知道那个女人看到现在的你，会如何。”

简桐彦一愣，他似乎明白了什么，却没有愤怒。

夏西曼没有错过他脸上表情的微妙变化，至此她终于明白，无论她说出的真相如何，都不会再让他有所动容了。

“其实你父亲当时想娶的并不是我，而是另一个女人，那个人恰好是我的朋友。我承认，当时我使了一些手段，而刚好你父亲退出画坛，进入商场，公司一年后出现亏空，是我一直陪在你父亲身边，利用娘家的关系，才让公司转危为安，他也终于娶了我。可是那又怎样呢？他并不愿意与我有一个孩子，而是突然有一天抱回了才两个月的你……

“当时我真是天真啊，觉得只要把你当作我的孩子，那我们就有了联系，谁也不能分开我们。”

夏西曼想起往事，觉得当初的自己太可笑，又觉得自己可悲，她无比悲凉地看着简桐彦：“那时你多依赖我啊，我一度以为，你就是我生的。我甚至一直在等待你以后能叫我一声妈妈……可是我没有想到的是，那个女人死了，我真是没想到啊，你竟是她的孩子……”

简桐彦的拳头不由得握起来，真相远远超出他的预料。

“除了毁了他，还有什么能够宣泄我的愤怒呢？从那以后，我根本无法再正视你，你看向我的眼神就像那个女人在嘲笑我，我只好把你关进那个小黑屋……”

往事落幕，面前的人才好似放下了一切。

“连上天也帮他，让他忘了前尘往事。而我却要在痛苦中度过，并且无法再爱上任何人。”

简桐彦久久没有说话。

夏西曼慢慢睁开眼睛：“从此你和那个孩子，会拥有自己的家庭，自己的孩子……你走吧，不需要再来看我。我的人生再也与你们无关。就当这是最后一次见面。”

“小时候你一次次把我关进小黑屋……那时候我一直以为是我哪里做得不够好，所以你才那样对待我。直到我知道你并不是我的母亲，才明白你的所作所为，只不过是因为单纯的不喜欢。”简桐彦平静地看着面前苍老的女人，“刚到春风镇的时候，我每天都想逃离那个小地方，可是我也不知道我能够逃到哪里去……直到遇到卫筝，我才想就此停留下来，此前的恨和怨，都一笔勾销。”

但是她偏不让他如愿。

她总是像噩梦一般出现。

他除了站起来反抗，还有什么别的办法吗？没有。

简桐彦知道多说无益，站起来准备离开，临走前还是说道：“我不知道你是否去过绿屋的二楼。爸爸与你结婚后，曾经回过春风镇。他生病后，我再同他回绿屋，有一天我到了二楼，发现整个二楼都是一个人的照片。我爸纵然做错过，但是你也要为你自己做过的事情付出代价，偿还你曾经欠下的罪债。”

夏西曼瞪大眼睛。

“我爸会在一周后回来参加我的婚礼，但之后他大概会一直在澳洲生活。”

从阴凉的女子监狱里出来，阳光兜头倾泻下来，他才觉得有了暖意。

高瘦的女生今天穿了一条粉蓝的长裙，她的头发留长了，松松地披在肩头，带着天然的微卷。不知道哪里起了一阵风，枝头的花瓣飘落下来，她转身看到他，眼睛忽然亮起来。

他微微一笑，大步朝他的女孩走过去。

我将用我的一生，陪伴你，照顾你。

我愿用我的余生和来世，去爱你。